영원의밤

영원의밤 2

초판 1쇄 인쇄 2015년 4월 10일
초판 1쇄 발행 2015년 4월 17일

지은이 백묘
발행인 오영배
책임편집 김보나
제작 조하늬
표지일러스트 아르도(http://ardoillust.com)
표지디자인 공간42

펴낸곳 (주)삼양출판사 · 단글
주소 서울시 강북구 도봉로 173
대표 전화 02-980-2112 **팩스** / 02-983-0660
블로그 blog.naver.com/dan_gul
출판등록 1999년 3월 11일 제9-00046호

ISBN 979-11-313-0285-9 (04810) / 979-11-313-0283-5 (세트)

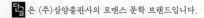 은 (주)삼양출판사의 로맨스 문학 브랜드입니다.

영원의 밤

백묘 장편소설

ROMANCE & FANTASY STORY

2

시작된 밤

단글

| 차 례 |

영원의 밤

6장
그날 밤

샬롯 6살

샬롯은 호숫가에 가만히 서서 잔잔한 호수의 표면을 노려보고 있었다. 햇빛이 부딪쳐 수십 개의 보석이 뿌려진 듯 반짝거리는 바람에 눈이 시렸지만, 샬롯은 한참 동안 그러고 서 있었다.

오늘 아침부터 호숫가에 나와 서 있는 이유는, 어젯밤 둘째 오빠인 텔스가 한 이야기 때문이었다.

"우리 저택 앞 호수에 인어 살더라."

텔스가 커다란 빵을 우물거리며 건성으로 한 말에, 옆에 있던 셋째 카할이 고개를 끄덕였다.

"응, 맞아. 나도 봤어. 진짜 예쁘더라."

검을 닦고 있던 장남 라펠이 낮은 목소리로 주의를 줬다.

"샬롯 앞에서 쓸데없는 소리 좀 하지 마라."

호수가 저택 앞이라고는 해도 한참을 걸어가야 하는 데다, 끝을 알 수 없을 만큼 깊어서 샬롯에게는 금지된 장소였다. 하지만 샬롯은 말없이 그 이야기들을 귀담아 듣고 있다가, 새벽 동이 트자마자 호수로 나왔다.

'인어라니!'

라티족만큼 아름답다고 들었다. 인어의 꼬리지느러미는 보석으로 치장한 듯 매끄러우면서도 반짝거린다고들 했다. 꼭 한번 보고 싶었다.

한참을 우두커니 서 있었는데도 호수에는 작은 파문조차 일지 않았다. 그래도 순진한 샬롯은 오라버니들의 말을 의심하지 않았다.

가지런히 모은 두 손을 몇 번이나 꼼질거렸지만, 호수로 향한 검붉은 눈동자는 조금도 움직이지 않았다. 6살이라는 어린 소녀로서는 놀라운 인내심이었다.

꼬르륵.

아침도 안 먹고 나온 터라 배가 고팠다. 샬롯은 배를 살살 문지르다가 결국은 버럭 소리를 지르고 말았다.

"인어! 인어를 볼 거라고!"

6살 소녀의 인내심은 2시간을 버틴 것으로 끝이 났다. 샬롯은 신경질적으로 드레스를 벗고 속옷만 입은 채 호수로 뛰어들었다. 물속에 있는 인어의 궁전을 찾아서라도 인어를 보고 말테다.

물의 권능을 사용하는 카할 오라버니는 태어날 때부터 헤엄을 잘 쳤다. 물을 제 몸처럼 다루는 카할을 보면서 자란 터라, 샬롯은 자신도 그럴 수 있으리라고 생각했다.

하지만 그것은 오판이었다.

호수의 차가운 물이 샬롯의 전신을 감싸자, 샬롯은 움직일 수가 없어졌다. 무거운 돌이 매달린 듯, 팔과 다리의 자유를 빼앗겼다. 간신히 허우적거리는 동안, 입과 코로 물이 들어갔다. 켁켁거리며 비명을 지르려 했지만, 그조차도 쉽지 않았다.

'싫어!'

어린 나이임에도 이제 죽게 생겼다는 생각이 들었다.

'싫어, 싫어!'

이대로는 죽고 싶지 않아서 온힘을 다해 물 위로 몸을 솟구쳤지만, 공기를 들이마시기도 전에 다시 물속으로 빠져 들어갔다. 팔다리를 움직일 힘이 점점 사라지기 시작했다.

샬롯의 의식이 물에 번져 희미해지기 직전, 따뜻한 것이 소녀의 허리를 감쌌다.

정신을 잃어가는 중에도 샬롯은 생각했다.

'인어인가 봐…….'

허리를 감싼 것은 따뜻하고 단단했다. 샬롯은 이 호수에 사는 인어가 자신을 구해 주러 왔다고 생각했다. 샬롯을 이끌어 인어의 왕국으로 데려가 주려는 거라고 상상했다.

그리고 암흑이 샬롯을 뒤덮었다.

입술에 부드러운 것이 닿았다. 무언가 숨을 불어넣고 있다. 달콤하고 뜨겁고 애달픈 것이 입술을 간질였다. 뜨거운 공기가 목을 타고 넘어갔다. 순간 허파에 어마어마한 통증이 일었다.

"콜록. 콜록. 케엑!"

새된 기침을 하던 샬롯은 물을 토해 냈다. 무슨 일이 벌어졌는지도 모르는 채, 한참 기침을 했다. 폐가 타들어 가는 듯 아팠고, 그 통증 때문에 눈물이 줄줄 흘렀다.

누군가의 손이 샬롯의 눈가에 흐르는 눈물을 살며시 닦아 주었다. 다정한 손길이었다.

"괜찮아?"

낯선 음성이 귓불을 간질였다. 샬롯은 눈을 깜빡거리며, 눈앞에 맺힌 일그러진 상을 제대로 보려고 노력했다.

"숨을 천천히 쉬려고 노력해 봐. 천천히."

샬롯은 그 말에 따랐다. 누군지는 모르겠지만 나쁜 사람은 아닌 것 같았다. 아니, 오히려 달래는 듯한 목소리가 듣기 좋았다.

고통이 조금씩 잦아들었다. 샬롯은 손등으로 눈물을 슥 닦아 냈다. 그러자 샬롯을 내려다보고 있는 소년의 얼굴이 또렷하게 보였다.

태양보다 눈부신 황금색 머리카락, 회색에 가까운 녹색 눈동자, 인형처럼 아름다운 얼굴.

저도 모르게 손을 뻗었다. 소년의 뺨은 닿는 순간 녹아버리지 않는 것이 신기할 정도로 부드러웠고, 고운 곡선을 그리는 입술은 딸기처럼 붉었다.

"이제 괜찮아?"

소년이 물었다. 샬롯은 고개를 끄덕거렸다.

"여기 있다는 소리를 듣고 인사하러 왔는데, 갑자기 물에 뛰어들어서 깜짝 놀랐어."

샬롯은 말없이 소년의 볼을 만지기만 했다. 둘째인 텔스와 비슷한 또래로 보이는 소년은, 참을성 있게 샬롯의 손길을 받았다

"너, 누구야?"

이윽고 샬롯이 물었다. 소년이 다정한 미소를 지으며 말했다.

"난 카르제나 휘안스. 네 오빠인 텔스민이랑은 친구 사이야. 젠이라고 불러."

"누가 나한테 뽀뽀했어."

샬롯의 말에 젠의 얼굴이 붉게 물들었다. 우윳빛 피부에 딸기 시럽을 톡 떨어뜨린 것 같아서 웃음이 나왔다.

"아, 아니. 그건 뽀뽀가 아니라…… 그러니까…… 그냥…… 널 살리기 위해서…… 숨을…… 숨을 불어넣은 거야."

허둥지둥하는 젠의 모습을 가만히 지켜보던 샬롯이 갑자기 울음을 터뜨렸다.

"후에엥."

젠은 입을 뻐끔거리다가 다물었다가 여기저기 두리번거리다

가, 결국 샬롯을 보듬어 안았다. 품에 쏙 들어올 만큼 자그마한 샬롯을 꼭 끌어안고 등을 다독거리며, '내가 책임질게.'라는 말을 하려는 순간, 샬롯이 말했다.

"배고파. 우에엥."

"……."

*　　*　　*

하나뿐인 딸이 흠뻑 젖어서 돌아오자, 오르데안 공작은 그 원인인 텔스와 카할을 불러 어마어마하게 혼을 냈다. 평소에는 다정하지만 화가 나면 얼마나 무서운 아버지인지 잘 알고 있는 텔스와 카할은, 찍소리도 못하고 꾸중을 들었다.

"잠시 뒤에 소개해 줄 사람이 있다. 그 전까지 연무장 100바퀴를 돌아."

"아부지!"

연무장을 한 바퀴 달리는 데 10분이 걸린다. 100바퀴를 돌려면 열여섯 시간을 꼬박 달려야만 했다. 텔스가 우는 소리를 했지만 오르데안 공작은 모르는 척 응접실에서 나가 버렸다.

"체술 써서 달려야겠네. 안 그러면 어떻게 100바퀴를 돌아?"

체술은 아모른의 권능을 받은 오르데안 가문만이 할 수 있는 비술로, 순간적으로나마 혈귀를 따라잡는 속도를 낼 수 있었다. 하지만 그만큼 체력을 빠르게 소모해서, 사용하고 나면 걷는 것조차 힘들어졌다.

"샬롯이 호수에 뛰어들지 누가 알았나? 마냥 기다리고 있으면 가서 놀려 주려고 했던 건데."

카할이 입술을 비쭉거렸다.

"샬롯 성격 모르냐? 우리 막내는 성질이 급해. 그러게 샬롯 앞에서 쓸데없는 소리 하지 말라고 했잖아."

잘못한 것도 없는데 덩달아 불려갔던 라펠이 차갑게 말했다. 텔스가 라펠에게 매달렸다.

"형님, 우리를 좀 더 말려 줬어야지!"

"말린다고 들을 녀석들이냐? 너희는 샬롯을 너무 괴롭혀."

"괴롭히다니? 사랑해 주는 거지. 매번 내 말에 속는 걸 보면 귀여워 죽겠단 말이야. 고 통통한 볼을 콱 깨물어 주고 싶다니까."

두 팔로 자기 몸을 감싸고 황홀한 표정을 짓는 카할의 모습에, 라펠은 한숨을 내쉬었다.

"변태 같은 놈."

"동생 사랑하는 오라버니를 변태로 매도하지 마."

"얼른 끝내고 샬롯이나 보러 가자."

라펠이 걸음을 서둘렀다.

젠은 커다란 의자에 비스듬히 앉아 팔걸이에 팔꿈치를 대고, 손등에 턱을 괴었다.

샬롯은 공작 가의 영애답지 않게 칠칠맞지 못한 모습으로 갓 구운 빵에 버터를 바르는 중이었다. 발그레 혈색이 도는 통통한 볼이 귀여워서 눈을 뗄 수가 없었다. 친구인 텔스가 만나기만 하면 여동생 자랑을 하는 이유를 알 것 같았다.

동그랗고 큰 눈과 오뚝한 코, 흰 피부에 장미 꽃잎을 떨어뜨린 것처럼 붉은 입술. 샬롯은 오빠들에게 속았다는 걸 깨달은 후부터 입술을 비쭉 내밀고 있었다.

버터를 흘러내릴 만큼 잔뜩 바른 샬롯이 "자."하고 젠에게 빵을 내밀었다. 젠은 부드럽게 미소를 지으며 고개를 저었다.

"난 먹었어. 너 먹어, 아침도 못 먹었다면서."

"응. 배고파. 힝……."

샬롯은 칭얼거리며 빵을 덥석 베어 물었다. 볼이 빵빵해질 정도로 와구와구 밀어 넣은 후 우물우물. 자기 얼굴보다 큰 빵 한 덩어리를 다 먹은 후에야 샬롯은 만족스러운 듯 미소를 지었다. 헤벌쭉 웃는 모습이 사랑스러워서, 젠도 덩달아 웃고 말았다.

"오빠, 참 예쁘게 생겼다."

샬롯이 고개를 갸우뚱하며 말했다.

"그래? 남자한테는 멋있다고 해야 칭찬인 거야."

"하지만 정말 예쁘게 생겼는걸. 텔스 오빠는 하나도 안 예쁜데."

"텔스는 멋있잖아."

"뭐가 멋있어. 거짓말쟁이들이야. 전부 사기꾼들이야! 몹쓸 놈들!"

샬롯은 정말이지, 공작 가의 영애답지 않았다. 말투도 그렇고, 행동도 그렇고.

귀족 가문의 영애는 태어나는 순간부터 귀족 가의 예법을 몸에 익히기 때문에, 아무리 어린 나이라고 해도 다소곳하고 귀족적인 말투를 쓴다.

젠은 샬롯의 거침없는 행동이 싫지 않았다.

"카르제나 휘안스라고 했지? 휘안스 백작님 아들이야?"

한참 분통을 터뜨리던 샬롯이 다시 호기심을 보였다. 휘안스 백작. 그 이름을 듣는 순간 가슴이 지끈, 눈물이 나올 것 같아서 젠은 얼른 침을 삼켰다.

"응, 카르제나 휘안스. 젠이라고 불러."

"젠 오빠는 우리 오빠랑 친구였어? 텔스 오빠랑? 근데 어쩜 그렇게 다정해?"

"텔스민도 다정하잖아."

"아냐. 하나도 안 다정해. 허구한 날 거짓말만 하고, 얼굴 꼬집고."

"그건 네가 귀여워서 그런 거야."

"귀여운데 왜 꼬집어? 난 귀여우면 만져 주고 싶고 쓰다듬어 주고 싶던데."

"텔스민이 그렇게 안 해 줘?"

"아주 가끔만. 라펠 오빠는 잘해 줘."

"그래, 라페인 형님은 좋은 분이시지."

샬롯은 볼에 바람을 불어넣고 젠의 얼굴을 꼼꼼히 살펴봤다.

"그런데 우리 집엔 무슨 일이야? 텔스 오빠랑 놀러 왔어?"

"아니, 오늘은…… 다른 일 때문에 왔어."

"무슨 일?"

"난 아마……."

젠은 한숨을 삼켰다.

"아마 앞으로 여기서 살게 될 거야."

샬롯의 눈이 커졌다.

"정말? 정말로?"

"응. 싫어?"

"아니, 좋아! 오빠는 예쁘고 착하니까 같이 살았으면 좋겠어! 텔스 오빠보다 오빠가 더 좋아."

샬롯이 두 팔을 번쩍 들어 올리며 말했다. 샬롯이 순수하게 즐거워하는 모습을 보니, 젠도 마음이 조금 편해졌다.

"그런데 왜? 휘안스 백작님은 어디 가셨어?"

샬롯의 질문에 솔직하게 대답해도 좋을지 몰라, 젠은 잠시 망설였다. 하지만 결국 샬롯도 알게 될 일이다. 오르데안 공작은 점심 때 가족들에게 이야기를 해 주겠다고 했다. 그렇다면 미리 말해 둬도 되겠지.

"부모님은 일주일 전에 혈귀에게 당하셨어."

샬롯의 얼굴에서 미소가 사라졌다.

"두 분 다 돌아가셨어."

"……."

"아마 나는 곧 백작 지위를 물려받게 될 거야. 그런데 아직 어리고 힘이 없으니까, 친척들 중에서 아버지의 권력과 재산을 탐내는 사람들이 많아. 오르데안 공작님이 내 힘을 키울 때까지는 이곳에서 함께 지내자고 하셨어. 난……."

머리를 쓰다듬는 손길에 젠이 말을 멈췄다. 어느새 젠의 앞으로 다가온 샬롯은 소년의 머리칼을 만지다가 두 팔을 벌려 끌어안았다. 샬롯은 따뜻하고 아기처럼 우유 냄새가 났다. 샬롯의 길고 부드러운 머리카락이 젠의 얼굴을 간질였다.

"그런데 왜 안 울어?"

샬롯이 젠을 끌어안은 채 물었다.

"난 공작 가의 딸이지만, 우리 가족이 죽으면 펑펑 울 거야. 아마 나도 따라서 죽을 거야. 그런데 젠은 왜 안 울어? 백작님의 아들이기 때문이야?"

"응. 난 강해져야 되거든. 부모님이 돌아가실 때 아무것도 할 수 없었어. 겁에 질려서 우는 것 빼고는 할 수 있는 게 없었어. 나는 그 저주스러운 놈들한테 내 우는 모습을 보이고 말았어. 그 놈들은 날 비웃었을 거야. 공작님이 구해 주지 않으셨으면 그렇게 울다가 그놈들 손에 당했겠지."

입술이 제멋대로 움직였다.

"나는 이 세계에서 그놈들이 사라질 때까지 울지 않을 거야.

두 번 다시 그놈들한테, 내 약한 모습을 보이지 않을 거야."

그렇게 다짐했다. 놈들에게 피를 빨린 어머니가 놈들과 같은 눈빛으로 다시 살아나 젠을 공격하려 했을 때, 그 어머니의 목이 오르데안 공작의 검에 잘려나갔을 때, 젠은 두 번 다시 울지 않으리라 결심했다.

젠에게서 떨어진 샬롯이 두 손으로 젠의 볼을 감쌌다. 샬롯의 투명한 눈동자가 젠을 빤히 응시했다. 햇빛 때문에 붉게 보이는 맑은 눈동자 속에 젠의 얼굴이 비쳤다. 그 눈동자에 비친 젠은 울고 있지 않았지만, 형편없이 일그러진 얼굴을 하고 있었다.

"오늘 날 구해줘서 고마워, 젠 오빠."

샬롯이 울 것 같은 얼굴로 말했다.

"오빠는 내 생명의 은인이니까, 난 앞으로 오빠 이야기를 아무한테도 안 할게."

샬롯이 젠의 반듯한 이마에 살며시 입을 맞췄다.

"그러니까 내 앞에선 울어도 돼."

그래서 울고 말았다.

눈앞의 작은 소녀의 눈빛이 다정해서, 볼을 감싼 손이 따뜻해서, 젠은 참지 못하고 소리 내서 울고 말았다. 젠은 고작 12살의 소년이었기에, 부모를 잃은 고통을 언제까지고 참고 견디기는 힘들었던 것이다.

*　　　*　　　*

점심식사 때, 오르데안 공작 가 저택 식당에는 전에 없이 많은 사람들이 모였다. 오르데안 공작의 가족들과 친척들 전부가 휘안스 백작 가에 일어난 사고 소식을 전해 들었고, 젠이 이 저택에 살게 되었다는 사실을 알게 되었다. 반대하는 사람은 없었다.

식사가 끝난 후, 어른들은 앞으로의 혈귀에 대한 대책을 세우기 위해 회의실로 향했다. 휘안스 백작 정도 되는 명문가의 인물이 혈귀에게 당했다는 것은, 혈귀가 점점 강해지고 있다는 것을 뜻했기 때문이다.

젠은 하녀에게 방을 안내받았다. 더부살이를 하는 거라는 생각이 안 들 만큼 호화롭고 넓은 방이었다. 아마 공작이 더욱 신경을 써 준 것이리라.

젠은 감사한 마음으로 짐을 풀었다. 혈귀 때문에 저택이 엉망이 되는 바람에, 챙겨 나온 것은 별로 없었다. 어머니가 좋아하던 장신구 몇 개와 아버지의 검. 그게 전부였다.

침대 위에 그것들을 늘어놓고 천천히 심호흡하며 바라보는데 노크 소리가 들렸다.

"네."

대답을 하자마자 문이 벌컥 열리고 텔스가 뛰어들어왔다. 늘 장난스러운 미소를 짓고 있는 텔스지만, 이번만큼은 잔뜩 굳은 표정이었다.

젠이 빙그레 웃었다.

"아까부터 하고 싶은 말이 있는데 잘 참는가 싶더니, 결국 이렇게 뛰어오는구나."

"웃을 때냐, 지금?"

텔스가 으르렁거렸다.

"그럼 울까?"

"장난치는 거 아냐! 왜 나한테 말 안 했어?"

"말한다고 달라지는 건 아니잖아."

"그, 그거야 그렇지만……."

"갑작스러운 공격이었어."

"성기사들은? 교단에서 보내준 성기사들이 있었잖아."

"당했어."

"가족들이 피할 틈도 없이 당했다고? 혈귀 놈들이 그렇게 강해진 거야?"

"모르겠어. 난 무서워서 그놈들이 어떻게 움직이는지도 제대로 못 봤거든."

"말도 안 돼!"

텔스는 분노와 슬픔과 안타까움 때문에 힘을 자제하지 못했다. 창문밖에 자라고 있던 식물들이 텔스의 힘에 반응해 엄청난 속도로 자라기 시작했다. 무성히 자란 덩굴이 창문을 뒤덮어 햇빛이 차단되었다. 방 안이 어두워지자 텔스가 정신을 차렸다.

"아, 이런."

텔스가 창문 쪽으로 손을 뻗자, 식물들이 다시 원래의 크기로 돌아갔다.

"힘 좀 자제해. 쟤들도 커졌다가 작아졌다가 피곤하겠다."

"너, 괜찮냐?"

텔스가 젠의 타박을 무시하고 걱정스럽게 물었다. 빤히 응시하는 텔스의 검붉은 눈동자를 보니 샬롯이 떠올랐다. 남매는 남매구나. 똑같은 표정을 짓는 걸 보면.

그런 생각에 빙그레 웃었더니 텔스가 주먹을 말아 쥐고 젠의 팔을 가볍게 때렸다.

"웃을 때냐?"

"난 괜찮아, 텔스민. 지금 시대에 혈귀의 저주는 누구한테나 벌어지는 일이잖아. 귀족이라고 피할 수 있는 건 아니지."

"하지만……."

"실컷 울었어. 실컷 원통해했고. 그러니까 이제 됐어. 계속 울고만 있으면, 그야말로 놈들이 원하는 거겠지."

고맙게도 텔스는 젠의 마음을 이해해 주었다. 젠의 어깨를 툭툭 두드린 텔스가 창틀에 앉았다.

"앞으로 어쩔 거냐?"

"글쎄."

젠은 손을 펴 자신의 손바닥을 내려다봤다.

"나는 아모른의 권능이 없으니 다른 재주라도 익혀 봐야지. 적어도 내 한 몸은 지킬 수 있을 정도의 힘은 갖고 싶어."

"그럼 체술 익힐래?"

"체술은 오르데안 가의 비술이잖아. 아무한테나 막 알려 줘도 되냐?"

"보통은 아모른의 권능이 없으면 체술을 사용할 수도 없지만, 어느 정도 몸을 훈련시킬 수는 있을 거다. 뭐, 앞으로 같이 살게 됐으니 네가 아무나는 아니잖아. 게다가 우리 샬롯도 구해 줬고."

"아아, 샬롯."

젠이 빙그레 웃자 텔스가 미간을 좁혔다.

"어이, 너 우리 샬롯한테 흑심 품은 건 아니지? 절대 못 준다. 넌 내 소중한 친구지만, 내 여동생은 절대 못 줘."

"글쎄다."

젠이 어깨를 으쓱하며 장난스럽게 말했다.

"그거야 샬롯 마음에 달려 있겠지."

샬롯 16살

"누님!"

라시안이 도도도 달려와 샬롯에게 안겼다. 이제 7살이 된 라시안은 애교가 많고 강아지처럼 활발했다. 게다가 가장 드물다는 치유의 권능을 지니고 있었다.

"라시안. 어머니는?"

"제르디온 백작 가의 파티에 가신대요. 저도 데리고 가 주시기로 했어요. 누님은 안 가실 거예요?"

라시안이 눈을 반짝반짝 빛내며 물었다.

"응, 난 안 갈래."

"같이 가시면 좋을 텐데."

라시안이 입술을 비쭉 내밀었다. 샬롯은 웃으며 라시안의 볼을 꼬집었다.

"다음에. 파티에 가면 계속 웃어야 하잖아. 웃는 건 힘들어."

"누님은 웃을 때 정말 예뻐요."

"그래서 우리 라시안 보면 매일 웃잖아. 파티 가서 재미있게 놀다가 와. 돌아오면 얼마나 즐거웠는지 얘기해 줘."

"네, 누님. 그럼 다녀올게요."

"응."

라시안은 왔던 길을 되돌아가며 연신 샬롯을 향해 손을 흔들었다. 샬롯도 라시안이 보이지 않을 때까지 크게 손을 흔들어 주었다.

혈귀가 점점 많아지고 있다. 지난번 북쪽 얼음의 땅에서 학살이라고 할 만한 혈귀의 침입이 있었다. 때문에 오르데안 공작 가의 대부분이 얼음의 땅으로 정벌을 나선 터였다.

오르데안 공작 가가 혈귀 때문에 비상사태여도 세상은 변함없이 굴러갔다. 연회를 열고, 파티를 즐기고. 그것은 오르데안 공작이 원한 일이었다.

"혈귀 때문에 삶의 즐거움을 포기한다면, 그것이야말로
혈귀가 원하는 세상이 되는 거란다."

친인척들이 애써 싸우고 있는데, 한쪽에서는 파티를 즐기는
귀족들이 마음에 안 들어서 불평했을 때, 오르데안 공작은 그렇
게 말했다.

"살아 있다는 것은 즐거운 일이어야만 되지. 아모른 님은
우리가 행복하기를 바라서. 아모른 님의 저주를 받은 혈귀
들은 우리가 불행하길 바라지. 그들을 만족시키지 않기 위
해서라도, 우리는 더 많이 웃고 즐길 필요가 있단다."

젠을 사랑하게 되면서, 그때 아버지가 한 말의 의미를 알 수
있었다. 젠이 혈귀에게 가족을 잃고 계속 슬퍼하며 방황했더라
면, 그의 웃는 얼굴을 볼 수 없었을 것이다. 젠이 웃을 때면 주위
가 밝아지는 듯 아름다워서, 샬롯은 그의 미소가 없는 삶을 상상
하고 싶지도 않았다.
살아 있는 사람은 행복하게 살아가야만 한다.
"샬롯 님. 심심하십니까?"
정원에 있는 분수 앞에서 멍하니 서 있는데, 뒤에서 귀에 익은
목소리가 들려왔다. 샬롯은 환하게 웃으며 뒤를 돌아봤다.

"카인."

키가 훤칠하게 크고 비쩍 마른 카인은 루비처럼 새빨간 머리카락을 가지고 있었다.

"밖엘 다 나오고, 웬일이야?"

샬롯이 손짓하자 카인이 휘적휘적 걸어서 다가왔다. 카인은 무기 장인인 그의 아버지와 다르게 늘 방에 틀어박혀 있었다.

"샬롯 님이 심심해하실 것 같아서요. 재미있는 걸 가지고 왔습니다."

"재미있는 거?"

"깜짝 놀라실 겁니다."

카인이 옷소매에 감추고 있던 물건을 꺼냈다. 철로 만든 검은색 원통에 파란색 버튼이 달려 있었다.

"이게 뭐야?"

"눌러 보세요."

"수상한데? 위험한 거 아냐?"

"에이, 그러지 말고 눌러 보세요."

샬롯은 눈을 가늘게 뜨고 카인을 노려보다가, 호기심을 이기지 못하고 파란색 버튼을 눌렀다. 그러자 갑자기 주위가 어두워졌다. 검은 장막이 하늘에서부터 내려와 샬롯의 주위에 둘러졌고 동시에 보석을 뿌린 것 같은 반짝거림이 일어났다. 그것은 비단처럼 하늘거리는 색색가지의 빛무리를 만들어 냈다. 어둔 밤하늘에 여러 색깔의 반짝이는 커튼이 수놓아진 것 같은 장관이 펼쳐졌다. 그리고 아름다운 음악이 흘러나왔다.

샬롯은 잡힐 듯 가까운 곳에 있는 빛무리를 향해 손을 뻗었지만 아무것도 잡을 수가 없었다. 그것들은 펼쳐졌다가 사라지기를 반복하며 샬롯의 눈을 즐겁게 해 주었다.

한참 후에야 모든 것이 사라지고 원래의 공간으로 되돌아왔다. 샬롯은 놀란 눈으로 카인을 바라보았고 그는 만족스럽게 웃었다.

"이게 뭐야?"

"환상입니다. 순간적인 행복이죠. 행복은 손에 잡히는 게 아니거든요."

"그건 너무 심하다. 부질없다는 거잖아."

"아니죠, 샬롯 님. 짧기에 더 아름다운 겁니다. 그러니까 다들 행복해지고 싶어하죠."

샬롯과 카인이 분숫가에 있는 나무 의자에 나란히 앉았다. 다리를 흔들거리며 땅을 내려다보던 샬롯이 문득 입을 열었다.

"젠이 걱정 돼."

젠도 얼음의 땅 정벌에 함께 따라갔다. 그의 이름을 말하는 샬롯의 얼굴에는, 소녀에겐 어울리지 않는 걱정과 불안이 가득 담겨 있었다.

"카르제나 님은 강합니다."

"하지만……."

"텔스민 님과 호흡이 잘 맞으니, 그분께서 카르제나 님을 많이 도와주실 겁니다."

오르데안 공작 가에서 살게 된 젠은 체술을 익혔다. 그것은 젠을 빠르고 강하게 만들었다. 하지만 오르데안 가의 혈연들이 사용하는 것만큼 완벽하진 않았고, 아모른의 권능처럼 보조해 주는 힘도 없었다.

"젠도 우리 가족이었으면 좋았을 텐데. 그럼 아모른의 권능을 받았을 거 아냐."

"하지만 샬롯 님과 결혼할 수는 없게 되겠죠."

카인의 말에 샬롯의 얼굴이 붉어졌다.

"아, 아냐. 내가 뭐…… 젠이랑 결혼할 생각이 있는 건 아니거든. 젠도…… 여자들한테 인기 많고, 꼭 나한테만 잘해 주는 것도 아닌데…… 뭘……."

샬롯이 변명했지만 카인은 다 알고 있다는 듯 음흉한 미소를 지었다.

"진짜야. 원정 떠나기 전에 로도이 자작 딸이랑도 그런 소문이 있었단 말이야."

"소문은 소문일 뿐이죠. 카르제나 님이 워낙 아름답게 생기셔서, 일부 귀족 가 따님들이 헛소문을 만들어 내는 것 같더군요."

"꼭 헛소문만도 아닐걸. 저번엔 그 여자랑 같이 있는 것도 봤거든. 아주 신난 것 같더라."

"질투 나십니까?"

"질투는 무슨! 하나도! 젠 따위!"

샬롯이 벌떡 일어나 카인의 뒤로 돌아갔다.

"머리 묶어 줄게."

"샬롯 님. 전 남자입니다."

"알아. 하지만 예쁘고 긴 머리카락이잖아. 묶어 주면 더 예쁘더라."

카인은 작게 한숨을 쉬었지만 피하진 않았다. 샬롯은 솜씨 좋게 카인의 머리를 땋아 내려갔다. 빨간 머리를 양 갈래로 촘촘히 딴 샬롯은, 자신의 머리끈으로 카인의 머리끝을 묶었다. 파란색 리본이었다.

"예쁘다, 카인."

"샬롯 님……."

"정말 예뻐. 나가서 루시드 백작이라도 꼬셔와. 루시드 백작이 너한테 관심 있는 것 같던데."

"관심이라니요! 그런 끔찍한 소리는 하지도 마십시오. 전 남자한테 관심 없습니다!"

"호오. 그거 서운한데요."

발끈하는 카인의 뒤에서 다정한 음성이 들려왔다. 카인은 굳은 얼굴로 뒤를 돌아봤다. 루시드 백작이 부드러운 미소를 짓고 있었다.

"안녕하십니까, 아름다운 샬롯. 그리고 아름다운…… 카인."

루시드 백작이 연극조로 정중하게 인사했다.

"안녕하십니까, 백작님. 전 이만 가보겠습니다."

카인이 으르렁거리듯 인사하고는 서둘러 자리를 피했다. 샬롯은 고개를 들어 루시드 백작을 올려다봤다.

흑단 같은 머리카락과 새까만 눈동자, 날카로운 콧날과 얇은 입술을 가진 루시드 백작은 최근 귀족 가 영애들 사이에서 인기가 높았다.

무표정할 때는 차가워 보이지만 미소를 지으면 달콤했고, 여성을 대할 때는 무척 다정하고 정중한 남자였다. 다양한 분야로 아는 것이 많아서 대화를 하는 도중에 끊기는 일이 없었다.

제국 기사단의 흰색 제복을 입은 루시드는 등 뒤에 태양을 달고 다니는 것처럼 빛이 났다. 곧게 서 있는 루시드를 보니, 그를 보며 가슴 설레어 하는 여자들의 마음을 이해할 것 같았다. 만약 젠이 이 마음속에 없었더라면, 이 남자에게 두근거림을 느꼈을지도 모르겠다.

"루시드 백작. 자주 오시네요."

"오늘 원정대가 돌아온다는 소식을 들었습니다. 가장 먼저 샬롯 님께 알려드리고 싶어서 달려오는 길입니다."

"오늘 돌아온다고요?"

샬롯이 환한 표정으로 다가가자 루시드가 빙그레 웃었다.

"네. 오늘 해질 무렵 당도할 것 같다더군요. 기사단이 성문 밖으로 마중을 나가기로 했는데, 샬롯 님도 가시겠습니까?"

"네, 그럼요! 가고 싶어요. 갈래요."

"그럼 준비하십시오. 제가 호위하겠습니다."

"고마워요, 루시드 백작."

"샬롯 님을 위해서라면 언제나, 어디서든."

루시드가 한 손을 배에 대고 깊이 허리를 숙였다. 샬롯은 그것을 보는 둥, 마는 둥 하고 저택을 향해 달려갔다. 허리를 편 루시드는 샬롯의 뒷모습을 물끄러미 응시했다.

* * *

오르데안 가문에서 10명과 성기사 30명, 마력사 7명이 원정을 떠났다. 피해는 거의 없었지만, 성기사 3명이 한쪽 팔을 잃고 오르데안 공작의 동생이 다리를 잃었다. 혈귀의 긴 손톱에 잘려나간 것이다.

"난 가끔 그런 생각이 들어."

흑마를 탄 젠이 옆에서 백마를 타고 있는 텔스에게 말했다. 텔스가 젠을 돌아봤다.

"뒤에서 혈귀들을 조종하는 놈이 있는 게 아닐까, 라는 생각."

텔스가 피식 웃었다.

"그럴 리가 없지. 놈들은 그저 피에 미친 짐승들일 뿐이야. 피가 있는 곳이면 어디든 달려드는 거라고."

"하지만 이번 일만 해도 뭔가 이상하지 않아? 우리를 유인하려는 듯이 동시에 얼음의 땅을 습격했어. 큰 싸움이 될 줄 알았는데 한 번 부딪치고 나서 다들 사라졌잖아."

"짐승들도 무리를 지어 먹잇감을 찾을 줄은 알아."

"그런 걸까? 하지만 먹이를 찾기 위해 얼음의 땅에 갔다면, 그게 더 이상하지 않아? 얼음의 땅 거주민은 많지 않잖아."

"흐음."

젠의 걱정과 달리 텔스는 어깨를 으쓱할 뿐, 심각한 표정이 아니었다. 혈귀의 존재는 오르데안 공작 가의 사람들에게 있어서 일상과 다름없었다. 그러니 혈귀가 조금 이상한 행동을 보인다고 해서 휘둘릴 이유가 없는 것이다.

"그나저나…… 형, 정말 로도이 자작 댁의 아가씨와 그렇고 그런 사이야? 그 아가씨 이름이 엘딘이었던가?"

어느새 두 사람의 옆으로 다가온 카할이 물었다. 카할의 오른쪽에는 그가 만들어 낸 얼음 상자가 둥둥 떠 있었다. 투명한 얼음 상자 안에는 얼음의 땅에서 눈을 뭉쳐 만든 눈토끼가 들어 있었다. 카할이 샬롯의 선물로 만들어 온 것이다.

"엘딘이랑? 내가? 왜 그런 소문이 난 거지?"

젠이 기겁했다.

"나도 그 소문 들었는데. 엘딘이 조만간 휘안스 백작 부인이 될 거라고, 사교계에 소문이 쫙 퍼졌어."

텔스가 싱글싱글 웃으며 카할의 말에 힘을 실었다. 젠은 황당함을 감출 수가 없었다.

"그럴 리가 없잖아. 나한테는 샬롯뿐이라고!"

"아니, 난 샬롯을 너한테 줄 생각 없는데."

"샬롯이 네 거냐?"

"난 샬롯을 가장 사랑하고 아껴주는 오라버니지. 그러니까 샬롯은 내 거나 마찬가지."

"아니거든. 내가 샬롯을 더 아끼거든요! 형은 샬롯을 위해 이런 걸 해 줄 생각도 못 했잖아."

카할이 옆에 떠 있는 얼음 상자를 가리키며 말했다.

"난 샬롯을 위해 더 아름다운 걸 준비했지."

텔스가 땅을 향해 손을 뻗자, 형형색색 꽃이 피어나기 시작했다. 아무것도 없었던 흙길이 순식간에 꽃밭이 되었다. 맨 앞에서 말을 달리던 라펠이 외쳤다.

"텔스민! 쓸데없는 짓 하지 마라!"

당장이라도 뛰어올 것 같은 외침에, 텔스가 입술을 실룩거리며 꽃을 사라지게 했다. 카할이 꼴좋다는 듯 웃었다.

"그래 봐야 임시방편으로 길가의 꽃을 뜯어가는 것밖에 더 돼? 난 얼음의 땅에서부터 미리미리 준비했다고."

"그런 건 부숴 주겠어!"

텔스가 달려들었지만 카할의 얼음 상자는 부웅 떠서 하늘 높이 올라갔다. 카할은 놀리듯 텔스의 눈앞으로 얼음 상자를 내려보냈다가 띄우기를 반복했다.

사이좋은 형제가 여동생에 대한 사랑의 크기를 주제로 다투는 동안, 젠은 허리에 매달려 있는 주머니를 만지작거렸다.

샬롯을 만난 지 10년이 되어 간다.

처음에는 사랑스럽고 귀여운 어린 여동생이라고 생각했었다. 부모님과 오빠들의 애정을 듬뿍 받고 자란 샬롯은 솔직하고 감정이 풍부했다. 샬롯이 환하게 웃을 때면 덩달아 기분이 좋아져서, 젠 역시 따라 웃게 되었다.

샬롯은 알까? 그녀가 있기에 부모님의 죽음을 극복하고 일어설 수 있었다는 걸. 그녀가 없었다면 죽는 그날까지 웃음을 잃고 혈귀에 대한 증오만 키웠을 거라는 걸. 그녀의 존재 덕분에 살아가는 행복을 알게 되었다는 걸. 샬롯은 알고 있을까?

바람이 불어와 젠의 황금빛 머리카락을 흐트러뜨렸다. 젠은 눈가를 가린 머리를 뒤로 쓸어 넘겼다.

샬롯이 보고 싶다.

텔스와 카할이 장난을 치느라 뒤처졌다. 젠은 말을 몰아 앞으로 나아갔다. 흑마에 탄 라펠은 꼿꼿한 자태로 정면을 바라보고 있었다. 오르데안 공작의 뒤를 이을 장남인 라펠은 장난 많은 남동생들과 달리 점잖았다.

"할 말 있나?"

라펠이 돌아보지도 않고 물었다.

"형님. 저…… 오늘 돌아가면 샬롯에게 청혼할 겁니다."

"흐음."

"방해하지 않으실 거죠?"

점잖은 라펠이지만 샬롯의 일에서만큼은 팔불출이 되었기에 젠은 걱정스러운 마음이 들었다. 텔스와 카할의 방해야 적당히 상대하면 되지만, 라펠이 작정하고 방해하려 들면 반지도 못 꺼내게 될 것이다.

"로도이 자작 가의 아가씨는 어쩔 셈이지?"

라펠의 질문에 젠은 한숨을 내쉬었다.

"형님, 저 진짜로 그 아가씨랑 아무 사이 아닙니다. 그 아가씨가 멋대로 홀린 소문이에요."

"그런 소문이 난 것부터가 잘못이지. 자넨 몸가짐을 조심히 할 필요가 있어."

"더 이상 어떻게 조심하죠? 족쇄라도 찰까요?"

"필요하다면."

"형님……."

"내 사랑스러운 동생이 네게 마음이 있다면, 내가 말릴 수는 없는 일이지."

라펠이 허리까지 긴 머리카락을 뒤로 쓸어 넘기며 말했다.

"그럼 허락해 주시는 겁니까?"

라펠은 반색하고 묻는 젠을 지그시 응시했다. 진지하고 고요한 검붉은 눈동자가 젠의 마음을 꿰뚫어 보는 것처럼 날카롭게 빛났다.

"한 가지 약속해 준다면."

"뭐, 뭘 약속해야 합니까?"

"앞으로 혈귀 일에 손대지 말 것."

생각지 못한 말에 젠의 눈이 커졌다. 라펠은 젠의 놀람을 무시하고 말을 이었다.

"자네에겐 아모른의 권능이 없어. 체술을 익혔다지만 완벽한 것도 아니지. 혈귀를 증오하는 자네 마음을 모르는 건 아니지만, 계속 이 싸움에 끼어들다가는 자네 목숨이 위험해질 거야."

"하지만 형님. 저는……."

"내 말 들어, 카르제나. 이번 싸움만 해도 피해가 컸어. 여차하면 목숨이 위험해지는 상황인데, 자네를 끌어들이고 싶진 않아."

"……."

"자네에게 무슨 일이 생기면 샬롯이 울게 되겠지. 난 내 여동생이 우는 걸 보고 싶지 않아. 우리 가문은 끝없이 싸워야만 하는 운명을 갖고 태어났지만, 그 애 만큼은 혈귀와 관계없이 늘 웃었으면 좋겠다. 내 마음 이해하겠지?"

젠은 입술을 잘근 깨물었다. 라펠이 말하는 바는 알 수 있었다. 젠은 일반인에 비해 강해졌지만, 손쉽게 혈귀를 상대할 수 있을 만큼 강해진 것은 아니었다. 때문에 젠이 싸울 땐 늘 텔스가 그의 곁에 붙어 있었다.

사람 좋은 텔스는 내색하지 않았지만, 아마도 젠의 존재는 싸움에 방해가 될 것이다. 그걸 알면서도 그는 모르는 척하고 있었다.

"혈귀를 섬멸하는 데 한몫하고 싶습니다."

젠의 말에 라펠이 고개를 끄덕였다.

"그래, 알아."

"하지만 욕심이겠죠."

"……."

"만약 샬롯이 없었다면 절망했을지도 모르겠습니다. 삶의 목적이 복수가 되었을 테니까요."

젠의 얼굴에 부드러운 미소가 번졌다.

"하지만 지금 제 삶의 목적은 복수가 아니라 샬롯이죠. 제가 다쳐서 샬롯이 운다면, 복수가 무슨 소용일까요?"

"그래. 현명하군."

라펠이 희미한 미소를 지었다.

그때 맞은편에서 말을 탄 여자가 드레스를 펄럭거리며 달려왔다.

"카르제나 님!"

주홍색 머리카락이 드레스 자락과 함께 흩날렸다. 점점 가까워지는 소녀를 물끄러미 응시하던 라펠이 불쾌한 듯 말했다.

"여자 문제부터 해결하는 게 좋겠군."

그 말에 젠은 쓰게 웃으며 엘딘을 노려봤다.

샬롯은 두 손을 앞으로 가지런히 모으고 눈앞의 남녀를 물끄러미 응시했다. 엘딘이 젠의 목에 매달려 키스를 퍼붓고 있었고, 젠은 예상치 못한 입맞춤 때문에 하얗게 질려 있었다.

샬롯의 검붉은 눈동자가 어둡게 가라앉았다. 도톰한 입술이 가늘어질 정도로 꾹 다물었다. 뒤늦게 샬롯을 발견한 젠이 허둥거리며 엘딘을 떼어 내려 했지만, 말 타는 걸 즐기는 말괄량이 엘딘은 힘이 너무 셌다.

간신히 엘딘을 떼어 낸 젠이 허둥거리며 말했다.

"샬롯, 이건 그러니까⋯⋯."

"어머, 샬롯 님. 안녕하세요. 오랜만에 뵙네요."

엘딘이 승리의 미소를 지으며 치마를 잡고 살짝 인사했다. 샬롯은 엘딘에게 눈길도 주지 않았다.

살짝 턱을 든 오만한 자세로 젠을 노려보던 샬롯은, 옆에 있는 루시드에게 말했다.

"루시드 백작. 저 쓰레기가 내 옆에 못 오게 막아 주세요."

루시드가 부드럽게 웃으며 고개를 숙였다.

"분부대로 하겠습니다, 샬롯 님."

"악! 샬롯! 그게 아니라니까! 이유가 있다고! 내가 싫다고 하는 데⋯⋯."

휙 돌아선 샬롯을, 젠이 붙잡으려 했지만 루시드에게 막혔다. 루시드는 한 팔로 젠의 허리를 감싸고 은은한 목소리로 말했다.

"카르제나 백작. 차였군."

"차이다니요, 루시드 백작님! 절대 아닙니다. 샬롯은 날 버릴 리 없어요. 그치, 샬롯?"

젠이 버둥거리며 목소리를 높였지만, 샬롯은 뒤도 돌아보지 않고 그 자리를 떠났다. 말에 탄 채로 그 모습을 지켜보고 있던 라펠이, 웃음기 없는 목소리로 말했다.

"역시 내 동생은 못 주겠군."

원정에서 돌아온 걸 축하하는 성대한 만찬이 열렸다. 젠은 만찬이 열리는 내내 샬롯에게 다가가려 했지만, 번번히 텔스와 라펠의 방해에 가로막혔다. 덩굴을 자라게 해서 젠의 발목을 잡는 텔스의 방해는 무시하면 그만이었지만, 라펠의 방해는 격이 달랐다. 젠이 샬롯에게 가려고 할 때마다, 라펠의 검이 젠의 목을 겨눴다.

'이 형님은 분명 날 죽일 거야.'

농담으로 검을 뽑는 라펠이 아니라는 걸 알기에, 젠은 함부로 움직일 수가 없어서 눈물만 삼키고 있었다. 샬롯과 눈이라도 마주치면 눈빛으로 마음을 알릴 텐데, 샬롯은 이쪽으로 시선을 주지 않았다.

"샬롯. 화 많이 났어?"

카할이 샬롯의 어깨에 손을 얹었다. 샬롯이 뾰로통하게 말했다.

"별로요. 원래 그런 놈이라는 걸 알고 있었는데요, 뭐."

"으이구, 우리 예쁜이."

카할은 토라진 샬롯이 사랑스러워 견딜 수 없다는 듯, 샬롯의 양 볼을 살짝 꼬집었다.

"눈토끼는 마음에 들어?"

"응, 정말 귀여워요. 고마워요, 오라버니."

샬롯이 웃자 주위가 밝아졌다. 카할도 마주 웃으며 샬롯의 비단 같은 머리를 쓰다듬었다.

행동이 어디로 튈지 예상할 수 없을 만큼 말괄량이였던 샬롯은, 13살 생일을 기점으로 성숙한 귀족의 영애인 척하려고 노력했다. 때때로 본래의 성격이 튀어나오기는 하지만, 노력이 가상해서 맞춰 주는 중이었다.

하지만 카할은 역시 '오라버니'라는 호칭은 간지럽다고 생각했다.

샬롯은 살며시 일어나 테라스로 향했다. 카할이 샬롯의 뒤를 따라갔다.

테라스 밖으로 나가자 마력석으로 불을 밝힌 넓은 정원이 눈앞에 펼쳐졌다. 정원에서부터 올라오는 신선한 흙과 풀의 냄새가 청량했다.

진청빛 밤하늘은 보석 같은 별로 뒤덮여 있었다. 샬롯은 테라스 가장자리에 두 손을 짚고 서서 하늘을 올려다봤다.

"오라버니. 이번 싸움 때…… 젠은 잘 싸웠나요?"

이러니저러니 해도 젠이 걱정되는 모양이다. 카할은 테라스 난간에 걸터앉았다.

"잘 싸웠어. 하지만 냉정하게 말하자면, 젠 형님은 방해만 돼. 젠 형님을 신경 쓰느라 텔스민 형님이 제대로 못 싸우거든."

"역시 그렇군요."

샬롯의 표정이 어두워졌다. 카할은 자기 옆 자리를 톡톡 두드렸다. 샬롯이 비스듬히 걸터앉자, 카할이 그녀의 머리를 촘촘히 땋으며 말했다.

"젠 형님의 편을 들어 주자면…… 아까의 키스는 정말 기습적이었어. 젠 형님이 엘딘한테 결혼할 생각도 없고 만날 생각도 없다고 딱 잘라 말했거든. 그랬더니 엘딘이 갑자기……."

"결혼할 생각……."

샬롯이 중얼거렸다.

"결혼한다는 소문까지 퍼졌었나 보죠? 그저 자주 만난다는 얘기만 있는 줄 알았더니. 오라버니, 전 이만 방으로 들어가 볼게요. 다른 분들께는 몸이 안 좋아서 먼저 들어갔다고 전해 주세요."

샬롯이 벌떡 일어나 총총걸음으로 사라졌다.

카할은 아차 싶었다. 젠을 도와주려고 꺼낸 말인데 더욱 수렁으로 밀어 넣고 말았다.

'미안해, 형님. 난 정말 도와주려고 한 거였어.'

샬롯은 침대에 앉아 숨을 몰아쉬었다. 문을 쾅 닫고 들어왔지만 기분이 나아지지 않았다.

'그러고 보면 젠이랑 나는 아무 사이도 아니긴 해.'

샬롯은 젠에게 정식으로 고백을 받은 적이 없다는 데에 생각이 미쳤다.

오래전에 어린 마음으로 물어본 적이 있다.

"젠. 날 어떻게 생각해?"

그랬더니 젠은 씩 웃으며 말했다.

"귀여운 여동생?"

내색하지는 않았지만 엄청 충격을 받았다. 호수에서 키스(생명을 구하기 위한 행동이었지만)를 한 후로, 샬롯의 마음은 줄곧 젠에게 향해 있었기 때문이었다.

오빠들에게 '귀여운 내 동생' 취급을 받는 건 좋지만, 젠에게만큼은 그렇게 보이고 싶지 않았다. 그래서 성숙하고 도도한 귀족가의 영애처럼 행동하기 시작했다.

'아직도 귀여운 여동생으로만 보이는 걸까?'

16살이면 슬슬 결혼 이야기가 나오는 나이다. 딸 바보인 오르데안 공작 덕분에 샬롯은 아직 결혼을 하지 않았지만, 여러 곳에서 결혼 이야기가 들려오고 있었다. 얼마 전에는 루시드도 지나가는 말처럼 샬롯에게 청혼을 했었다.

"샬롯 님. 평생 당신의 곁에서, 당신을 행복하게 해드리고 싶습니다."

그때는 대수롭지 않게 여겼는데, 가만히 생각해 보니 청혼이었다.

"평생 내 곁에서, 날 행복하게 해 주겠다고?"

루시드 정도의 남자라면 그리해 줄 수 있을 것이다. 부유하고 권력도 있고 몸가짐도 바르다. 여자와 염문설이 난 적도 없고, 젊은 나이에 황제에게 신임을 얻어, 황실 기사단의 단장이 되었다.

하지만 그뿐이다.

그에게 아무리 대단한 배경이 있어도, 멋진 외모가 있어도, 루시드는 샬롯의 가슴을 가득 채운 젠을 밀어내지 못했다. 샬롯조차도 신기할 정도였다.

"왜일까? 따지고 보면 젠보다 루시드 백작이 훨씬 나은데."

젠에게만 설레는 이유를 알 수 없었다. 루시드가 그 무엇을 해 주어도, 젠의 미소만큼 샬롯의 심장을 뛰게 만들진 못했다.

똑똑.

그때 노크 소리가 들렸다. 샬롯은 대답하지 않고 가만히 문을 노려봤다. 누가 왔는지 알 것 같았다.

"샬롯. 자?"

젠이었다.

"샬롯. 안 자는 거 다 알아."

"왜 왔어?"

"문 좀 열어 줘. 얼굴 보고 얘기하자."

"난 젠이랑 할 얘기 없어. 가."

"난 있어!"

"어쩌라고?"

"그러니까 문 좀 열어줘. 응?"

"싫어. 가."

"제발. 진짜로 보고 싶었단 말이야. 정말로."

젠의 간절한 음성에 마음이 흔들렸다. 하지만 샬롯은 이불을 꽉 움켜쥐고 말했다.

"난 안 보고 싶었어."

"진짜? 우와, 충격이다. 약간도 안 보고 싶었어?"

"그래, 약간도."

"너무하네. 너무해, 샬롯! 난 정말로 보고 싶었단 말이야."

"가. 이제 대답 안 할 거야. 잘 거야."

"정말? 내 얼굴 안 봐도 되겠어? 나 진짜로 간다?"

"가!"

샬롯이 차갑게 외친 후, 적막이 찾아왔다. 샬롯은 침대에서 내려와 살금살금 걸어가 방문에 귀를 댔다. 아무 소리도 들려오지 않았다.

"젠?"

작게 불러봤지만 대답도 없었다. 진짜로 가버린 모양이다.

"뭐야, 가란다고 진짜 가냐?"

샬롯은 다른 사람들과 함께 있을 때와 달리, 조심성 없는 태도로 슬리퍼를 집어던졌다.

"무섭다, 샬롯."

그때, 뒤에서 익숙한 목소리가 들려와 샬롯은 소스라치게 놀라며 뒤를 돌아봤다. 가버린 줄 알았던 젠이 창문밖에 서서 손을 흔들고 있었다.

어둠조차 그의 눈부신 금빛 머리카락에서 빛을 앗아가지 못했다. 젠은 헝클어진 금발을 뒤로 쓸어 넘기며 환하게 웃었다.

"내가 진짜로 가 버린 줄 알았어?"

샬롯의 얼굴이 붉어졌다.

"왜 남의 방을 훔쳐보고 그래?"

"보고 싶었으니까."

젠이 달콤한 목소리로 말했다.

"정말 보고 싶었어. 얼마나 보고 싶었는지 몰라. 너무너무 보고 싶어서 심장이 멎을 것 같았어."

"그래서 엘딘이랑 키스했어?"

"아냐. 정말로 아니야. 갑자기 끌어안더니 키스를 해 대더라고. 힘은 또 얼마나 센지…… 너도 알잖아. 엘딘이 엄청 드센거."

"엘딘이랑 결혼한다고 소문났다며?"

"그건 엘딘이 멋대로 퍼뜨리고 다닌 거야."

"오빠 여자를 너무 많이 만나. 내가 들은 것만 해도 얼마나 많은지 알아?"

"이제 안 만날게."

"……."

"정말로."

샬롯은 입을 꾹 다물고 젠을 노려봤다. 젠은 어쩔 수 없다는 듯 웃으며 두 팔을 창문 안쪽으로 내밀었다. 어서 와서 안기라는 뜻이었지만, 샬롯은 꼼짝도 하지 않았다. 그러자 젠이 버림받은 아이처럼 눈썹을 축 늘어뜨리고 애원했다.

"제발, 샬롯. 계속 화내면 나 죽을지도 몰라."

"죽든가."

"나 죽으면 네 방 창문 앞에 묻어줘. 그리고 텔스한테 부탁해서 꽃을 피우게 해 줘. 꽃이라도 돼서 널 볼 수 있게."

"무슨 소릴 하는 거야, 대체?"

"제발, 샬롯. 응?"

젠이 팔을 살짝 흔들었다. 결국 샬롯이 지고 말았다. 샬롯은 느릿느릿 걸어갔다. 그녀가 젠의 손에 닿을 만큼 가까운 거리가 되자, 그가 샬롯의 가느다란 손목을 잡아끌어 당겼다. 샬롯은 버틸 새도 없이 끌려가 창가에 걸터앉고 말았다.

젠은 두 팔로 샬롯의 허리를 끌어안고 얼굴을 그녀의 허리에 묻었다. 하늘하늘 흔들리는 금빛 머리카락이 유혹적이라서, 샬롯은 어쩔 수 없이 그의 머리를 살살 헤집었다.

"아, 이거야. 정말 이게 그리웠어."

젠이 지독한 갈증에 시달리다가 물을 마신 사람처럼 만족스러워했다. 샬롯은 웃지 않으려고 했지만, 젠의 과장된 행동에 그만 미소를 짓고 말았다.

"샬롯, 네 향기가 그리웠어. 체온도, 감촉도."

"그럼 앞으로 멀리 떠나지 마."

"응, 안 갈게."

"혈귀와의 싸움에 끼어들지도 마."

"응, 안 끼어들게."

생각지 못한 대답이었다. 샬롯은 젠의 어깨를 밀어서 떼어 내고 창틀에서 내려왔다. 그리고 그와 마주 보고 섰다. 젠이 서 있는 곳이 조금 더 낮았기 때문에, 젠과 샬롯의 눈높이가 같았다.

"정말? 정말로 안 싸울 거야?"

젠이 빙그레 웃었다.

"응, 정말로 안 싸울 거야. 난 너한테 거짓말 안 해."

"하지만…… 복수는?"

"안 할래. 아니, 이미 끝났어. 놈들은 내게 절망을 안겨 주려 했지만, 난 절망하지 않았어. 널 만났으니까."

젠이 손을 뻗었다. 샬롯은 그의 손 위에 자신의 손을 얹었다.

"널 만나서 행복하니까, 이걸로 복수는 된 거야."

"정말 그렇게 생각하는 거야?"

"응. 정말로. 나는 널 사랑해, 샬롯."

처음으로 듣는 고백이었다. 낮고 부드러운 음성이 나비처럼 날아와 샬롯의 가슴에 내려앉았다. 그것은 온갖 미사여구를 곁들인 고백보다 더 달콤하게 샬롯의 심장을 적셨다.

젠이 작은 주머니에서 반지 두 개를 꺼냈다. 똑같은 모양의 가느다란 금반지였다. 젠이 그것 중에 작은 쪽을 샬롯의 약지에 끼워주었다. 그리고 그녀의 손바닥에 큰 쪽을 쥐어 주었다.

"이 반지를 내 손에 끼워 주면 난 영혼이 되어서도 너만을 사랑할 거야."

샬롯은 그 가느다란 금반지가 귀한 보석이라도 되는 듯 조심스레 살펴봤다.

"안 끼워 주면 어떻게 돼?"

짓궂은 마음에 물었더니, 젠이 쓸쓸하게 웃었다.

"펑펑 우는 내 모습을 볼 수 있겠지."

샬롯은 작게 웃으며 젠의 손을 잡았다. 젠이 긴장하고 기다렸지만, 샬롯은 쉽게 그의 손가락에 반지를 끼워 주지 않았다.

"이 반지를 끼게 되면 나만 봐야 돼."

"응."

"다른 여자한테 눈길도 주면 안 돼."

"응."

"다른 여자 이름을 부르는 것도 싫어."

"응."

"그 반짝거리는 머리카락도, 눈동자도, 입술도, 전부 내 거야."

"응."

"그러면 나도……."

샬롯은 부드럽게 말하며 젠의 손가락에 입을 맞췄다. 그녀의 도톰한 입술이 그의 손가락을 하나, 하나 섬세하게 더듬었다. 샬롯의 붉은 입술이 닿을 때마다 젠은 움찔 몸을 떨었다. 가슴이 저릴 정도로 조심스럽고 느리게 젠의 손가락에 입을 맞춘 샬롯은, 그제야 반지를 살며시 끼워 주었다.

"나도 당신에게 나를 줄게."

애정이 담뿍 담긴 음성이 젠의 귓가를 간질였다. 젠은 그대로 손을 뻗어 샬롯의 머리카락을 잡아 살며시 끌어당겼다. 강한 힘이 아니었지만 샬롯은 그의 손에 이끌렸다.

두 남녀의 입술이 포개어졌다. 처음에는 수줍게 시작된 가벼운 입맞춤이 천천히 깊어지기 시작했다. 젠은 살며시 벌어진 붉은 입술을 조심스럽게 빨아들였다. 그녀의 입술은 달고 부드러웠다.

젠의 뜨거운 손이 샬롯의 머리카락을 헤집었다. 입을 맞추고 있는데도 더욱 갈망하는 듯, 그의 손길은 갈급했다. 그의 자극적인 손길과 입맞춤에 반응한 샬롯이, 젠의 팔을 살짝 붙잡았다.

달빛 아래서 둘은, 그렇게 오랫동안 키스를 나눴다. 그리고 누가 먼저랄 것도 없이 떨어져 서로의 얼굴을 바라봤고, 곧 키득키득 웃기 시작했다.

젠이 샬롯의 우윳빛 뺨을 쓰다듬었다.

"널 정말 사랑해, 샬롯."

샬롯의 눈이 예쁜 초승달 모양으로 가늘어졌다.

"나도, 젠."

샬롯은 촉촉하게 젖은 입술을 그의 이마에 가볍게 부딪쳤다
가 떼어 내며 말했다.

"나도 당신을 정말 사랑해."

*　　*　　*

젠이 돌아간 후, 샬롯은 침대에 누워 두 손을 앞으로 쭉 뻗었
다. 창문으로 들어오는 달빛에 반지가 반짝거렸다. 어느어느 백
작의 딸이 받았다는 약혼반지처럼 화려한 반지는 아니었다. 하
지만 샬롯은 눈앞에서 빛나는 실반지가 가장 아름다워 보였다.
그 어떤 보석도, 패물도 이 손에 끼고 있는 반지처럼 반짝이지는
않을 것이다.

샬롯은 반지에 살짝 입을 맞췄다.

창가에서 젠과 나누었던 키스가 생생하게 떠올라 가슴이 두
근거렸다.

어릴 때 호수에서 했던 그 입맞춤은 키스가 아니었다. 막연히
비슷한 느낌일 거라고 상상해 왔는데 전혀 달랐다. 비교도 할 수
없을 만큼 감미롭고 부드러워서, 온몸이 녹아 그에게로 스며들
것만 같았다. 무서울 정도로 심장이 뛰었지만 그게 싫지 않았다.
그 느낌이, 감정이 영원히 지속되었으면 좋겠다고 생각했다.

똑똑.

노크 소리에 벌떡 일어나 앉았다.

"샬롯. 자나?"

라펠의 음성이었다.

"아니요. 들어오세요, 오라버니."

문이 열리고 라펠이 들어왔다. 편한 옷으로 갈아입은 라펠은 긴 생머리를 깔끔하게 묶고 있었다. 샬롯은 반지 낀 손을 의식해 이불 속에 손을 집어넣고 라펠을 올려다봤다. 라펠의 예리한 눈이 샬롯을 물끄러미 응시했다.

"샬롯."

"네, 오라버니."

라펠의 미간에 옅은 주름이 생겼다. 샬롯은 움찔 시선을 피했다. 라펠의 눈빛은 가끔 마음속을 읽는 것처럼 빛나곤 했다.

"이런, 이런, 샬롯."

라펠이 작게 신음하며 침대로 다가와 샬롯의 머리를 쓰다듬었다.

"너 카르제나랑 키스했구나."

"어, 어떻게 아셨어요?"

샬롯은 소스라치게 놀랐다. 라펠의 미간에 생겼던 주름이 더욱 깊어졌다.

"그냥 한번 찔러본 거다."

"헉……!"

"그런데 정말로 했나 보군."

"오, 오라버니……."

"이건 좋지 않아."

라펠이 고개를 절레절레 저었다.

"정말로 좋지 않아."

그의 손이 자연스럽게 허리춤의 검으로 향했다. 샬롯이 얼른 라펠의 손목을 붙잡았다.

"주, 죽이게요?"

라펠이 빙그레 웃었다.

"그럴 리가. 두 번 다시 네게 키스하지 못하도록 입술만 살짝……."

"그게 더 끔찍해요, 오라버니!"

라펠의 눈동자가 샬롯이 손에 낀 반지로 향했다.

"그리고 너와 반지를 나눠 낄 수 없도록 손가락들만 살짝……."

"오라버니……."

"농담이다."

하지만 라펠의 눈동자는 당장이라도 젠을 벨 듯 차갑게 빛나고 있었다. 샬롯이 웃으며 라펠의 허리를 끌어안았다.

"그러지 말아요, 오라버니. 난 이제 젠 없이는 살 수 없어요."

"흠. 그렇게 말하니 더 용서할 수 없어지는데."

"오라버니이."

샬롯이 애원하듯 말하자 라펠이 웃으며 침대 가장자리에 걸터앉았다.

"그리 좋으냐?"

"네, 좋아요."

"이 오라버니보다 더?"

"어찌 비교하겠어요. 다른 마음인데. 오라버니랑은 키스하고 싶지 않거든요."

샬롯의 재치 있는 대답에 라펠이 호쾌하게 웃었다. 라펠이 한 팔을 들자 샬롯이 그의 품으로 파고들어갔다. 라펠은 샬롯의 가느다란 어깨를 감싸고 말했다.

"내 동생을 뺏긴 기분이 드는군."

"그렇지 않아요. 전 언제까지고 오라버니의 동생으로 남아 있을 거예요."

"젠이 널 행복하게 해 줄 것 같나?"

"네. 그냥 그가 있다는 것만으로도 행복해요. 게다가 앞으로는 혈귀와의 싸움에 끼어들지 않기로 했어요."

"그래, 잘 됐구나."

"전요, 오라버니. 기대가 돼요. 달이 차고, 지는 것을 매일 밤 함께 바라보고, 어느 날 저 달의 빛을 더 이상 볼 수 없을 때에 함께 아모른 님의 곁으로 돌아가게 되겠죠. 이 육체가 사라져도 젠과 나는 함께할 거예요."

"그래."

"그렇게 쭉 그와 함께하고 싶어요."

라펠은 소녀에서 여인이 되어 버린 자신의 여동생을 다정하게 응시했다. 말괄량이 왈패로만 남아 있을 줄 알았는데, 어느새 훌쩍 커서 한 남자와 영혼의 서약을 맺었다. 무언가 허전하기도 하고 감개무량하기도 한, 묘한 기분이 들었다.

라펠은 열린 창문 밖으로 보이는 회청빛 하늘을 응시했다. 하늘에는 둥근 달이 은은한 빛을 뿌리고 있었다.

"네가 그렇게 살 수 있도록."

라펠은 샬롯의 정수리에 가볍게 입을 맞췄다.

"이 세상의 혈귀들을 멸해 주마."

*　　　*　　　*

라펠과 샬롯이 남매의 다정한 정을 나누고 있을 때, 젠은 저택 앞 호수의 커다란 나무에 거꾸로 매달려 있었다. 젠의 다리는 질긴 덩굴에 묶여 있었고, 젠의 얼굴 주위로는 날카로운 얼음 칼이 둥둥 떠다녔다.

"으악! 내려 줘, 텔스, 카할!"

젠이 버둥거리며 비명을 질렀지만 텔스와 카할은 차갑게 웃었다.

"내려달라고? 내 동생의 입술을 빼앗아간 주제에 내려달라고?"

"어쩔까, 형님? 저 오만방자한 입술을 어떻게 해 줄까?"

"어떻게 해 주긴? 두 번 다시 내 동생의 입술을 갖지 못하게 얼려 버려!"

텔스가 험상궂게 말했다. 카할이 손을 올리자 그의 손앞에 둥근 물 덩어리가 생겨났다. 카할은 싸늘하게 웃으며 그 물 덩어리를 카할의 입술 쪽으로 둥실 떠워 보냈다.

"아하하하하하하! 이러지 마, 카할. 그게 내 입술을 얼리면, 넌 다시는 내 촉촉하고 보드라운 입술을 볼 수 없게 돼!"

"그따위 것은 아무래도 상관없어!"

말리려고 한 말이 오히려 카할의 분노를 자극했다. 그때, 누군가의 손이 카할의 어깨를 세게 움켜쥐었다. 카할은 화들짝 놀라 뒤를 돌아봤다.

"아, 아버지."

오르데안 공작이었다. 오르데안 공작은 둘이서 한 사람을 괴롭히는 참혹한 모습이 불쾌한 듯, 인상을 찌푸리고 있었다.

"뭣들 하는 게냐."

"공작님! 저 좀 살려 주세요! 살려 주십쇼!"

젠이 기회를 놓치지 않고 외쳤다. 텔스가 젠을 휙 째려보더니 오르데안 공작에게 나직하게 일렀다.

"아버님. 젠이 우리 샬롯에게 키스했습니다. 아주 진하게요."

"공작님! 억지로 한 게 아닙니다. 그건 샬롯의 동의하에……!"

변명할 틈도 없었다.

날카로운 바람이 불어와 젠의 발목을 묶고 있던 덩굴을 끊었고, 젠이 안심하기도 전에 회오리바람이 휘몰아쳐 그를 잡아챘다. 오르데안 공작이 만들어 낸 회오리바람 속에서 "으아아아아아!" 비명을 지르며 이리저리 휘날리는 젠. 그런 젠을 보며 오르데안 공작이 중얼거렸다.

"저렇게 휘둘리다 보면 키스했다는 사실을 잊게 되겠지."

샬롯 19살

샬롯의 19살 생일은 그녀에게 또 다른 기념이 될 만한 날이기도 했다. 바로 젠과 약혼식을 치르게 된 것이다.

대륙의 영웅 오르데안 공작의 딸 샬롯의 약혼식은 유례없이 호화로웠다. 각 지방의 귀족들이 선물을 잔뜩 들고 올라왔고, 황제와 황후, 황태자까지 둘의 약혼을 축하하기 위해 방문했다. 저택의 넓은 홀은 축복해 주러 온 사람들로 가득했고, 그 수가 너무 많아 정원에까지 테이블을 준비해야 했다.

"축하드립니다, 샬롯 님."

카인이 샬롯에게 꽃다발을 내밀었다. 프리지아와 백합으로 풍성했던 꽃다발은, 샬롯이 받아 들자 펑 터진 뒤 흰토끼가 되었다. 토끼는 샬롯의 허벅지에 얌전히 웅크렸다. 샬롯은 까르르 웃으며 카인에게 살짝 고개를 숙였다.

"고마워, 카인."

"언제나, 어디서나, 샬롯 님을 위해서라면."

카인이 허리를 굽혀 인사를 하고는 자리를 떠났다. 루비처럼 붉은 머리카락을 가진 카인은 눈에 띄었다. 카인을 발견한 레이디들이 미소를 지으며 접근했지만, 사람 상대하는 걸 싫어하는 카인은 서둘러 발길을 옮겼다.

"카인은 왜 저렇게 사람 대하는 걸 싫어하지?"

샬롯의 옆에 앉아 빵을 뜯어먹던 젠이 물었다.

"무섭대요."

"무서워?"

"네. 자길 보는 여자들의 번뜩이는 시선이 너무 무섭대요."

"아하하하하. 그럴만하지. 카인은 잘생겼으니까. 나도 가끔 그럴 때가 있거든."

"잘난 체 하지 말아요, 젠. 카인이 당신보다 훨씬 잘생겼으니까."

샬롯의 냉정한 평가에 젠이 눈을 가늘게 떴다.

"흐음. 그런데 어쩌나? 이제 네가 내 약혼녀라는 걸, 황제 폐하 앞에서 인정을 해 버렸는데."

"그래서 후회하는 중입니다, 젠. 제발 이런 자리에서 빵 부스러기 좀 흘리지 마세요."

샬롯이 커다란 빵 덩어리를 들고 있는 젠의 손등을 찰싹 때렸다. 젠이 웃으며 샬롯의 머리카락에 입을 맞췄다.

"네가 존댓말로 명령하면 온몸이 떨릴 정도로 기분이 좋아."

"묘한 취향이군요."

"그 냉정한 말투도 좋고."

"다른 데 가서 그런 말 하지 마세요. 변태 취급 받습니다."

"그 서늘한 눈빛도 좋아."

젠이 한 마디 반박할 때마다 입을 맞추는 통에, 샬롯은 그만 웃어버렸다. 인형 같은 얼굴이 환하게 빛나자, 젠도 따라서 웃으며 샬롯의 손을 꼭 잡았다.

"축하드려요, 샬롯 님. 카르제나 님이랑…… 음, 거기 토끼 군도."

빈정거리는 목소리의 주인은 엘딘이었다. 풍성한 연두색 드레스를 입고 온 엘딘은 입술을 비쭉거리며 살짝 허리를 굽혀 인사했다.

"토끼가 참 귀엽네요."

"갖고 싶나요, 엘딘?"

샬롯의 질문에 엘딘이 피식 웃었다.

"남의 손때가 묻은 물건엔 관심 없어요. 그러니까 거기 카르제나 백작님도 오래전부터 제 관심 밖이었죠. 절 이겼다고 생각하지 마세요, 샬롯 님."

"난 당신이랑 싸운 적도 없는데요."

"흥!"

엘딘이 버릇없게 굴었지만 샬롯은 화내지 않았다. 엘딘은 끝까지 입술을 비쭉거리더니, 고개를 까딱하며 말했다.

"어쨌든 일이 이렇게 흘러갔으니 백 년이고, 천 년이고 행복하세요."

"고마워요."

수많은 사람들이 와서 인사를 하고 돌아갔다.

약혼 파티가 끝났을 때, 샬롯은 녹초가 되었다. 손님들이 저택을 빠져나갈 때까지 인형처럼 뻣뻣한 미소를 짓고 있던 샬롯은, 친한 사람들만 남게 되자 표정을 지우고는 크게 한숨을 내쉬었다.

"이런 파티는 두 번 다시 하고 싶지 않아요."

"당연하지. 약혼 파티는 일생에 한 번이면 되는 거야."

젠이 웃으며 샬롯의 이마에 입을 맞췄다.

"약혼 파티가 이 정도라니…… 결혼식은 어떨지 궁금해진다."

손님맞이를 하느라 힘들어했던 카할이 상상만으로도 끔찍하다는 듯 몸을 부르르 떨었다.

"아, 결혼식 얘기는 꺼내지도 말아요. 이런 짓을 또 하고 싶진 않으니까."

샬롯이 매몰차게 말했다. 젠의 표정이 일그러졌다.

"그게 무슨 소리야, 샬롯! 나랑 결혼 안 할 거야?"

"생각 좀 해 봐야겠어요."

"샬롯!"

젠이 과장되게 외치며 한 손을 뻗었지만, 샬롯은 눈길도 주지 않고 방으로 돌아갔다. 텔스가 웃으며 젠의 어깨에 팔을 둘렀다.

"카르제나 백작. 이걸로 내 동생과의 사이를 세상에 알렸군."

"후후후후. 예정된 일이었지."

젠이 웃자 텔스는 얄밉다는 듯 젠의 팔을 꼬집었다.

"으악! 아프잖아!"

"난 네놈이 너무너무 얄미워서 견딜 수가 없다. 아름답고 성숙하고 심지어 귀엽기까지 한 내 동생을 홀딱 채가다니! 평생 데리고 살려고 했는데!"

"이봐, 텔스민. 여동생에 대한 사랑도 사랑이지만, 그게 너무 심하면 집착이 되는 거야. 보기 안 좋다고."

"네놈이 뭘 알아!"

샬롯을 뺏겨 분노한 텔스가 젠의 목을 잡고 흔들었다.

"카르제나 형님."

텔스에게 흔들리던 젠은 자신을 부르는 목소리에 고개를 숙였다. 이제 10살이 된 라시안이 짐짓 어른스러운 표정을 짓고 서 있었다.

"오, 라시안. 파티 내내 안 보이던데, 어디에 있었어?"

"조레쥬 자작님의 따님과 담소를 나누고 있었습니다."

"어이구, 그랬어?"

라시안은 흉포하고 장난기가 넘치는 형님들과 달리 예의가 발랐다. 젠은 웃으며 라시안의 머리를 쓰다듬었다.

"약혼 축하드립니다. 우리 누님을 행복하게 해 주세요."

라시안이 꾸벅 인사를 하며 말했다. 젠은 대답하는 대신 라시안을 번쩍 안아 들었다. 아무리 조숙해도 아직 어린아이라, 젠에게 안긴 라시안은 까르르 웃었다.

"걱정 마, 라시안. 샬롯은 내 세상이고, 내 영혼이야. 내가 행복하기 위해서는 샬롯이 먼저 행복해야 돼. 나는 이 몸이 사라져 영혼이 되어서도 샬롯만 사랑할 거야. 샬롯의 행복을 위해 살아갈 거야."

허공을 응시하며 다짐하듯 말하는 젠의 배를, 텔스가 쿡 쥐어박았다.

"으악! 텔스! 사람이 진지해질 땐 건드리지 좀 않으면 안 되는 거냐?"

"얄미운 놈. 로맨틱한 척하지 마."

"그래, 샬롯을 상대로 로맨틱한 척해 대는 꼴은 아주 역겹군."

조용히 다가온 라펠이 텔스를 거들었다.

"아이고. 형님까지 왜 이러십니까? 아무리 제게 이러셔도 샬롯은 이제 제 겁니다. 황제 폐하까지 오셔서 축하를 해 주셨다고요."

은근슬쩍 자랑하던 젠은 삼 형제가 내뿜는 살기를 온몸으로 받아내는 수밖에 없었다. 젠이 건장한 세 남자와 뒤늦게 합류한 오르데안 공작에게 구박을 받는 동안, 샬롯은 옷을 갈아입은 후 머리를 빗고 있었다. 찰랑거리는 긴 머리를 꼼꼼히 빗고 나서 틀어 올려 묶는데, 어머니가 들어왔다.

"어머니."

오르데안 공작부인은 기품 있는 미소를 지으며 샬롯의 뒤에 섰다.

"앉아 있어라. 내가 해 주마."

공작부인이 샬롯의 빗을 가지고 와 그녀의 머리를 빗겨 주었다.

"우리 딸이 벌써 이렇게 자라서 약혼을 하다니."

"아직 이 집을 떠나진 않을 거예요."

"그런 게 아니라 내가 나이를 먹었다는 게 실감이 돼서 서글프구나."

"……네, 그러시겠죠."

"카르제나가 그리도 좋으니?"

샬롯은 거울에 비치는 자기 얼굴을 보며 빙그레 웃었다.

"네, 좋아요."

"뭐가 그리 좋으니? 나는 카르제나보다 루시드 백작이 훨씬 멋있던 것 같던데."

"그거야 그렇지만…… 루시드 백작은 태양이 아니거든요."

"태양?"

"있죠, 어머니. 어릴 적에 젠이 절 구해 줬을 때요. 눈을 딱 떴는데 거기에 젠이 있었어요. 얼마나 반짝반짝거렸는지 몰라요."

"그거야 젠은 금발 머리니까 그렇지."

"아니에요. 금발이 아니었어도 그랬을 거예요. 눈이 시릴 정도로 반짝거려서, 저는 젠을 사랑할 수밖에 없었어요. 젠은 제 태양이에요."

"아모른 님께서 서운해하시겠구나."

공작부인이 장난스럽게 말하며 샬롯의 머리를 묶었다.

"이제 약혼도 한 몸이니 몸가짐을 바르게 해야 한다. 젠에게도 도박장에 드나드는 건 자제하라고 일러라. 명색의 공작의 사윗감인데 그렇게 멋대로 살면 곤란해."

"네, 그럴게요."

"예쁜 우리 딸."

공작부인이 웃으며 샬롯을 끌어안았다.

"언젠가 너도 널 닮을 딸을 낳으면 지금 내 마음을 알 수 있을 거야."

"어떤 마음인데요?"

"내 청춘도 다 지나갔구나⋯⋯하는 쓸쓸한 마음?"

"어머니도, 참."

"후후후. 큰일을 치렀더니 몸이 고되구나. 너도 얼른 자렴."

"네, 어머니. 주무세요."

공작부인이 자리를 떠난 후, 샬롯은 크게 기지개를 켰다. 파티 내내 꼿꼿한 자세로 앉아 있었더니 온몸이 쑤셨다. 하지만 자고 싶은 마음보다 젠을 보고 싶은 마음이 더 컸다. 계속 같이 있었는데도 또 보고 싶다는 생각이 든다는 게 우스웠다.

'젠은 오늘 우리 집에서 자고 가겠지? 오빠들이랑 아직도 같이 있으려나?

창문을 열고 정원 쪽을 내다보니, 오빠들과 아버지, 그리고 젠이 보였다. 젠은 카할의 물에 휩싸여 여기저기 둥둥 떠다니는 중이었다.

"어휴. 적당히들 좀 하지."

샬롯은 고개를 절레절레 젓고는 창문을 닫았다. 평소에 오빠들이 그녀를 얼마나 아껴 주는지 알기에, 오늘만큼은 오빠들이 하는 대로 내버려 두자는 생각이 들었다.

푹신한 침대에 누워 포근한 이불을 목까지 끌어올리자, 참고 있던 수마가 덮쳐 왔다. 샬롯은 이런저런 생각을 하다가 잘 생각이었지만, 젠의 얼굴을 떠올릴 새도 없이 잠에 빠져들었다.

* * *

루시드는 오르데안 공작의 저택 주위를 천천히 걸었다. 안에선 아직 잠들지 않은 사람들의 기척이 있었다. 루시드의 검은 눈동자는 주위를 에워싼 어둠보다도 짙게 가라앉아 있었다.

"약혼이라……."

루시드의 입가에 비릿한 미소가 떠올랐다가 사라졌다.

"행복한 꿈을 꾸고 있겠군. 한순간의 꿈일 뿐이겠지만."

* * *

샬롯은 번쩍 눈을 떴다. 주위는 아직 어두웠다. 샬롯은 겁에 질린 눈으로 주위를 두리번거리다가, 두 팔로 몸을 감쌌다. 뭔가 굉장히 좋지 않은 꿈을 꿨다.

오르데안 공작의 딸로 태어나 자기 몸 하나 지킬 정도의 호신술을 익혔다. 오냐오냐 하면서 자란 온실 속의 화초라고는 하지만 어둠을 두려워하진 않는다. 하지만 이 순간 주위를 둘러싼 어둠이 너무 무서워서 샬롯은 숨이 막혔다.

'왜…… 이러지?'

온몸이 땀에 젖어 있었다.

샬롯은 고개를 저어 불안한 생각을 떨쳐냈다. 약혼식을 올린 즐거운 날이다. 익숙하지 않은 파티에서 주인 행세를 하느라 지치는 바람에 악몽을 꾼 것뿐이다.

똑똑.

노크 소리가 들렸다. 샬롯은 미간을 좁히고 닫힌 문을 노려봤다. 이런 늦은 시간에 찾아올 만한 사람이 없었다.

"샬롯 님."

문밖에서 들려오는 목소리는 놀랍게도 하녀의 목소리였다.

"리젤?"

"샬롯 님. 늦은 시간에 죄송합니다."

"어…… 아냐. 괜찮아."

샬롯은 침대에서 내려왔다. 그러고 보니 노크 소리 때문에 잠에서 깬 것 같기도 하다. 문을 열었더니 리젤이 곤란하다는 표정으로 안절부절못하고 있었다.

"무슨 일이야?"

"샬롯 님. 루시드 백작님께서 뵙자고 청하십니다."

"루시드 백작이? 지금?"

"네. 기사단 일 때문에 축하드릴 시간이 지금밖에 없다고……
제가 잠드셨다고 말씀드렸지만 어쩔 수가 없었습니다."

"아아. 그래? 지금 어디에 있어?"

"응접실에서 기다리고 계십니다."

"그래. 알았어. 부모님이랑 오라버니들은 다들 피곤하시니까
깨우지 말고, 내가 알아서 할게."

"네. 죄송합니다."

"아냐, 리젤 잘못 아니잖아. 얼른 들어가서 자. 오늘 피곤했을
텐데."

"네, 샬롯 님."

리젤이 허리를 깊이 숙이고 물러났다.

'이 시간에 축하 인사라니…… 루시드 백작답지 않은데.'

샬롯은 옷을 갈아입으며 생각했다.

루시드 백작은 예의가 바른 사람이다. 이런 늦은 시간에 찾아
와 레이디를 찾는 짓을 할 사람이 아니었다. 축하 인사 때문이
아닌, 다른 일이 있어서 찾아왔을지도 모른다는 생각이 들었다.

"뭔가 긴히 할 얘기라도 있나?"

낮에 입었던 드레스를 입은 후 습관적으로 검을 들었다. 오르

데안 공작 가문의 사람들은 어릴 때부터 어디를 가든 검을 소지해야 했다. 가문의 문장이 찍힌 검을 허리에 맨 샬롯은 방에서 나왔다. 모두가 잠든 저택은 숨소리도 들리지 않을 만큼 고요했다.

한참을 걸어 응접실에 들어갔다. 응접실 바닥에는 붉은 양탄자가 깔려 있었고, 질 좋은 나무로 만든 흰 테이블과 백호 가죽을 씌운 소파가 놓여 있었다. 루시드는 창가에 서서 밖을 내다보고 있었다.

"루시드 백작."

샬롯의 부름에 루시드가 천천히 돌아섰다. 창문으로 들어오는 달빛이 루시드의 흑발에 흡수되듯 사라졌다.

샬롯은 미소를 지으며 루시드를 향해 다가갔다.

"이 시간에 축하를 해 주러 오신 건가요?"

루시드는 그 말에는 대답하지 않고 다른 이야기를 꺼냈다.

"샬롯 님, 제가 곧⋯⋯."

거기까지 말한 루시드가 갑자기 입을 다물었다. 루시드는 샬롯의 어깨 너머를 주시하고 있었다. 뒤에 누가 서 있나 싶어서 돌아봤지만 아무도 없었다. 다시 루시드를 쳐다봤을 때, 루시드는 샬롯을 향해 미소를 짓고 있었다.

"샬롯 님. 이 늦은 시간에 찾아와서 이런 말씀을 드려 정말 죄송하지만, 차 한 잔 주실 수 있겠습니까? 훈련을 끝내고 바로 달려온 터라 목이 많이 마르군요."

"그, 그래요. 곧 가져다주죠."

루시드의 기이한 행각에 샬롯은 당황했지만 내색하지 않고 응접실에서 나왔다.

'왜 저러는 거지? 정말 루시드 백작답지 않은데.'

"샬롯."

생각에 잠긴 채 걸어가던 샬롯은 자신을 부르는 목소리에 소스라치게 놀랐다. 복도 맞은편에서 젠이 걸어오고 있었다.

"젠. 안 잤어요?"

"응, 잠이 안 와서. 너야말로 왜 안 잤어? 많이 피곤했을 텐데."

샬롯의 앞에 선 젠이 그녀의 잘록한 허리를 감싸며 물었다.

"루시드 백작이 왔어요."

"루시드 백작이? 이 시간에?"

"네. 지금 응접실에서 기다리고 있는데……."

"아, 그래? 이 시간에 어쩐 일이지? 널 만나러 온 거야?"

"그런 것 같아요."

"그런데 넌 어딜 가는 거야?"

"목이 마르다고 해서."

"흐음."

젠이 의아하다는 듯 고개를 갸우뚱했다.

"이상하네."

"역시 그렇죠? 아무래도 안 좋은 일이 있는 것 같아요."

"음. 그럼 나도 한 번 가 봐야겠다."

"차 한 잔 가져다줄까요?"

"아니, 괜찮아."

젠이 샬롯의 이마에 가볍게 입을 맞추고 돌아섰다. 샬롯은 그의 뒷모습을 잠시 지켜보다가 주방으로 향했다.

루시드는 문 바로 앞에 서 있었다. 문을 열자마자 보인 그의 형체에, 젠은 화들짝 놀랐다.

"어이구. 깜짝 놀랐습니다, 루시⋯⋯⋯."

말을 끝맺기 전, 루시드가 젠의 목을 움켜쥐었다. 젠은 눈을 부릅떴다. 루시드는 천천히 응접실의 문을 닫고, 그 문에 젠을 밀어붙였다.

차갑다.

루시드의 행동보다 그에게서 번져 나오는 냉기가 더욱 경악스러웠다.

뭐지? 뼛속까지 얼어붙을 것 같은 이 냉기의 정체는 뭐지?

젠의 회색에 가까운 녹색 눈동자가 흔들렸다. 젠의 손가락 끝이 파르르 떨렸다.

"루시드⋯⋯ 백작님. 장난이 지나치시군요."

젠이 애써 웃으며 말했다. 입가의 근육이 굳어서 일그러진 미소가 그려졌다. 루시드는 웃음기 없는 얼굴로 젠을 응시했다.

"장난이라고 생각하는 건가? 자넨 정말 속도 편하군."

높낮이 없는 굵은 목소리는 평소에 들어왔던 루시드의 음성과 달랐다. 젠은 팔에 소름이 돋았다.

심장이 뛴다. 두려움이 심장을 움켜쥐고 제멋대로 주무른다.

뭐가 이리도 무서운 걸까? 왜 이 남자가 이렇게나 두려운 걸
까?

어린 시절 혈귀에게 부모님을 잃은 이후, 그 무엇을 봐도 두렵
지 않았다. 혈귀의 긴 손톱이 눈앞을 가로질러 스쳐 가도 공포를
느끼지 않았다.

하지만 지금 이 순간, 지난 십수 년 느끼지 못했던 것을 보상
이라도 하듯 두려움이 들이닥쳤다. 그것은 숨이 막히도록 강렬
해서 젠은 부들부들 떠는 것 이외에 할 수 있는 것이 없었다.

"아모른의 권능도 받지 못한 허약한 남자. 샬롯이 왜 자네 같
은 남자를 사랑하게 되었는지 모르겠군."

무언가 반박할 말을 해야 하는데 입술이 움직이지 않았다.

소리를 질러 사람들을 깨워야 하는데, 누구에게라도 도움을
청해야 하는데.

다급한 마음과 달리 몸은 얼어붙어 있었다. 루시드의 손에서
빠져나오기 위한 노력조차 할 수 없었다. 젠은 마치 성난 맹수
앞에 놓인 초식동물처럼, 꼼짝도 못 하고 루시드의 입술만 쳐다
봤다.

"카르제나 휘안스. 자넬 어떻게 해야 할까?"

"……."

"샬롯의 입술에 입을 맞추고, 그녀의 몸을 마음껏 만지는 자네

를, 내가 어떻게 해야 좋을까?"

"······."

"그녀의 손에 죽게 해 줄까? 아니면 그녀의 가족들이 널 죽이게 해 줄까? 그것도 아니면, 네가 그녀의 소중한 이들을 한 명, 한 명 없애볼 테냐?"

루시드가 으르렁거리듯 말했다. 그제야 젠은 정신을 차렸다. 깨달음이 젠의 머리를 거세게 치고 지나갔다.

알겠다.

이 남자의 정체. 이 냉기와 공포의 이유.

"당신, 혈귀였군."

떨림이 멎었다. 루시드도 그걸 느꼈는지 차가운 미소를 지었다.

"알아채는 게 느리군."

"그럴 수밖에 없지. 말하고 생각하는 혈귀가 존재하는지 몰랐으니까. 혈귀들의 움직임이 이상하다고는 생각했어. 누군가가 그 혈귀들을 부리고 있다는 느낌을 받았지."

"촉이 좋은데? 정작 아모른의 권능을 받은 오르데안의 핏줄들은 눈치채지 못하는 걸 눈치채다니."

"그러면 뭐해? 이 상황이 될 때까지 확신하지 못하다가 결국 당신에게 붙잡히고 말았는데."

목숨을 위협받는 사람답지 않은 가벼운 어투에, 루시드가 인상을 찌푸렸다.

"여유롭군, 카르제나 휘안스. 내가 자넬 무사히 돌려보내 줄 거라고 생각하나?"

"아니, 그렇게 생각 안 해."

젠은 루시드의 눈을 똑바로 응시했다.

"넌 날 죽이겠지. 짐승 같은 혈귀가 나처럼 싱싱한 청년의 피를 모르는 척하진 않을 거 아냐."

"짐승 같은 혈귀? 난 그놈들과 다르다. 그놈들은 의식도, 마음도 없이 밤을 떠돌지. 하지만 난……."

"내 눈엔 똑같아."

젠이 루시드의 말을 끊었다.

"내 눈엔 당신이나 그놈들이나 똑같아. 피를 마시는 저주받은 생…… 큭……."

루시드의 손이 젠의 목을 졸랐다.

"닥쳐라, 카르제나. 네 목숨이 내 손안에 들어 있다는 것을 모르나? 나는 네놈을 그냥 죽이지 않을 것이다. 너는 밤을 떠돌며 오르데안 공작 가의 피를 마실 것이고, 샬롯은 너를 증오하고 저주하게 될 것이다. 널 향하던 달콤한 눈빛은 차가운 분노로 바뀌게 되겠지. 그리고 너는 그녀의 손에 죽게 될 것이다."

루시드의 손에서 힘이 빠졌다. 젠은 콜록거렸지만 녹회색 눈동자는 여전히 루시드를 향하고 있었다. 젠의 눈빛은 조금도 퇴색되지 않았다. 오히려 전보다 더 빛났다. 젠의 아름다운 얼굴에 조롱하는 듯한 미소가 떠올랐다.

"질투에 미친 인간은 놀랍도록 추하군. 아, 인간이 아니라 혈귀였지."

"……."

"두렵나, 루시드?"

"두려운 건 자네겠지."

"아니, 난 두렵지 않아. 샬롯은 날 증오하지 않을 거야. 설령 내가 혈귀로 변해 이곳 사람들의 피를 빨더라도, 샬롯은 날 증오하지도, 저주하지도 않을 거야. 슬퍼하고 그리워할지언정, 그녀가 나를 저주하는 일은 절대 없을 거야. 내 영혼이 밤을 떠도는 육체 안에 들어 있지 않다는 걸, 샬롯은 알 테니까."

젠이 담담히 말을 이어갔다. 죽음을 앞에 둔 것 같지 않은 평온한 표정이었다.

"당신은 그게 두려운 거겠지. 내가 흉악한 혈귀가 되었는데도 샬롯이 날 사랑할까 봐. 그녀의 가족들을 다 죽였는데도 샬롯이 여전히 날 사랑할까 봐. 당신은 그게 두렵겠지."

"말도 안 되는 소리."

"두려워하는 게 옳아. 당신 생각이 맞거든."

루시드의 손톱이 길어져 젠의 복부에 박힌 것은 순식간에 일어난 일이었다. 날카롭고 긴 손톱이 배를 파고들 때에, 젠은 한 번 인상을 찌푸렸지만 비명을 지르진 않았다.

"죽일 테면 죽여 봐, 루시드. 나는 아모른 님의 곁에 가서 샬롯을 기다릴 거야. 그리고 샬롯도 죽어 아모른 님의 곁으로 오면,

우린 거기서 다시 사랑하게 되겠지. 당신이 샬롯을 가질 기회는 없어. 그게 진실이니까, 영원히 두려움에 떨어."

젠의 피가 루시드의 손톱을 타고 흐르다가 바닥으로 뚝뚝 떨어졌다. 그 피는 생명을 가진 것처럼, 루시드를 향해 움직였다. 하지만 젠은 그 놀라운 현상을 목격할 틈이 없었다. 루시드를 똑바로 노려보는 것만으로도 벅찼기 때문이다.

"왜 샬롯이 죽을 거라고 생각하지?"

"인간이라면 누구나 죽으니까."

"그렇다면 안 됐군, 카르제나. 난 샬롯을 나와 같이 만들어 내 곁에 둘 계획이거든."

젠이 눈을 부릅떴다. 루시드의 입가에 희미한 미소가 떠올랐다가 사라졌다.

"저 밖에 널려 있는 혈귀들은 네 말대로 영혼이 없을지도 모르지. 그러나 나는 어떤가? 나도 영혼이 없어 보이나?"

"……."

"그렇다면 내 육체를 움직이고 생각하게 하고 애정 어린 마음을 갖게 하는 이것은 무엇일까? 질투하게 하고 사랑에 빠지게 하는 이것은 과연 무엇일까?"

루시드가 고개를 숙여 카르제나의 귓가에 속삭였다.

"내가 얼마나 살아왔는지 알고 있나? 인간들에게는 영원이라고 할 수 있는 시간을 살아 왔다. 누가 나를 베어도, 잘라도, 태워도, 나는 죽지 않아. 이 저주받은 영혼을 가둔 몸뚱이는 지긋

지긋할 정도로 재생해서 나를 이 세계에 묶어 두지."

루시드가 다시 몸을 바로 세웠다.

"그러나 앞으로 나는 혼자가 아니겠지. 샬롯의 영혼이 내 곁에 있어 줄 테니까. 나와 함께 영원한 밤을 걸어가게 될 테니까."

"……그러지…… 마……."

젠의 눈동자가 흔들렸다. 젠은 축 늘어져 있던 손을 올려 자신의 배를 찌르고 있는 루시드의 팔을 붙잡았다.

"그러지 마, 루시드. 제발…… 쿨럭……."

젠이 토해 낸 피가 바닥에 떨어졌다가, 다시 움직여 루시드에게 흡수되었다.

"그러지 마, 루시드. 안 돼, 샬롯을 저주하지 마. 샬롯에게 영원의 시간을 주지 마."

긴 손톱에 배를 찔려도 담담했던 젠이 덜덜 떨리는 목소리로 애원하기 시작했다.

"샬롯을 그냥 놔 둬. 당신처럼 살게 하지 마. 당신이 정말 샬롯을 사랑한다면 그러면 안 돼."

"안 된다고? 사랑하기에 곁에 두고 싶은 거다, 카르제나. 자네가 그리한 것처럼, 나 역시 샬롯을 내 곁에 두고 싶은 거다. 그게 왜 안 될 일이지? 저주받은 자에게는 그러한 권한도 없다는 것인가?"

"루시드. 제발. 당신은 뭔가 잘못 생각하고 있어. 사랑하기 때문에 곁에 두고 싶은 건 맞아. 하지만…… 쿨럭, 쿨럭…… 하지만…… 하지만 아니야. 당신이 생각하는 건 틀려. 사랑한다고 해서 그녀의 마음을 멋대로 흔들면 안 돼. 그녀가 원치도 않는 걸 제멋대로 해 버리면 안 돼."

젠은 자신이 죽어 간다는 걸 느꼈다. 몸에서 생명의 힘이 빠져 나가고 있었다. 뭐라 표현할 수 없이 막막한 느낌이지만, 그것보다는 샬롯의 일이 급했다. 그녀를 영원한 저주 속에서 살아가게 할 수는 없었다.

"샬롯을 내 곁에 두고 그녀가 원하는 것들을 모두 해 줄 생각이다, 카르제나. 그리하면 그녀도 자네에 대한 것들을 잊고 날 사랑하게 되겠지."

"루시드……."

"그녀는 나와 함께 영원한 시간을 걸어가게 된 걸 행복해할 것이다, 카르제나 휘안스."

젠은 그 어떤 말로도 루시드의 생각을 바꿀 수 없음을 깨달았다. 원통했다. 그녀를 지켜 주고 싶었는데, 그녀와 영원히 함께하고 싶었는데 이렇게 죽게 되다니. 아니, 죽는 것은 두렵지 않았다. 그보다는 샬롯이 걱정이었다.

걱정이 되는데도 아무것도 해 줄 수 없음이 분하고 원통해서, 젠은 눈물을 흘렸다. 뜨거운 눈물이 볼을 타고 흘러내렸다. 심장이 뜯기는 것 같다. 찔린 배보다 가슴이 더 아파서, 젠은 비명을 지르고 싶었다.

'오지 마, 샬롯.'

샬롯은 지금쯤 차를 준비해서 이곳으로 오고 있을 것이다. 앞으로 일어날 일들은 아무것도 모르는 채, 이 문을 열 것이다.

"오면 안 돼…… 샬롯……."

소리를 쳐 알려야 하는데 목소리가 크게 나오질 않았다. 피를 너무 많이 흘렸다. 서 있는 것도 제 다리로 버티고 선 것이 아니다. 루시드가 목을 잡고 있지 않았으면 주저앉았을 것이다.

"지금 오고 있군. 더 크게 소리를 쳐 보지 그래?"

루시드가 말했다.

"그러면 그녀에게 자네가 죽는 모습을 보여 줄 수 있거든. 그리고 자네가 다시 일어서 그녀의 피를 마시기 위해 달려드는 모습도."

젠은 아랫입술을 깨물었다.

"볼 만하겠군, 카르제나."

죽어가는 모습을 샬롯에게 보이고 싶지 않았다. 만약 그 모습을 샬롯이 본다면, 그녀는 평생 그것을 떠올리며 괴로워할 것이다.

루시드가 입을 벌리자 평범했던 송곳니가 길게 자라났다. 젠은 마지막 힘을 짜내 루시드의 팔을 꽉 움켜쥐고 말했다.

"샬롯은 널 사랑하지 않을 거야, 루시드. 날 혈귀로 만들겠다고? 그렇게 해 봐. 샬롯이 좋아하는 건 바로 이 얼굴이거든. 이 잘난 얼굴. 내가 영혼 없는 혈귀가 돼서 짐승처럼 움직여도, 샬롯은 날 사랑할 거야. 이 얼굴만 있으면, 샬롯은 평생 나만을 사랑할 거야. 당신이 영원한 시간 동안 샬롯에게 무엇을 해 주든, 샬롯의 마음이 당신에게 가는 일은 없을 거야."

루시드의 눈이 차갑게 가라앉았다.

"그게 나와 샬롯의 사랑이야."

날카로운 송곳니가 젠의 피부를 뚫고 들어왔다. 피가 빠른 속도로 빠져나가는 것이 느껴졌다. 생각보다는 아프지 않았다.

'아아, 샬롯……'

젠은 눈을 크게 떴지만 보이는 것이 아무것도 없었다. 어둠이 주위를 감싸고 시간이 길게 늘어졌다. 별도, 달도 없는 짙은 어둠은 차갑고 무거웠다.

'샬롯, 나의 샬롯……'

심장의 움직임이 둔해졌다.

'한 번만 더 네 얼굴을 볼 수 있으면 좋을 텐데……'

샬롯의 음성이 귓가에 울리는 듯했다. 지금보다 조금 더 어린 목소리. 그래, 샬롯을 처음 봤을 때의 목소리.

　　　"너, 누구야?"

그날의 호숫가의 바람도, 냄새도, 하늘도 또렷하게 그려졌다. 그리고 순식간에 사랑에 빠지게 만든 또랑또랑한 검붉은 눈동자도.

"난 카르제나……"

젠은 눈앞에 떠오른, 어린 샬롯을 향해 말했다.

"젠이라고 불러, 샬롯."

"젠?"

"응, 샬롯."

젠의 입가에 희미한 미소가 맺혔다.

"나도…… 사랑해……."

심장이 멎었다.

＊　　　＊　　　＊

루시드는 쓰러진 샬롯을 안아 들었다. 인간에게 자신의 피를 먹인 것은 처음 있는 일이었다. 하지만 마치 여러 번 해 본 것처럼 결과를 예상할 수 있었다. 루시드의 몸 안에 흐르는 저주받은 피가 알려 주었다.

"샬롯."

샬롯은 창백한데도 아름다웠다. 자그마한 얼굴, 진주 빛 피부, 긴 속눈썹과 붉고 도톰한 입술.

"두려워 마라. 영원한 시간 동안 널 행복하게 해 줄 테니까."

주위는 고요했다. 샬롯의 심장은 다시 뛰는 기색이 없었고, 젠의 것도 마찬가지였다. 루시드는 바닥에 너부러져 있는 젠의 시체를 발로 툭 찼다.

도발에 넘어가 그의 피를 모조리 마시고 말았다. 젠이 혈귀가 되는 일은 없을 것이다.

"샬롯의 마음이 내게 오는 일이 없을 거라고?"

루시드는 비릿하게 웃었다.

젠의 눈빛이 떠올랐다. 마지막 순간까지 젠의 녹회색 눈동자는 형형하게 빛났다. 그 눈동자에는 두려움도, 절망도 없었다. 샬롯에 대한 애정뿐이었다. 그게 아주 역겹고 짜증 났다.

"그건 두고 봐야 알 수 있는 일이겠지."

*　　*　　*

흠칫 잠에서 깨어난 텔스는 침대 옆에 서 있는 검은 형체를 발견했다. 베게 옆에 놓인 검을 향해 반사적으로 손을 뻗다가 멈췄다.

"루시드 백작?"

창문으로 들어오는 달빛 덕분에 루시드의 얼굴을 알아볼 수 있었다. 루시드는 말없이 텔스를 응시하고 있었다. 기묘한 느낌이 든 텔스는 멈췄던 손을 다시 움직였다. 하지만 그 손이 검을 잡기 전, 루시드가 텔스의 손목을 붙잡아 멈췄다.

텔스는 눈을 크게 떴다.

루시드는 어느새 텔스의 몸 위로 올라와 있었다. 소리를 지르려고 했지만 루시드의 차가운 손이 텔스의 입을 틀어막았다. 텔스는 권능을 사용해 침대 주위로 독초가 자라나게 했다. 작은 움직임에도 치사량의 독을 뿜어내는 독초였다.

하지만 루시드가 더 빨랐다. 루시드는 품에서 연두색 마력석을 꺼내 텔스의 이마에 짓눌렀다.

"자라, 텔스민."

마력석이 연두색 빛을 뿜어내며 수면 마력이 텔스에게 스며들었다. 텔스는 뿌리치려 했지만 마력이 너무 강했다. 텔스의 눈꺼풀이 서서히 감기기 시작했다.

*   *   *

배고프다.

샬롯은 생각했다.

아아, 너무 배가 고프다. 무언가를 먹고 싶다. 갓 구운 빵과 진한 치즈, 노릇노릇하게 익힌 거위 구이, 신선한 채소로 만든 상큼한 샐러드. 아니, 그런 걸 먹고 싶진 않다. 다른 것이 먹고 싶다.

피. 피를 마시고 싶다.

한 모금만, 딱 한 모금만 마실 수 있으면 좋겠다. 신선한 피 한 모금만 마시면 이 허기도, 갈증도 사라질 것 같다.

피, 피를 마시고 싶다.

벌떡!

샬롯은 자신이 무슨 생각을 하는지 깨닫고는 벌떡 일어났다. 깨달았는데도 그 생각은 가시지 않았다.

피를 마시고 싶어.

샬롯은 혀로 입술을 핥았다.

피, 피가 필요해. 신선한 피. 인간의 몸 안에서 흐르고 있는 피.

"안 돼……."

샬롯은 두 손으로 머리를 쥐어뜯었다.

아니, 마셔야 돼. 피를 마셔야만 이 배고픔이 사라질 거야.

"안 돼!"

샬롯의 입에서 비명 같은 절규가 터져 나왔다.

"안 돼! 안 돼! 안 돼!"

기억은 사라지지 않았다. 젠을 얼마나 사랑하는지, 젠의 시체를 보고 얼마나 슬펐는지 모두 기억하고 있었다. 그리고……

"안 돼!"

루시드의 피를 마신 것도 생생하게 떠올랐다. 그것을 마시는 순간 혈관이 제멋대로 움직이고 저주가 그 혈관 안을 돌아다니는 걸 느꼈다. 혈귀가 되어 간다는 것을, 샬롯도 알 수 있을 만큼 생생한 감각이었다.

"안 돼! 안 돼! 안 돼! 안 돼애애애애애애!"

샬롯은 머리를 부여잡고 외쳤다. 아무리 소리를 질러도 고통

은 사라지지 않았다. 그것은 육체의 고통이 아니었다. 영혼의 고
통이었다.

"안 돼, 안 된다고! 안 된단 말이야!"

바짝 말라붙은 젠의 시체가 눈앞에 생생한데, 머릿속을 지배
하고 있는 건 '피를 마시고 싶다.'는 욕망뿐이었다. 이곳이 어디
인지, 얼마나 시간이 지났는지 헤아려볼 수도 없을 만큼, 피에
대한 갈망이 머릿속을 가득 채웠다.

"안 돼! 절대로 안 돼! 안 돼, 안 돼! 싫어, 절대 싫어!"

아플 정도로 고개를 휘저었지만, 갈증은 사라지지 않았다. 오
히려 점점 강해져서 샬롯은 저도 모르게 일어나 인간을 찾아 나
설 뻔했다. 다리가 제멋대로 움직이려고 하기에, 샬롯은 허벅지
에 손톱을 박았다. 그러자 갑자기 손톱이 길어지며 허벅지를 뚫
고 지나갔다.

"아악!"

고통 때문에 잠시 허기를 잊었다. 피는 흐르지 않았다.

"아파…… 아프다고……."

샬롯은 손톱을 허벅지에 박은 채로 흐느꼈다.

"아파, 젠…… 나, 아프다고……."

하지만 젠의 대답은 없었다.

"나 아프단 말이야, 젠! 아프니까 내 옆에 와달란 말이야! 어디
에 있는 거야, 젠! 아아, 젠……."

그의 대답이 영원히 없으리라는 것을 알면서도, 샬롯은 젠을

불렀다.

"젠, 제발…… 나 정말로 아파…… 아아…… <u>으으으흑</u>……."

눈물이 나오진 않았다. 샬롯은 이를 악물고 허벅지에 박힌 손톱을 빼냈다. 허벅지의 상처는 순식간에 아물었다. 샬롯은 자신이 인간이 아니라는 것을 실감했다.

인간이 아니다. 그리고 이제껏 봐 왔던 혈귀와도 다르다. 혈귀들은 베면 피를 흘린다. 하지만 샬롯은 피 한 방울조차 흘리지 않았다.

"이게 뭐야…… 이게…… 이게, 뭘까, 젠? 난 뭐가 된 걸까?"

"정혈귀."

루시드의 목소리가 들려왔다. 샬롯은 반사적으로 그 목소리가 들린 곳을 향해 몸을 날렸다. 샬롯 자신도 예상하지 못한 빠른 속도가 나는 바람에, 그녀는 루시드가 아닌 그 옆의 벽에 부딪쳐 떨어지고 말았다.

허기와 갈증만 빼면, 몸 상태가 놀랍도록 좋았다.

"넌 정혈귀가 되었다, 샬롯."

루시드는 벽에 기대어 서서 팔짱을 낀 채로 샬롯을 내려다봤다.

"이제껏 있었던 것들은 아혈귀라고 부르는 게 좋겠군. 구분이 필요해질 테니까."

"그딴 건 궁금하지 않아!"

샬롯이 손을 휘두르자 긴 손톱이 루시드의 종아리를 베어냈다.

사아악.

잘린 다리가 바닥에 닿기 전 먼지처럼 사라지고, 루시드의 다리는 원상복구가 되었다. 샬롯은 이를 악물고 몸을 일으켰다.

"이 괴물."

루시드가 빙그레 웃었다.

"그렇다면 너도 괴물이겠지."

"네가 젠을 죽였어."

"그래, 신경에 거슬렸거든."

"네가 젠을 죽였어!"

샬롯이 다시 덤볐다. 하지만 결과는 마찬가지였다. 몇 번을 베어도 그것은 흩어졌다가 다시 원래대로 되돌아갔다. 루시드는 묵묵히 서서 샬롯의 손톱을 전부 받아냈다. 분이 풀릴 때까지 날뛰라는 듯.

피, 피가 필요해.

금방이라도 터질 듯 갈증이 심해지는 바람에, 샬롯은 움직임을 멈췄다. 천천히 심호흡을 해봤지만 갈증은 가라앉지 않았다. 그 모습을 지켜보던 루시드가 말했다.

"우리는 굳이 숨을 쉴 필요가 없지. 호흡은 인간일 때의 습관일 뿐이다."

샬롯은 대답하지 않고 루시드를 노려봤다. 샬롯의 검붉은 눈동자에 노여움이 넘치도록 담겼지만 루시드의 표정은 변하지 않왔다.

"배가 고플 거다, 샬롯. 널 위해 선물을 준비했다."

"필요 없어!"

"배고픔을 참으면 온몸이 아파지고 이성을 잃게 되지. 이성을 잃으면 어차피 인간의 피를 마시게 되어 있다. 저기 널린 아혈귀들처럼 피에 미친 짐승 같은 눈빛을 하고서. 제정신일 때 우아하게 식사를 하는 편이 좋지 않겠나?"

"필요 없다고!"

루시드는 흐트러진 샬롯을 지그시 응시했다. 샬롯은 다시 숨을 몰아쉬었다. 숨을 쉴 필요가 없다고는 했지만, 조금이라도 인간답게 남아 있고 싶었다.

'침착해, 샬롯.'

샬롯은 두 손을 가지런히 앞에서 모아 쥐었다.

'넌 오르데안 공작의 딸이야. 영웅의 피를 받고 태어났어. 그러니까 흔들리지 마. 침착해.'

울고 화낸다고 달라지는 것은 없다. 혈귀가 두 종류라는 것을 알게 되었다. 태양 아래서 행동할 수 없는 혈귀와 행동할 수 있는 혈귀. 인간과 완전히 똑같은 혈귀가 있다는 사실을 아버지에게 알려야만 한다.

피, 피가 필요해.

몸 안에서 무언가가 끊임없이 속삭이고 있다. 그것은 끔찍하게도 샬롯의 목소리와 똑같았다. 샬롯은 그 소리를 무시하려고 애썼다.

"이제 진정이 좀 했나?"

"어떻게 해야 널 죽일 수 있지?"

루시드가 웃었다.

"그거 참 매력적인 질문이군. 날 죽이는 방법을 알고 싶은가?"

루시드는 천천히 다가와 샬롯의 허리를 감쌌다. 순간 젠과 마지막으로 나눴던 대화의 순간이 떠올라 가슴이 아팠지만, 샬롯은 내색하지 않았다.

"네가 원하는 것은 모두 다 해 주고 싶고, 네가 궁금해하는 것은 모두 알려주고 싶지만, 미안하군, 샬롯. 날 죽이는 방법은, 나 자신도 모른다."

"거짓말."

루시드의 눈에 쓸쓸한 빛이 스치고 지나갔다. 하지만 샬롯은 그것을 눈의 착각일 뿐이라고 생각했다. 쓸쓸하다니. 이런 악귀가 그런 감정을 느낄 리 없다.

"가지, 샬롯. 네가 나의 동반자가 된 기념으로 좋은 선물을 주마."

"이 팔이나 치워."

루시드는 순순히 팔을 풀고 돌아섰다. 그제야 샬롯은 주위를 둘러봤다. 호화로운 방이었다. 뛰어난 장인이 만든 것 같은 장식품과 고급스러운 침구가 있었다. 아마도 저 침대에 누워 있다가 깨어난 것 같다.

"여긴 네 집이냐?"

"그래."

루시드가 방문을 열고 밖으로 나갔다.

"일하는 사람들은?"

"없다."

"그래?"

"하지만 앞으로 날 위해 일할 사람들을 만들어 볼 생각이다."

"……."

루시드는 천천히 복도를 걸어갔고, 샬롯은 그의 뒤를 따라가며 집의 구조를 잘 봐두었다. 기회를 봐서 도망쳐야 한다. 아직은 혈귀의 힘을 어떻게 사용하는지 모르니까 루시드와 정면승부를 할 수는 없다. 루시드가 따라잡을 수 없도록 몰래 빠져나가야 한다.

게다가 아까 루시드가 한 말이 마음에 걸렸다. 배가 고파지면 이성을 잃고 짐승처럼 피를 갈구하게 될 거라는 말. 집에 도착했을 때 그런 일이 생겨서는 안 된다.

여러 방문을 지나가다가 홀에 당도했다. 밖으로 나가는 입구가 있었고, 입구와 마주 보는 곳에 커다란 장식장이 있었다. 루시드가 그것을 손바닥으로 두드리자 장식장이 옆으로 움직였다. 장식장이 있었던 곳에 아래로 내려가는 계단이 있는 뚫린 공간이 나타났다.

루시드는 그곳으로 걸어 내려갔다. 빛 한 점 없는 어두운 곳이었는데, 샬롯의 눈은 그 어둠 속에서도 밝게 볼 수 있었다.

한참을 내려간 후에야 끝에 닿았다. 작은 공간, 그리고 맞은편에 무거워 보이는 파란색 문이 있었다. 문은 커다란 자물쇠로 잠긴 상태였다. 루시드가 열쇠를 꺼내 자물쇠를 풀었다. 그리고 살짝 손을 들어 문을 가리켰다.

"즐거운 저녁 식사가 되시길. 샬롯."

샬롯은 루시드를 한 번 노려본 후, 문고리를 잡았다. 이 안에 대체 무엇이 있는 걸까? 인간이? 피를 제공할 인간이 있는 걸까?

입술이 바짝 말랐다.

피, 어서 피를 마셔야 돼.

또 샬롯의 목소리와 똑같은 그것이 속삭였다.

'들어가도 될까? 내가 이성을 잃고 저 안에 있는 사람의 피를 마시면 어쩌지? 아냐, 이성을 잃지 않을 거야. 정신을 똑바로 차려, 샬롯. 넌 오르데안 공작의 딸이야.'

샬롯은 문을 열었다.

샬롯이 문 안으로 들어가는 것을 확인한 루시드는 문을 닫고 다시 자물쇠를 채웠다. 그리고 내려왔던 계단을 천천히 걸어 올라가기 시작했다.

피로 범벅된 끔찍한 지하 감옥이 있을 줄 알았는데 의외로 평범한 방이었다. 다만 그 안에 갇혀 있는 인물이 평범하지 않았다.

"텔스민 오라버니?"

방 한가운데에 텔스가 쓰러져 있었다. 텔스의 팔엔 칼로 벤 듯한 깊은 상처가 나 있었고, 거기서 피가 흐르고 있었다. 피비린내가 샬롯의 코를 간질였다. 향긋하고 달콤한 냄새, 라고 샬롯은 생각했다.

'안 돼!'

샬롯은 손톱을 세워 허벅지에 박았다가 뺐다.

"아아악!"

번개가 관통한 듯, 전신을 꿰뚫는 고통에 비명이 터져 나왔다. 샬롯은 비명을 삼키기 위해 이를 악물고 흐느끼다가, 간신히 자세를 바로잡고 텔스에게로 달려갔다.

"텔스 오라버니. 오라버니, 정신 차리세요. 텔스 오라버니. 오빠, 제발. 제발 정신 차려, 오빠."

샬롯은 텔스를 끌어안고 그의 뺨을 때렸다. 손바닥으로 마력의 기운이 느껴졌다. 아마도 수면 마력에 당한 모양이다.

"오빠, 오빠, 제발."

"으……."

텔스가 작게 신음하다가 갑자기 눈을 번쩍 떴다.

"루시드!"

주위에서 독초가 무서운 속도로 자라기 시작했다. 하지만 그 독초가 공격을 하기 전, 텔스가 정신을 차렸다.

"샬롯?"

"오빠……."

샬롯은 텔스를 꽉 끌어안았다.

"샬롯, 무슨 일이야? 대체 여긴…… 여긴 어디야? 너도 루시드 백작한테 납치당한 거야?"

"오빠."

"괜찮은 거지? 그놈이 너한테 무슨 짓을 한 건 아니지? 젠, 이 자식은 널 행복하게 해 주겠다더니 네가 납치를 당할 때까지 뭘 한 거야?"

"오빠."

"아, 팔은 왜 아픈 거지? 루시드 백작이 이런 건가?"

텔스가 제대로 일어나 앉으며 깊게 베인 상처를 내려다봤다. 샬롯은 꿀꺽, 침을 삼켰다. 텔스의 팔을 타고 흐르는 피를 몹시도 마시고 싶었다. 딱 한 모금만, 딱 한 모금만.

"샬롯, 괜찮아? 넌 다친 데 없어?"

하지만 텔스의 걱정스러운 눈동자 덕분에 정신을 차렸다.

"난…… 난 괜찮아, 오빠."

샬롯은 어떻게 말해야 좋을지 알 수 없었다. 혈귀가 되었다고 알려야 하는데, 세상에 루시드 같은 혈귀도 있다고 알려야 하는데 말이 나오지 않았다.

'어떡하지? 대체 어떻게 해야 돼?'

텔스가 일어났다. 아직 마력의 여파가 남아 있는지 비틀거렸지만 문으로 다가가 더듬었다.

"검이 있다면 벨 수 있을 텐데. 식물을 자라게 해서 땅을 밀어 올리는 게 나을까?"

샬롯은 아무것도 모르는 텔스를 보는 것이 가슴이 뜯기도록 아팠다. 그녀는 고개를 숙이고 자신의 손을 내려다봤다. 손톱은 언제 들어갔는지 정상적으로 되돌아가 있었다.

'정신 차려, 샬롯. 비탄에 젖어 괴로워할 때가 아냐. 혈귀가 되었어도, 말하기 힘들어도 진실을 알려야 돼. 그게 네 의무야.'

샬롯은 자신을 질책하며 천천히 일어났다. 그리고 텔스에게 다가가 그의 팔을 잡았다. 텔스가 샬롯을 돌아봤다. 다정한 눈빛이었다.

"걱정 마, 샬롯. 여기선 나갈 수 있어. 그놈이 너한테 아무 짓도 하지 못할 거야."

"오빠. 진지하게 할 얘기가 있어."

"응? 그래, 일단 여길 나가서……."

"아니, 여기서 들어야 돼."

"……무슨 일이야?"

텔스가 문을 더듬는 걸 그만두고 샬롯과 마주 보고 섰다. 샬롯은 크게 심호흡한 후 말했다.

"오빠, 루시드 백작은 혈귀야."

텔스가 미간을 좁혔다.

"세상에는 우리가 아는 혈귀만 있는 게 아니었어. 루시드 백작처럼 태양을 받아도 괜찮고, 인간의 말도 할 줄 아는 혈귀도 있었던 거야. 루시드 백작은 그걸 정혈귀라고 부른댔어."

"그래, 그렇군. 그래, 그런 게 있을 수도 있겠네."

텔스는 유연하게 진실을 받아들였다. 수많은 혈귀를 상대해 온 만큼, 혈귀의 가능성에 대해서도 열려 있었던 것이다.

"루시드 백작이 젠을 죽였어."

"뭐?"

텔스가 경악한 얼굴로 샬롯의 양어깨를 부여잡았다.

"그게 무슨 소리야, 샬롯? 젠이 죽다니? 그럴 리가 없잖아."

"죽었어, 오빠. 내가 확인했어."

"그럴 리가…… 그 녀석이 왜……? 왜, 대체……?"

텔스의 눈에 눈물이 고였다. 하지만 샬롯은 그가 울 시간을 주지 않고 말했다.

"잘 들어, 오빠. 지금은 울 때가 아냐. 잘 들어야 돼."

샬롯의 말에 텔스가 정신을 차리고 샬롯을 응시했다.

"그래, 잘 들을게. 또 할 얘기가 있는 거야?"

"응, 제일 중요한 얘기야."

가슴이 답답하다.

"오빠. 나……."

말해야 돼.

"나 있지……."

말해야만 돼.

"나도 정혈귀가 됐어."

텔스는 얼어붙은 듯 움직이지 않았다.

"루시드 백작이 젠을 죽이고 날 정혈귀로 만들었어. 물어야만 혈귀가 되는 게 아니었어. 그 남자가 나한테 그의 피를 마시게 했어. 그리고 난⋯⋯."

"재미없어, 샬롯!"

텔스가 비명처럼 외치며 샬롯의 어깨를 거세게 움켜쥐었다.

"그런 농담은 재미없어, 샬롯. 아주, 아주 많이 끔찍하니까 그런 농담은 관둬."

"오빠⋯⋯."

"안 들어. 듣지 않을 거니까 관둬. 그건 정말 재미없는 농담이야. 내가 장난치는 걸 좋아하긴 하지만, 그건 아냐, 샬롯. 그건 정말 아냐."

"정말이야."

"아니, 아니야. 그럴 리가 없어. 내 사랑스러운 샬롯이 혈귀가 됐다고? 내 동생이? 그럴 리 없잖아. 그러니까 샬롯. 그런 농담 하지 마. 젠이 죽었다는 것도 장난인 거지? 너랑 젠이랑 루시드 백작이랑 짜고 이러는 거지?"

그랬으면 좋겠다.

샬롯은 눈을 감았다.

이 모든 일이 셋이서 텔스를 놀려주기 위해 꾸민 장난의 일환이었으면 좋겠다. 젠이 죽은 것도, 루시드 백작이 혈귀인 것도, 샬롯이 혈귀가 되어 버린 것도 전부 장난이었으면 좋겠다.

하지만 이것은 장난이 아니다.

다시 눈을 뜬 샬롯은 어깨에 있는 텔스의 손을 떼어 내고 한 걸음 뒤로 물러섰다. 그리고 손톱을 길게 뽑아냈다.

순식간에 길어진 손톱은 인간의 몸통을 쉽게 베어 낼 수 있을 만큼 날카로웠다. 그것을 본 텔스의 눈이 커졌다가 다시 작아졌 다. 텔스는 비틀거리며 뒤로 물러서려 했지만, 닫힌 문이 텔스의 뒤를 막았다.

"나…… 이렇게 됐어, 오빠."

샬롯의 얼굴이 괴롭게 일그러졌다. 텔스가 뒤로 물러났다는 것이 샬롯의 가슴에 깊은 상처를 입혔다. 오빠에게 버림받은 것 같아, 가슴이 찢어질 듯 아팠다.

"이렇게 괴물이 되어 버렸어. 오빠를 보는 순간, 나…… 반갑 다는 생각보다 피를 마시고 싶다는 생각이 먼저 들었어. 배가 너 무 고픈데, 빵 같은 건 먹고 싶지 않아. 나는 지금 피가 마시고 싶어."

텔스가 달려들었다. 샬롯은 피하지 않았다.

텔스의 두 팔이 샬롯을 세게 끌어안았다. 절대로 놔주지 않겠 다는 듯이. 텔스의 따뜻한 품이 샬롯을 오롯이 받아들였다.

"아아, 샬롯. 내 동생."

텔스의 음성이 슬프게 갈라졌다.

"괜찮아, 괜찮아, 샬롯. 괜찮아. 다 괜찮은 거야. 그래, 괜찮 아."

정신없이 말하던 텔스는 "으으." 작게 신음을 흘리며 흐느끼다가 금방 정신을 차렸다. 그리고 샬롯에게서 떨어져 그녀의 어깨를 잡고 눈을 맞췄다.

텔스의 눈엔 두려움도, 분노도, 슬픔도 없었다. 냉정하게 가라앉은 텔스의 검붉은 눈동자는 정혈귀가 된 자신의 동생을 직시했다.

"샬롯. 우리가 여기서 빠져나갈 수 있는 가능성은 얼마나 될까?"

"……모르겠어."

"정혈귀의 약점은 뭐인 것 같아?"

"그것도 모르겠어. 루시드는 내가 베었는데도 피 한 방울 안흘려. 자기 자신을 죽일 방법은, 자신도 모른다고 했어."

"그래, 그렇군. 그렇다면 이 저택에서 빠져나갈 확률은 10프로 정도 되겠군."

"그렇게…… 적어?"

"응. 냉정하게 말하자면 10프로도 안 될 것 같다. 그러니까 지금 말할게, 샬롯. 잘 들어둬."

샬롯은 고개를 끄덕였다.

"그래, 내 동생. 넌 혈귀가 됐지만 내 동생이고 오르데안의 혈통이야. 알겠지? 네가 무엇이 되든, 넌 내 동생인 거야. 라펠 형님과 카할도 그렇게 생각할 거야. 부모님은 말할 것도 없고. 라시안도 그럴 거야. 알겠지?"

"웅······."

"인간의 피를 마시면 안 돼, 샬롯. 난 혈귀가 얼마나 피를 갈구하는지 몰라. 하지만 샬롯, 넌 평범한 인간이 아니야. 오르데안 가문의 딸이었어. 그러니까 넌 견딜 수 있어. 알겠지?"

"웅······."

"아무리 괴로워도 참아. 그 갈증을 견뎌. 네가 인간의 피를 마시지 않는 한, 넌 인간이야. 그러니까 절대로 혈귀 따위가 되지 마. 그 저주에 지지 마. 넌 이길 수 있어."

"웅."

샬롯은 크게 고개를 끄덕였다.

"루시드는 우리가 탈출을 시도하리라는 걸 짐작하고 있을 거야. 난 아마 죽겠지."

"오빠······."

"아냐, 샬롯. 지금은 슬퍼할 때가 아니야. 잘 들어둬. 그놈이 날 혈귀로 만들려고 하면, 네가 날 죽여 줘. 여기를 베어서."

텔스가 자신의 목을 가리켰다. 샬롯은 눈을 질끈 감았지만 곧 다시 눈을 뜨고 고개를 끄덕였다.

"웅."

"샬롯, 내 동생. 이건 아마 긴 싸움이 될 거야. 나는 네 곁에 있어 줄 수 없고······ 만약 우리 가문의 사람들이 모두 다 죽는다면 너 혼자의 싸움이 될 수도 있어. 너는, 너는······ 너는 아마도······."

텔스의 눈에서 눈물이 흘렀다. 텔스는 목이 메어 말을 잇지 못하고 고개를 숙였다. 굵은 눈물방울이 바닥으로 툭툭 떨어졌다. 텔스는 그렇게 고개를 숙인 채로 계속해서 말했다.

"너는 아마도 아주 긴 시간을 혼자서 지내야 할지도 몰라. 네가 죽는 방법을 알게 된다면 그땐 죽어. 하지만 그 방법을 알지 못해 영원한 시간을 지내야 한다면 기억해."

텔스가 다시 고개를 들었다. 그의 얼굴은 온통 눈물에 젖어 있었다.

"너는 내 자랑스러운 동생이고, 나는 늘 너를 지켜볼 거야."

"응, 오빠……."

"그 영원한 시간, 너는 혼자가 아니니까…… 내가 다시 태어나서라도 널 저주에서 해방시켜 줄 테니까…… 절대로 지지 마. 혈귀의 저주 따위에 지면 안 돼, 알겠지?"

"응."

"아아, 샬롯."

텔스가 샬롯을 부둥켜안고 울음을 터뜨렸다. 샬롯도 울고 싶었지만 흐느낌만 나올 뿐 눈물이 흐르지 않았다. 그것이 더욱 괴로워 심장이 터질 것 같았다.

한참 동안 샬롯을 끌어안고 있던 텔스는 간신히 울음을 멈췄다. 그리고 각오한 눈빛으로 샬롯을 응시했다.

"가자, 샬롯."

"오빠."

"응."

"사랑해."

텔스가 웃었다.

"나도."

그리고 손가락으로 위를 가리켰다.

"영혼이 되어서도."

7장
연모

　그것은 해일보단 물보라에 가까웠다. 무수히 많은 기억들이 순서도 없이 클레어를 건드리고 지나갔다. 꿈인지, 현실인지 알 수 없는 공간을, 클레어는 유영했다. 홀로 보낸 기나긴 시간들을 되짚어가는 틈틈이, 아주 오래전 행복했던 짧은 시간이 그녀의 심장에 달라붙었다. 그것은 감미롭고 아름다워서, 결코 잊기 싫은 추억들이었다.

　잡으면 그때로 돌아갈 수 있지 않을까 싶어 손을 뻗어 보았지만, 손끝이 닿기 전 산산조각이 나 흩어져 버렸다.

　아버지, 어머니, 오라버니들과 동생.

　그리고 젠. 젠. 나의 카르제나 휘안스.

　어째서 그 이름을 잊고 있었을까. 이 심장을 뛰게 해 준 사람인데, 하늘의 아름다움과 꽃의 달콤함을 알려 준 사람인데. 영원히 사랑하겠다고 했던 맹세와 감미로운 키스를, 어떻게 잊을 수가 있었을까.

젠. 나의 카르제나.

행복했기에 더욱 아픈 추억들이 클레어를 뒤흔들었다. 기억은 멈춘 심장을 옥죄고 굳은 뇌를 파고들었다. 고통과 슬픔과 회한과 증오가 넘칠 듯 차올랐다가 사라지기를 반복했다.

클레어가 기억의 물보라 속에서 부유하는 동안, 레드는 그녀의 옆에 조용히 앉아 있었다. 숙소에 돌아와 그녀를 침대에 눕힌 지 이틀이 지났다. 클레어는 깨어날 생각을 하지 않았다. 그녀의 붉은 입술 사이로 간간히 새어 나오는 신음 소리만이 그녀가 살아 있다는 것을 알려 줄 뿐이었다.

"레드. 클레어는 아직이야?"

유키가 레드의 다리 위에 앉으며 물었다.

"응."

레드의 파란 눈동자는 어둡게 침잠해 있었다.

"클레어, 괴로워 보여."

유키가 걱정스럽게 말했다.

"응."

클레어는 정말로 괴로워 보였다. 늘 표정 없던 얼굴이 잔뜩 일그러져 있었다. 그 모습이 너무나 슬프고 고통스러워 보여서 레드의 가슴도 쥐어뜯기는 것 같았다.

"어디 아픈가?"

유키가 클레어의 볼을 향해 손을 뻗었다. 레드가 그 손을 잡았
다.

"아니, 저건…… 슬픈 거다."

"……기억을 찾고 있는 걸까?"

"그럴지도."

"하긴. 인간의 피를 마시지 않아서 이성을 잃고 기억도 잃었다
고 했었으니까…… 레드의 피를 마시는 순간 기억이 돌아오는 걸
지도 모르겠네."

"도대체……."

레드가 두 손으로 얼굴을 가렸다.

"얼마나 끔찍한 기억이기에 저렇게 고통스러워하는 거지?"

"……."

"비통하다. 클레어를 위해 아무것도 해 줄 수 없다는 게."

"레드……."

"원통해, 저 괴로움을 대신해 줄 수 없다는 게."

떨리는 목소리를 들으며 유키는 작게 한숨을 내쉬었다. 이틀
동안 레드는 아무것도 먹지 않았다. 물 한 모금도 마시지 않고
클레어의 곁에만 붙어 있었다. 이러다가 레드도 같이 쓰러질 것
같아서 걱정이다.

"레드, 뭐라도 먹어. 내가 여기로 가져다줄게."

"생각 없다."

"피 많이 흘렸었잖아. 이러다가 죽어."

"상관없어. 날 그냥 놔둬, 유키."

음식을 들고 문 앞까지 왔던 아란은 안에서 들려온 두 사람의 대화를 듣고는 다시 돌아섰다. 복도로 나오던 라울이 아란의 손에 들린 쟁반을 쳐다봤다.

"레드는 안 먹겠대요?"

"응."

"저러다 쓰러질 텐데."

"……."

"클레어는 괜찮을까요?"

"정혈귀인데 죽진 않겠지."

라울은 차갑게 대꾸하고 계단을 내려가는 아란의 뒤를 따랐다.

"기억을 찾고 있는 것 같던데 잘 됐군. 이제 쓸 만한 정보를 얻을 수 있겠어."

"말을 그렇게밖에 못 합니까?"

"그럼 내게 뭘 기대하는 거지?"

아란이 돌아서서 라울을 노려봤다. 그의 검은 눈동자가 서늘하게 가라앉아 있었다.

"너희들이 저 여자를 어떻게 생각하든 자유인 것처럼, 나 역시 마찬가지지. 나는 혈귀란 족속을 믿을 수가 없고, 그건 앞으로도 마찬가지일 거다."

"클레어는 로타를 구했어요. 자기 정체가 드러나는 것도 아랑
곳하지 않고."

"또 다른 꿍꿍이를 숨기고 있을지도 모르지."

"……당신은 로타보다 더 꽉 막힌 인간이네요."

클레어를 괴물이라고 했던 로타는 어젯밤 라울을 찾아와 아무
것도 이야기하지 않겠다고 했다. 자기를 구해 준 게 확실하고 고
맙게 생각한다고. 깨어나면 감사 인사를 하러 오고 싶다고까지
했다.

"내게 네 생각을 강요하지 마, 라파엘."

아란이 돌아섰다. 라울은 이번엔 아란의 뒤를 따라가지 않고
조용히 서서 그의 뒷모습을 바라봤다. 질끈 묶은 은발 머리가 외
로이 흔들리고 있었다.

계단을 다 내려간 아란은 새삼스럽게 쟁반을 내려다봤다. 그
걸 들고 있는 걸 이제야 깨달은 사람 같은 표정이었다. 접시에 수
북하게 담긴 고기와 바삭바삭하게 구운 빵, 걸쭉한 스프를 한동
안 응시하다가 휙 돌아서서 다시 계단을 올라갔다.

이미 값을 치른 음식을 먹지 않는다는 건 언어도단. 레드가 먹
지 않겠다면 아란 자신이 전부 먹어치울 생각이었다.

방문을 열고 들어간 아란은 한가운데에 있는 식탁에 앉아 스
프 접시를 들어 후루룩 마셨다. 스프는 맛이 진하고 짭짤해서 아

란의 입맛에 맞았다. 스프를 깨끗이 비운 후에 커다란 빵을 들었다. 버터를 발라 먹으면 더 맛있을 것 같지만, 이런 허름한 여관에 너무 많은 것을 바랄 수는 없었다.

겉은 바삭바삭하고 속은 말랑말랑한 빵을 입에 욱여넣고 있는데, 뒤에 있는 침대에서 타니하르의 목소리가 들려왔다.

"사람 아는 척도 안 하고 먹어대는 건가, 아발란체 공?"

아란은 굳이 대답하지 않았다. 타니하르도 대답을 원하고 말을 걸진 않았을 것이다.

타니하르가 방에 있다는 것은 들어오는 순간부터 알고 있었지만 아란은 대화하고 싶은 기분이 아니었다. 생각하고 또 생각을 해 보았지만, 동료들의 행동을 받아들이기 힘들었다.

클레어가 아무리 인간처럼 굴어도 그녀의 정체는 정혈귀다. 인간의 피를 마시며 살아가는 저주받은 존재. 심장도 뛰지 않고 숨도 쉬지 않는, 생물이라 말할 수 없는 존재. 이 세상에 존재해서는 안 되는 존재.

유키야 어리니까 그렇다 쳐도, 레드와 라울의 행동은 정말이지 한심하기 짝이 없었다. 라울은 클레어가 정혈귀라는 걸 알고 있었으면서도 경계하는 모습을 보이지 않았고, 레드는 사랑에 빠지기까지 했다.

혈귀가 어떤 식으로 인간의 피를 마시는지 알면서, 인간을 보는 눈이 얼마나 짐승 같은지 알면서 그렇게 쉽게 클레어를 받아들일 수 있는 그들이 이해되지 않았다. 아니, 이해하고 싶지도 않왔다.

어느새 아란의 앞으로 와서 앉은 타니하르가 신중하게 아란을 살펴봤다. 그의 잿빛 눈동자가 아란의 머릿속을 샅샅이 뒤져 보는 것 같아서 부담스러웠지만, 아란은 애써 무시하고 포크로 고기를 쿡 찔렀다.

타니하르가 입을 열었다.

"아발란체 공. 자네……."

무슨 말을 하려나 싶어 고개를 든 아란에게, 타니하르가 말했다.

"삐쳤군."

탁!

아란은 포크를 세게 내려놓고 타니하르를 노려봤다.

"농담할 기분 아닙니다, 타니하르."

"나도 농담하는 거 아니야."

타니하르가 담뱃잎 케이스를 꺼내며 말했다. 금으로 만든 케이스 안에는 질 좋은 담뱃잎이 가득 차 있었다. 타니하르는 고급스러운 파이프에 담뱃잎을 채워 넣었다.

"내가 어떻게 대해적이 될 수 있었는지 아는가?"

타니하르가 짐짓 진지한 어조로 물었다. 아란은 되는 대로 대답했다.

"강하기 때문이겠죠."

"아니, 농담을 하지 않기 때문이네."

"……타니하르. 난 정말 장난칠 기분 아닙니다."

"나도 장난치는 거 아니라니까 그러네."

아란은 그냥 무시하고 남은 음식을 먹기로 했다. 고기는 이미 식어 버려서 질기고, 간을 하지 않아 약간 비릿했다. 역시 섬에서는 고기보다 해산물이다. 조개를 넣어서 만든 스프는 맛있었는데.

아무리 맛없어도 음식은 버릴 수 없다. 아란은 결국 맛없는 고기까지 다 먹어치웠다. 그리고 깨끗하게 빈 쟁반 위의 접시들을 노려봤다. 그것이 적이라도 된다는 듯 형형한 눈빛이었다.

"난 도대체 이해가 안 됩니다."

"흐음."

아란의 말에 타니하르는 작게 콧방귀를 뀌며 파이프를 빨았다.

"타니하르, 당신도 클레어가 정혈귀라는 걸 알고 있었죠?"

"그래."

"바다에서 세이렌을 처리한 것이 클레어였습니까?"

"그래. 눈치가 빠르군."

"그런데 어떻게 그 여자를 받아들일 수 있는 겁니까? 정혈귀든, 아혈귀든, 혈귀는 혈귀일 뿐입니다. 이성이 있느냐, 없느냐의 차이죠. 따지고 보면 이성이 있으면서도 인간의 피를 마시는 정혈귀 쪽이 더 나쁜 거 아닙니까?"

타니하르는 어깨를 으쓱했다. 한번 폭발한 아란은 타니하르의 성의 없는 행동에도 개의치 않고 계속해서 말했다.

"유키의 양부모는 끔찍한 인간들이었지만, 어쨌든 유키의 눈앞에서 아혈귀에게 피를 빨려 죽었습니다. 라울이나 레드도 비슷한 상황이고요. 그런데 어떻게 원수와도 같은 정혈귀를 의심하지도 않고 받아들일 수 있는 건지 모르겠습니다."

"그거야…… 유키 공의 양부모를 죽인 것도, 라울 공과 레드 공의 소중한 사람을 죽인 것도 클레어가 아니기 때문이겠지."

"결국 같은 놈들입니다."

아란이 차갑게 말했다. 타니하르는 담배 연기를 길게 뿜어내며 말했다.

"내가 해적질을 하면서 세계를 돌아다니는 동안, 알게 된 게 뭔지 아나?"

"뭡니까?"

"인간이나 몬스터나 끔찍하기는 매한가지라는 거지."

"……"

"인간들은 말이야. 자기가 인간이라는 사실에 참 자부심을 갖고 있는데, 내가 보기엔 짐승이나 몬스터랑 다를 바가 없어. 아니, 오히려 못하지. 적어도 짐승이나 몬스터는 태어났을 때부터 제 한 몸 먹고 살 수 있을 만큼 강하긴 하잖아. 인간은 남의 도움을 받아야 무사히 클 수 있는 주제에, 잔인하기는 또 한없이 잔인해. 제 자식을 죽이기도 하고, 자기 부모를 죽이기도 하지. 혹은 지나가는 여자를 범하고 죽이기도 하고, 단지 배척받는 인종이란 이유로 노예로 삼아서 실컷 괴롭히다가 죽이기도 해. 이유가 있어서 죽이고, 그렇게 쉽게 남을 죽이는 게 인간이야. 그거 아는가? 이유도 없이 같은 종족을 죽이는 짓은 짐승도 안 하는 짓이야. 하지만 인간은 그 짓을 하지."

"모두가 그런 건 아닙니다."

"그래, 모두가 그런 건 아니지. 그렇다면 클레어에게도 그 말을 적용할 수 있잖은가. 모든 혈귀가 그러한 것은 아니다."

"하지만……!"

"내 말 들어 보게, 아발란체 공. 자넨 인간에게만 너그럽게 굴 셈인가? 작은 도시의 경비초소 소장 자리에 앉아 있으면 얼마나 많은 사람들을 상대하지?"

아란은 조용히 타니하르를 노려봤다. 그는 아란의 시선을 무시하고 계속해서 말했다.

"보텔로 산을 타고 내려오는 수많은 몬스터들을 상대하겠군. 가끔은 놈들로부터 습격당한 인간을 구해 주기도 할 거야. 그러면 사람들은 자네에게 무한한 존경심과 애정을 표현하나? 그렇겠지."

"무슨 말씀을 하고 싶으신 겁니까?"

"자네는 자네를 경외하고 좋아하는 인간들만 봤으니, 인간에 대한 신뢰와 애정이 넘쳐흐를 게야."

"딱히 인간을 사랑하는 건 아닙니다."

"아니, 그럴 게야. 자넨 인간이라는 사실에 자긍심이 넘치겠지.

사랑 받는 놈들은 결국 사랑을 주게 되어 있거든. 그런데 말이야, 나는 무한히 넓은 바다를 돌아다니고 수많은 인간들을 보면서 종종 이런 생각을 했지."

타니하르가 파이프를 길게 빨아들이고 덧붙였다.

"와, 인간들 진짜 끔찍하구먼."

"……."

"돈 때문에 제 자식을 팔아 버리는 놈들을 보면서 한 번, 여자 때문에 제 부모를 배신하는 놈들을 보면서 한 번. 그렇게 한 번씩 생각하다 보니 어느 순간 인간처럼 끔찍한 놈들도 없다는 생각을 하게 되어 버렸어. 그래서인지 인간이든, 몬스터든, 내 눈에는 다들 비슷비슷하게 보여. 클레어도 마찬가지야. 아니, 오히려 그녀에게는 감동까지 했어."

"감동을 하셨다고요?"

"그래. 놀랍지 않은가? 인간의 피를 마셔야만 하는 종족인데, 본인의 의지로 그것을 참는다는 게. 그거야말로 자네가 말하는 인간다움 아닌가?"

타니하르는 경탄의 표정을 숨김없이 드러냈다. 아란은 굳은 얼굴로 말했다.

"아니요. 나는 그, 인간의 피를 마신 적 없다는 말부터 믿을 수가 없습니다."

아란의 차가운 말에 타니하르가 빙그레 웃었다.

"아니, 자네는 이미 믿고 있어. 믿어져서 더 화가 나는 거 아닌가?"

아란은 아랫입술을 지그시 깨물고 타니하르를 노려봤다. 타니하르는 손에 들고 있는 파이프를 까딱까딱 움직이며 말했다.

"그녀는 인간의 피 대신 다른 피를 마시더군. 그녀가 세이렌의 피를 마시는 걸 봤어. 정말 괴로워하던데. 얼마나 힘든 건지 그녀는 자기 팔에 손톱까지 찔러 넣었어. 보는 나까지 괴로워질 정도였지."

"당신 앞이라서 연기를 한 거겠죠."

"클레어는 내가 그 자리에 있는지도 몰랐을걸."

"그럴 리가요."

"그만 빈정거려, 아발란체 공. 다른 사람은 몰라도 레드는 자네가 인정한 사내가 아닌가. 레드는 그녀가 정혈귀라는 걸 누구보다도 빨리 알아챘을 거야. 하지만 그녀를 사랑하게 되었지. 그걸 부끄러워하지도 않고."

"제 눈엔 충분히 부끄러워하는 걸로 보입니다만."

"그건 그저 쑥스러워하는 거지."

잠시 대화가 끊겼다. 타니하르가 뿜어내는 담배 연기가 6인실의 넓은 방안을 가득 채웠다. 아란은 공기 중에 흩어지는 잿빛 연기를 눈으로 좇다가 벌떡 일어났다. 쟁반을 들고 나가는 아란의 등에 대고 타니하르가 말했다.

"의심을 하고 경계를 하는 것도 좋아. 살아남는 방법 중에 하나지. 하지만 때로는 마음의 끌림을 믿어야 할 때도 있는 거야."

아란은 대답하지 않고 문을 열었다.

"나는 바다에서 생활할 때, 늘 그 끌림을 믿었지."

"그렇게 해서 얻는 게 뭡니까?"

아란이 돌아보지도 않고 묻는 말에, 타니하르는 옅은 미소를 지으며 답했다.

"인간으로 남아 있을 수 있게 해 주더군."

*　　*　　*

잭은 산을 올라갔다.

산에서 클레어와 마주치고 난 후 나흘이 흘렀다. 지난 나흘 동안 모치의 집에 틀어박혀 있었다. 공포 때문이었다. 두려움이 잭의 발목을 잡아 꼼짝도 하지 못하게 만들었다. 얼른 일 처리를 하고 돌아가야 한다는 걸 알고 있으면서도 움직일 수가 없었다.

밖으로 나가려고 할 때마다 클레어의 눈빛이 떠올랐다. 나뭇잎 사이에서 기척을 감추고 있는 잭을 정확하게 쏘아보던 눈빛. 어둡게 가라앉은 그 눈빛은 수백 개의 화살처럼 잭에게 박혔다.

'그 여잔 대체 뭐지?'

간신히 정신을 차리고 집 밖에 나오긴 했지만 클레어와 마주치게 될 것 같아서 두려웠다. 같은 정혈귀를 두려워하는 일이 생길 줄은 몰랐다.

'도대체 얼마나 살아온 거지?'

정혈귀의 역사는 길지 않다. 가장 오래된 정혈귀가 500년인가 600년쯤 되었다고 들었다. 하지만 단지 오래 살아온 정혈귀이기에 이토록 두려운 것은 아닐 것이다. 모치만 해도 400년을 살았는데, 그를 향한 공포심은 없었다.

'설마 모치가 말한 그 방법을 사용한 건가?'

그날 밤 모치는 빠르게 강해지는 법에 대해 이야기해 주었다. 그 방법이 너무 끔찍한 데다가 모치 자체가 믿을 만한 사람이 아니었기에 듣는 둥 마는 둥 넘겼지만, 어쩌면 그 방법이 사실인지도 모른다.

만약 클레어가 그 방법을 사용해서 강해졌다면, 이 공포심도 이해할 수 있다. 사람이든, 짐승이든 자기 자신보다 훨씬 강한 상대를 마주하면 겁에 질리는 법이니까.

문제는 클레어가 인간의 편에 섰다는 점이다. 모치가 돌아오지 않았다는 것은 클레어의 손에 죽었다는 뜻이 된다. 정혈귀가 같은 정혈귀를 죽였다.

'이럴 줄 알았으면 통신용 스크롤을 더 챙겨 오는 건데.'

마력 스크롤은 워낙 비싼 물건이기에, 이번 여행 때는 한 장밖에 챙겨 오지 못했다. 그나마도 잘 도착해서 모치와 만났다는 전언을 할 때 사용해 버린 후였다.

'대체 왜 인간의 편에 선 거지?'

아무리 생각해도 이해할 수가 없었다. 그녀를 받아들인 붉은 사자 일행도 이해할 수 없기는 마찬가지였다.

클레어는 이종족이다. 클레어가 엘프나 라티족이라면 모르겠지만, 인간의 피를 마시고 살아가는 정혈귀다. 포식자와 피식자가 공존할 수 없듯이, 인간과 혈귀 또한 결코 공존할 수 없다.

'뭔가 다른 계획을 가지고 있는 건가?'

어쩌면 '그분'에게서 따로 전언을 받아, 잭은 모르는 계획을 위해 움직이는 것일지도 모른다.

'아니, 아무리 그렇다고 해도 모치를 죽였잖아.'

모치가 살아 돌아왔다면 모르겠지만, 그는 죽었다. 그렇다는 건 다른 계획 따위는 존재하지 않는다는 말이다.

'뭐가 어찌 되었든, 연금술사를 확보하는 게 우선이야. 돌아가서 그 여자에 대해 알리면 답을 알게 되겠지.'

한참 걸어가던 잭은 지난번 클레어와 마주쳤던 곳에 다다르자 걸음을 멈췄다. 그날 클레어와 모치 사이에서 있었던 싸움의 흔적이 고스란히 남아 있었다. 아무렇게나 베어져 이리저리로 쓰러진 나무들. 한바탕 회오리바람이라도 지나간 듯 처참한 공간 사이에 모치가 입고 있었던 옷이 떨어져 있었다.

아혈귀들이 죽는 모습은 여러 번 봐왔지만 정혈귀가 죽는 것은 한 번도 본 적이 없다. 대체 정혈귀는 죽으면 어떻게 되는 걸까? 어째서 이곳에 모치의 시신이 없는 걸까?

주위를 둘러봤지만 누더기가 된 옷 이외에는 모치의 흔적을 찾을 수 없었다.

잭은 눈을 감고 귀를 기울였다. 저번에 심장 소리를 느꼈던 그

곳에는 여전히 한 사람의 심장 소리가 남아 있었다. 위치를 확인하자마자 달려가지 못한 이유는, 어쩌면 그곳에 클레어가 있을지도 모른다는 생각 때문이었다. 만약 클레어가 먼저 와서 연금술사를 만나고 있으면 어찌해야 하는 것일까?

'싸운다면 이길 수 없겠지. 400년이나 살아온 모치가 당할 정도니까.'

잭은 주먹을 꽉 쥐었다가 폈다. 이럴 줄 알았으면 인간의 피라도 마시고 올 걸 그랬다. 잭은 손톱을 하나 길게 빼내 그것을 찬찬히 살펴봤다. 손톱은 어지간한 칼로는 벨 수 없을 만큼 단단하고 날카로웠다.

잭은 고개를 들어 연금술사가 있을 방향을 노려봤다. 어쨌든 이대로 돌아갈 수는 없는 노릇이다. 맞부딪쳐 싸우는 한이 있더라도 연금술사를 확보해야만 한다. 나탈리의 믿음을 배신할 수는 없었다.

잭은 심장 소리가 들리는 곳을 향해 빠르게 움직였다.

무성한 덤불을 전부 베어 버리고 들어가 미로처럼 구불구불한 동굴 안을 걸었다. 이상한 모양의 생물들을 발견했지만, 관심을 주지 않고 모조리 베어 죽였다. 그리고 끝에 도달했다.

평범한 벽처럼 보였지만 심장 소리는 이 너머에서 들려오고 있었다. 잭은 벽을 툭툭 두드려 보고는 손톱을 뽑아내 길게 그었다. 돌로 만들어진 벽은 쉽게 반으로 갈라졌다.

쾅!

반으로 갈라진 돌덩이가 바닥에 떨어졌다. 방금 전까지 돌이 막고 있었던 공간은 눈부시게 환한 빛으로 채워져 있었다. 이상한 약품 냄새와 짐승들의 울음소리가 거슬렸다. 잭은 습관적으로 하던 호흡을 멈추고 기이한 공간을 둘러봤다.

동굴 안에 있는 거라고는 믿어지지 않을 만큼 넓은 공간의 가운데에 의자가 있었고, 그 의자에 한 남자가 앉아 있었다. 백발에 안대를 한, 잘생긴 남자였다.

"네가 연금술사인가?"

"이히히히. 요새 손님이 많군."

남자가 기분 나쁜 웃음소리를 냈다. 문을 쪼개고 들어온 침입자의 모습에도 별로 놀라지 않은 듯 보였다.

"헤론이다. 연금술사……라는 호칭은 거창한걸?"

"널 데리러 왔다."

"나를? 넌 뭔데?"

"그런 것까지 알 필요는 없다. 끌고 가고 싶지 않으니 일어나라."

"이히히히히. 건방지군. 뭣 때문에 날 데리러 온 건지는 모르겠지만, 데리러 온 입장이라면 좀 더 매너 좋게 굴어야 하는 거 아닌가?"

"여기까지 데리러 와 준 걸 감사하게 여기지그래?"

헤론은 그 말엔 대답하지 않고 잭을 위아래로 훑었다.

"이히히히. 너, 숨을 쉬지 않는군. 정혈귀인가?"

생각지 못한 질문을 듣자마자 잭은 손톱을 뽑아내 헤론의 목에 겨눴다. 날카로운 손톱 끝이 금방이라도 찌르고 들어갈 듯 목덜미에 닿아 있는데도, 헤론은 여전히 해괴하게 웃었다.

"이히히히. 진정해, 진정해. 네가 정혈귀라면 난 널 상대할 생각 없으니까. 뭐, 상대한다고 해도 인간인 내가 정혈귀를 이길 수 있을 리 없잖아. 아, 혹시 그런 건가?"

"……."

"너, 겁쟁이구나? 이히히히히."

"시끄러!"

잭은 헤론의 멱살을 잡아 바닥에 내동댕이쳤다. 헤론은 바닥에 쓰러져서도 한동안 킬킬 웃었다.

"네가 어떻게 정혈귀에 대해 아는 거지?"

잭이 물었다.

"왜? 산속에 처박혀 있는 무지렁이 같은 사내는 정혈귀에 대해 알면 안 된다는 법칙이라도 있나?"

"말 돌리지 말고 대답해!"

"거친 사내로군. 이히히히. 재미있어. 정혈귀 중에도 네놈 같은 겁쟁이가 있다니. 그거 알아? 짐승이고, 인간이고 겁쟁이들은 유독 포악하다는 거."

잭은 헤론이 연금술사만 아니면 이 자리에서 베어 죽이고 싶었다. 속을 박박 긁는 소리만 해 대는 얄미운 놈이다.

"연구를 하는 사람들은 말이야. 세상에 있는 모든 것들에 관심을 가지고 있지. 이런 곳에 틀어박혀 있어도, 세상 돌아가는 것쯤은 알 수 있다, 이 말이야."

헤론이 느릿하게 일어났다. 일어선 헤론은 생각보다 키가 컸다.

"왜 인간들이 정혈귀에 대해 모를 거라고 생각하는 거지? 나처럼 정혈귀든, 아혈귀든 관심을 가진 사람이 있을 거란 생각은 안 하나?"

헤론은 기분 나쁜 사내였다. 위에서 데리고 오라는 말만 없었어도, 헤론 같은 인간은 살려 두지 않았을 것이다. 깔보는 듯 내리간 눈동자가, 잭의 마음엔 안 들었다.

"우리에 대해 알고 있다니 얘기가 빠르겠군. 위에서 널 원한다. 나랑 같이 대륙으로 가 줘야겠어."

"흐응. 뭐, 좋아. 슬슬 이 지루한 곳에서도 떠나야 한다고 생각했으니까."

헤론은 생각보다 쉽게 수락했다.

"대륙에 가면 연구할 수 있는 동물들이 더 많겠지? 이히히히히. 네놈들이랑 같이 있으면 인간들도 잡아다 주는 건가? 여기선 인간들을 데려다가 연구할 수 없어서 답답했거든."

헤론의 눈은 광기로 빛나고 있었다. 잭은 이런 남자가 자신들에게 도움이 될지 의심스러웠다.

잭은 팔짱을 끼고 서서 헤론을 지켜봤다. 헤론은 동물을 가둔 우리를 다 열어 주는 중이었다. 여기까지 오는 도중에는 클레어와 마주칠지도 모른다는 긴장 때문에 몰랐는데, 이 주위엔 이상한 모양의 생물들이 많았다.

"그것들은 대체 뭐지?"

잭의 질문에 헤론이 기다렸다는 듯 대답했다.

"내가 만든 녀석들이지. 어때? 너도 이렇게 되어 볼 생각 없나? 어차피 정혈귀는 몸 좀 떼어 낸다고 죽는 것도 아니니, 나한테 몸을 맡겨 볼 생각 없어? 이히히히히."

잭은 눈을 번들거리는 헤론 때문에 저도 모르게 뒷걸음질을 치고 말았다. 헤론은 그런 잭을 비웃듯 한참 낄낄거리고 나서 다시 우리의 문을 열기 시작했다. 갇혀 있던 동물들을 전부 풀어 준 헤론이 손바닥으로 허벅지를 탁탁 내리치며 씩 웃었다.

"좋아. 여기 일은 다 끝났다. 그 윗분이라는 사람한테 안내해 봐."

*   *   *

눈을 떴다. 그러자 혈향이 코끝에 맴돌았다. 아주 달착지근한 향기였다.

다시 눈을 감았다. 좀 더, 조금만 더 기억의 파도 속에 몸을 맡기고 싶었다. 그 파도 안에 몸을 뉘이고 있으면, 고통도 아픔도 슬픔도 없었다. 그리운 인물들의 얼굴이 하나씩 스쳐갈 때마다,

기억나지 않았던 그들의 음성이 들려 올 때마다, 가슴이 아릿할 정도로 행복해졌다.

그들의 향기, 체온까지도 고스란히 느껴져서, 마치 그들 사이에 그녀 자신이 존재하는 듯 생생해서, 그녀는 행복하고 또 즐거웠다.

그러나 그 행복에 안도할 때마다, 잊어서는 안 된다는 듯 혼자였던 시간들 역시 부딪쳐 왔다. 정혈귀가 되어 루시드와 함께 했던 시간들, 그리고 혼자 떨어져 나와 배회했던 시간들. 그때에 만났던 켈트로디언까지.

'행복은 이제 끝이야.'

라고 생각했다. 다시 눈을 감았지만 기억의 파도는 더 이상 밀려오지 않았다. 정신이 드는 순간, 정혈귀의 피가 그녀를 가득 채웠다. 기억 속에서는 느끼지 못했던 향긋한 혈향 역시 그녀를 자극했다.

'나는 이제 정혈귀야.'

그녀는 주먹을 쥐었다.

'나는 샬롯이 아니야. 나는 클레어야. 저주받은 클레어.'

그 순간 깨달았다. 온몸에 힘이 넘친다는 것을.

정혈귀가 된 후 처음으로 느끼는 충족감, 넘치는 강함. 섬뜩할 만큼 오감이 예민해졌고, 온몸을 지배하던 고통이 사라졌다.

클레어는 침을 삼켰다.

'설마……'

입안에도 피 냄새가 남아 있다.

'설마!'

짐승이나 몬스터의 피 냄새가 아니다. 이것은 인간의 피 냄새. 정혈귀가 원하는 그 향기였다.

클레어는 번쩍 눈을 떴다.

"클레어!"

반가운 외침과 함께 익숙한 얼굴들이 보였다. 유키, 라울, 아란, 그리고……

"너……."

레드.

"너구나……."

클레어는 벌떡 일어나 레드에게 달려들었다. 오랫동안 누워 있다가 일어나는 건데도 어지럼증 같은 건 전혀 없었다. 오히려 온몸에 넘치는 힘이 버거울 지경이었다.

"네가, 네가 내게 피를 먹였구나!"

클레어는 레드의 멱살을 잡았다. 레드는 무겁게 가라앉은 눈으로 그녀를 응시하고 있었다.

"어째서…… 어째서 그런 짓을 한 것이냐? 왜, 왜 내게 인간의 피를 마시게 한 것이냐?"

레드의 미간에 깊은 주름이 생겼다. 그는 클레어보다 더 괴로워 보이는 표정을 짓고 있었지만, 클레어에게는 그의 표정을 살필 겨를이 없었다.

약속을 지키지 못했다. 절대 인간의 피를 마시지 않겠다고, 텔스와 했던 그 마지막 약속을 지키지 못했다.

"어째서 인간의 피를 마시게 해, 내 저주를 완성시킨 것이냐? 어째서…… 어째서 내가 진짜 정혈귀가 되게 만든 것이냐? 어째서…… 어째서…… 나를…… 나를 진짜 괴물이 되게 한 것이냐?"

"네가 괴로워 보였으니까."

레드가 말했다. 형편없이 가라앉은 목소리였다.

"네가 너무 고통스러워 보였으니까."

"그래도 그리하면 안 됐다. 이 고통은 한 조각이나마 나를 인간답게 만들어 주는 것이었다. 내게 남아 있는 마지막 인간성이었다. 그런데 네가…… 아아……! 붉은 머리의 아이야, 네가 나를 진짜 괴물로 만들어 버렸구나."

"괴물이 아니야. 네게 피를 줬지만 난 죽지 않았잖아."

"그런 문제가 아니다!"

"아니, 그런 문제야. 나는 네가 괴로워하는 걸 볼 수가 없었다. 내가 원해서 내 피를 먹인 거야. 혈귀들처럼 억지로 내 피를 빼앗은 게 아니라."

"고통도, 괴로움도 내 것이다. 왜 네가 그런 걸 신경 쓰는 것이냐? 그냥 버려두고 가면 될 것을…… 그냥 모르는 척하면 될 것을!"

비통하게 외치는 클레어의 모습에 다들 입술을 깨물었다. 레드는 칼로 찔린 것처럼 일그러진 얼굴로 눈을 감고 말했다.

"네가 느끼는 그 고통도, 괴로움도, 꼭 내 것처럼 느껴지니까. 그래서 모르는 척 할 수가 없으니까. 내 피 한 모금이 네 고통을 덜어 준다면, 얼마든 줄 수 있으니까."

"그러지 마라, 아이야. 그런 말 마라. 난 괴물이 되고 싶지 않다."

클레어가 고개를 저었다.

"나는…… 나는 인간의 피를 마시고 싶지 않았다. 인간의 피를 마시느니 차라리 고통 속에 살아가는 것이 낫다. 이 기억을 몇 번씩 잃어도 상관없다. 나는…….."

"난 상관있어!"

다시 눈을 뜬 레드가 클레어의 말을 끊으며 외쳤다. 레드는 클레어의 팔을 꽉 움켜쥐고 타는 듯한 눈으로 그녀의 눈동자를 똑바로 노려봤다.

"나는 상관있다, 클레어. 네가 나에 대한 기억을 잃는 게 싫고, 피를 마시지 못해 고통에 몸부림치는 것도 싫다. 네가 아픈 게, 내 피를 잃는 것보다 더 싫어서, 앞으로 이런 일이 생기면 또 네게 내 피를 줄 거야. 몇 번이라도."

"아이야……."

"들어, 클레어. 나는…… 네가 원한다면 내 심장도 꺼내 줄 수 있어. 널 고통에서 벗어나게 할 수 있다면 이 심장 따위 꺼내 주는 거 문제도 아니야."

"왜……."

클레어가 뒷걸음질을 쳤다. 그 어떤 일에도 흔들리지 않을 것 같았던 클레어의 눈동자가 하염없이 술렁거렸다. 하지만 그녀는 레드에게서 멀찌감치 떨어질 수 없었다. 온몸에 힘이 넘쳐나는데도, 어째서인지 팔을 잡고 있는 레드의 힘을 이길 수가 없었다.

"왜 그런 말을 하는 게냐? 왜…… 왜 내게…… 그런 말을 하는 것이냐?"

"클레어."

레드가 낮은 목소리로 그녀의 이름을 불렀다. 레드의 긴 손가락이 그녀의 부드러운 머리카락을 살며시 거머쥐었다.

"클레어. 넌 괴물이 아니야. 혈귀가 괴물인 이유는 우리를 고통스럽게 해서야. 너는…… 네 존재는 날 기쁘게 해."

클레어가 입을 꽉 다물었다. 그녀의 붉은 입술이 바르르 떨렸다. 레드는 잡고 있던 그녀의 머리카락을 살짝 들어 올려 살며시 입을 맞추고 말했다.

"내가 널 연모하는 모양이다, 클레어."

사파이어처럼 새파란 눈동자가 클레어를 똑바로 응시하고 있었다. 머리카락에는 감각이 없을 터인데, 그의 입술이 닿은 부분이 뜨겁게 느껴졌다. 클레어는 레드의 시선 밖으로 벗어나고 싶었지만, 그의 눈동자가 클레어를 옭아매 꼼짝도 할 수 없게 만들었다.

잔잔하고 파란 눈동자 안에 담긴 자신의 모습이 보였다. 괴로운 듯 일그러진 얼굴과 흔들리고 있는 커다란 눈, 그리고 꽉 다문 입술. 제 얼굴인데도 보기 힘들 정도로 고통스러워 보여서, 클레어는 시선을 옆으로 돌렸다.

라울과 유키와 아란이 가만히 서서 두 사람을 지켜보고 있었다. 그들의 존재를 눈치채지 못할 만큼 레드에게 사로잡혀 있었다는 것을 깨닫자, 화가 나고 또 부끄러워졌다.

인간의 피를 마신 정혈귀 주제에, 연모한다는 말에 흔들린 자신이 혐오스러웠다. 회녹색 눈동자를 가진 한 남자를 이 가슴에 품고 있으면서, 다른 이의 고백에 잠시나마 술렁거린 자신을 경멸했다.

사내의 사랑 타령에 흔들리기 위해 천 년이 넘는 시간을 살아온 것이 아니다. 끔찍한 고통과 고독 속을 걸어온 이유는 단 하나. 그 남자를 죽이기 위해서이다.

클레어의 입술 사이로 송곳니가 길게 자라났다. 라울과 유키가 작게 숨을 들이마셨다. 아란은 반사적으로 검에 손을 가져갔다.

하지만 레드는 여전히 클레어의 머리카락을 잡은 채 그녀를 응시하고 있었다. 그 어떤 모습을 보이든 놔줄 수 없다는 듯이. 그 무슨 짓을 해도 자신의 시야 안에 가둬 두겠다는 듯이.

"나는 인간이 아니다, 불꽃의 아이야."

"그런 건 아무래도 좋아."

레드가 말했다. 확신에 찬 그의 어조에, 클레어도 그만 '아무래도 좋다.'라고 생각할 뻔했다. 클레어는 마음을 다잡고 두 손으

로 레드의 가슴을 밀어냈다. 그녀의 머리를 잡고 있던 그의 손이
스르륵 풀려나갔다.

"나는 인간의 피를 마시는 괴물이다."

"피 같은 건 얼마든지 줄 수 있다고 했잖아."

그제야 레드의 표정과 안색을 살필 수 있었다. 파리한 얼굴, 짙
은 다크서클. 클레어가 기억의 강물 안에서 부유하는 동안, 레드
는 몇 번이고 클레어에게 자신의 피를 마시게 했다. 영양의 보충
도 없이 피를 흘려 대는 바람에, 그의 안색은 금방이라도 기절할
듯 형편없었다.

심장이 뛰지 않는데도 가슴이 아프다는 감각이 느껴지는 게
우스웠다. 클레어는 그의 얼굴에서 시선을 거두며 말했다.

"나는, 아이야. 나에게는 사랑하는 이가 있다."

그러자 처음으로 레드의 눈동자에서 빛이 사라졌다.

"혼자서 걸어온 천 년이라는 시간 동안, 내가 버틸 수 있었던
것은 그 사람 때문이다."

"천 년……."

저도 모르게 중얼거렸던 유키가 얼른 두 손으로 제 입을 틀어
막았다.

"내 멈춘 심장에 다른 사람이 들어올 공간은 없다. 이 심장이
움직이는 일이 없는 것처럼, 얼어붙은 시간도 움직이지 않을 게
다. 내 마음도, 사랑도 천 년 전 그에게 향하던 그대로 멈춰 있
다."

"그런 것도 상관없어."

레드가 자기의 가슴 위에 놓인 클레어의 손을 살며시 감싸며 말했다. 사라졌던 확신의 빛이, 다시 그의 눈동자를 가득 채우고 있었다. 그 선명한 파란색은 행복했던 그날의 푸른 하늘을 떠오르게 만들었다.

"그 남자 사랑하는 마음 접으라고 안 해. 그 마음 나한테 달라고도 안 해. 그냥…… 그저, 클레어."

클레어는 귀를 틀어막고 싶었다.

"내 곁에 있어 주기만 해. 그러면 널 위해, 내 피든 심장이든 다 줄 테니까."

더는 레드의 말을 듣고 있을 수 없었다. 공기를 울리는 그의 묵직한 음성은, 계속해서 클레어의 얼어붙은 심장을 두드려댔다. 그것이 심장 주위를 둘러싼 얼음을 깨뜨릴 것 같아서 두려웠다.

클레어는 레드의 손을 뿌리치고 돌아섰지만, 그녀가 그 방을 벗어나기 전 레드의 음성이 먼저 클레어의 귓가에 닿았다.

"그게 내가 널 사랑하는 방법이야."

*　　*　　*

라울과 유키는 레드의 눈치를 보다가 방을 나갔다. 레드는 우두커니 서서, 조금 전까지 클레어가 누워 있던 빈 침대를 물끄러미 응시했다. 아란이 다가와 레드의 어깨에 손을 얹었다.

"빈정거리지 말고, 나무라지도 마라. 지금은 그럴 기분 아니다."

레드가 낮게 읊조렸다. 아란은 그런 레드를 바라보다가 작게 한숨을 쉬었다.

"밥이나 먹어라. 클레어도 일어났으니."

"입맛 없어."

"괜한 고집부리지 마."

"고집 아냐. 정말 입맛 없어."

아란의 미간에 깊은 주름이 생겼다. 아란은 레드의 어깨를 움켜쥔 손에 힘을 실었다. 하지만 레드는 꿈쩍도 안 했다.

"레드. 가서 밥 먹어라."

"말했지, 입맛……."

퍽!

아란의 주먹이 레드의 턱을 매섭게 올려붙였다. 레드는 비틀거리다가 침대에 털썩 주저앉았다. 아란의 새까만 눈동자가 레드를 질책하듯 노려봤다.

"내 주먹 한 번에 나가떨어질 만큼 약해진 상태다. 밥 먹어."

"밥 먹으라고 주먹질까지 하냐?"

레드가 얼얼한 턱을 만지작거리며 중얼거렸다.

"정신 차려, 레드. 우리가 지금 라볼르에 온 이유가 뭔지 잊었나?"

"……."

"네가 정혈귀를 사랑하든, 말든, 나야말로 그런 건 아무래도 좋다."

아란이 레드의 멱살을 잡아 일으켜 벽으로 밀어붙였다.

"우리가 왜 같이 있는 거지? 넌 그 이유를 기억하고 있는 거냐?"

"당연히 기억하지."

레드는 가볍게 말하며 아란을 밀어내려 했지만 아란은 꿈쩍도 하지 않았다.

"기억한다면 정신 똑바로 차려. 사랑놀음 하느라 전전긍긍하지 말고 해야 할 일을 해."

"천 년이래."

레드가 중얼거리는 말에 아란이 인상을 찌푸렸다. 레드의 눈동자는 아란을 향해 있었지만, 아란을 보고 있지는 않았다. 아란은 레드가 아마도 저 어딘가에 있는 클레어를 뒤쫓고 있을 거라고 생각했다.

"천 년을 혼자 살아왔대, 아란."

"그래."

"천 년은 대체 얼마나 긴 시간인 거지?"

"……."

"천 년 말이야. 난 일 년도 혼자서 못 지낼 것 같은데, 천 년을 혼자 사는 건 대체 어떤 걸까?"

레드의 눈가가 붉게 물들었다.

"유키는 그 말에 바로 반응을 했어. 천 년을 혼자서 살아온 클레어의 심정에 바로 공감한 거야. 그런데 난 어땠지?"

레드의 얼굴이 쓴웃음이 묻었다.

"난 그저 클레어한테 내 마음을 밀어붙일 생각만 하고 있었어. 내가 너무 한심하고 초라하다, 아란. 나 진짜 머저리 같지 않냐?"

아란은 작게 한숨을 내뱉었다.

"네놈이 머저리 짓을 하는 건 하루 이틀 일이 아니잖나. 클레어도 네놈이 머저리라는 걸 이미 알고 있을 테니, 마음에 담아 둘 거 없다."

"그럴까?"

"그래. 그러니까 밥 먹어."

꼿꼿하게 말하는 아란을, 레드는 물끄러미 쳐다보다가 물었다.

"넌 나한테 밥 못 먹여서 환장한 귀신이라도 붙었냐?"

아란이 피식 웃었다.

"귀신이든, 유령이든 다 갖다 붙여도 되니까 밥 먹어라."

클레어는 지붕 위에 조용히 앉아 하늘을 바라봤다. 노을이 진 오렌지빛 하늘은 무척이나 아름다웠다. 서쪽으로 지는 태양이 은은한 빛을 뿜어내고 있었다.

항구 쪽에서 뱃고동 소리가 들려왔다. 관광을 즐기는 사람들의 목소리도, 호객하는 장사꾼의 목소리도 몹시 또렷했다. 그리고 그들에게서 흘러나오는 혈향이 끊임없이 클레어를 자극했다. 클레어는 주먹을 꽉 쥐고 자극적인 향기를 무시하려 애썼지만 쉽지 않았다.

'이것으로 진짜 괴물이 되었구나.'

인간의 피를 마시지 말라던 텔스의 얼굴이 선명하다. 텔스의 검붉은 눈동자는 클레어를 향한 무한한 신뢰를 품고 있었다. 몇 년이 지나도, 몇천 년이 지나도 내 동생은 인간이기를 포기하지 않을 거라는 믿음. 그것을 저버리고 말았다.

설령 죽어 아모른의 곁으로 간다 해도, 텔스를 볼 낯이 없다. 텔스뿐이 아니다. 아버지도, 어머니도, 오라버니들과 젠도…… 인간의 피를 마신 클레어를 받아 주지 않을 것이다.

그것은 너무도 끔찍한 일이었다.

단 하나만을 바랐다. 그를 죽이고 이 몸도 죽어 아모른의 곁에 가기를, 영혼이 되어 그리운 사람들을 만날 수 있기를. 그거 하나 소망하며 고독감도, 고통도 견뎌 냈다.

하지만 이젠 아모른의 곁에 갈 수 있을지조차 의심스럽다. 아모른도 인간의 피를 마신 괴물의 영혼 따위는 받아 주고 싶지 않을 것이다.

"레드를 원망합니까?"

언제 옆으로 온 걸까?

라울이 클레어의 옆에 서서 클레어와 같은 곳을 바라보고 있었다. 하지만 그 눈에 보이는 것은 클레어와 다를 것이다. 클레어의 눈동자는 저 하늘 너머에 있을, 그리운 이들의 영혼을 찾아 헤매는 중이었다.

"원망하지 않는다."

이것은 진실이다.

처음에는 레드를 원망했다. 긴 시간 지켜온 약속을 깨뜨린 레드가 원망스럽고 증오스러웠다. 텔스와의 마지막 맹세를 망쳐 버린 레드를, 사실은 죽이고 싶었다.

하지만 그조차 부질없다는 것을 깨달았다.

"인간의 피를 마시지 않는다고 해서, 내가 인간이 될 수 있는 것이 아니라는 걸 깨달았다."

부정하고 있었지만, 사실은 그게 현실이었다. 정혈귀가 되어 버린 순간, 인간의 피를 탐욕스럽게 원하는 순간, 이 몸은 더 이상 인간이 아니다. 인간의 피를 마시지 않아도, 갈망한다는 것부터가 괴물이다. 아모른의 곁에 갈 방법은 처음부터 없었다.

"내가 아무리 피를 마시지 않아도, 나는 그저 괴물일 뿐이지."

자조적인 그녀의 음성에, 라울이 울 것 같은 표정으로 그녀를 내려다봤다.

"당신은 괴물이 아닙니다."

"아니, 괴물이 맞다. 알고 있느냐, 아이야. 나는 심장도 뛰지 않고 숨도 쉬지 않는단다. 생물이라고 불리는 것조차 허락되지 않은, 그러한 존재란다."

"천 년이라는 시간을 살아 왔잖습니까. 대체 어떤 괴물이 그걸 해낼 수 있겠습니까?"

라울의 말에 클레어가 빙그레 미소를 지었다. 처음 본 그녀의 미소가 터무니없이 슬퍼 보여서, 라울은 참고 있던 눈물을 흘리고 말았다. 클레어는 천천히 일어나 라울의 볼을 타고 흐르는 눈물을 살며시 닦아 주었다. 그녀의 손은 오싹할 정도로 차가웠지만, 라울은 피하지 않았다.

"너희는 정말로 다정하구나. 천 년 만에 만난 인간이 너희와 같이 다정한 아이들이라니…… 이건 아모른 님께서 아직 나를 버리지 않았다고 봐도 괜찮은 것일까?"

"아모른이 있는지 없는지…… 그런 건 잘 모르겠습니다. 다만…… 난 레드의 말에 동감합니다. 당신이 괴로워하는 모습을 보는 건 즐겁지 않습니다. 그러니까 우리의 피를 마시세요. 베어낸 상처는, 몇 번이든 내가 치료할 수 있습니다."

"그런 말 하지 마라, 아이야."

"클레어. 당신이 피를 주는 레드의 표정을 못 봐서 그렇습니다. 정신을 잃은 당신은 계속 괴로워했습니다. 레드는 손바닥을 베어 당신 입술에 피를 흘려 넣었죠. 그럴 때마다 당신은 잠깐이나마 편안해진 것 같았고, 그걸 보는 레드는 굉장히 안도하는 표정을 지어서……."

"아이야, 제발……."

클레어가 애원하듯 라울의 말을 끊었지만, 라울은 그걸 무시하고 덧붙였다.

"누군가를 행복하게 해 주는 사람이 괴물이라고는 생각하지 않습니다."

클레어가 한숨을 내쉬었다. 그리고 라울을 향해 아련한 시선을 던졌다.

"신기하지 않으냐? 숨을 쉬지 않고 살아온 지 천 년이 넘었는데도 이러한 순간에는 한숨이 나온단다. 습관이라는 것은 참 길고 길게도 이어지는구나."

라울이 웃었다.

"사람이니까요."

그 말에 클레어는 잠시 괴로운 표정을 지었다가 곧 고개를 저었다.

"내려가자, 아이야. 많은 것들이 기억났단다. 다시 잊기 전에 너희들에게 알려 줘야 할 것 같구나."

* * *

밥을 많이 먹어야 한다는 의무라도 있는 것처럼, 레드는 식탁에 차려진 음식을 꾸역꾸역 밀어 넣었다. 맛조차 느끼지 못하고 입안의 음식을 씹는 레드를, 유키가 안쓰럽다는 표정으로 쳐다봤다.

"레드, 진짜 더럽게 먹는다."

"아여, 우이."

"뭐라는 거야? 다 먹고 말해. 더러워 죽겠네."

레드는 오만상을 찌푸리고 유키를 노려보다가 입을 쩍 벌려, 씹다만 음식을 보여 줬다. 유키가 새된 비명을 지르며 뒤로 물러났다.

"아아악! 더러워!"

"레드. 제발 체통 좀 지켜라."

보다 못한 아란이 한 소리했지만 레드는 귓등으로도 듣지 않았다. 레드가 더러움으로 유키를 괴롭히고 있을 때, 방문이 열렸다.

라울이 먼저 들어왔고, 그 뒤를 따라 클레어가 들어왔다. 클레어를 발견한 레드는 벌떡 일어나 그녀에게 다가갔다.

"클레어. 왔어?"

무의식적으로 손을 뻗었던 레드는, 그 손이 클레어의 팔에 닿기 전에 거둬들이고 어색하게 웃었다. 클레어는 그런 레드를 물끄러미 바라보며 말했다.

"아이야, 입가에 빵가루가 잔뜩 묻었구나."

"어, 어어. 미안."

레드가 얼른 입 주변을 닦았다. 클레어가 손을 뻗어 여전히 남아 있는 빵가루를 닦아 주었다. 레드는 움직임을 잃어버린 사람처럼 뻣뻣하게 굳어 있었다. 그런 레드를 놔두고 클레어는 방 한가운데로 걸어갔다. 그리고 말했다.

"나는 오르데안 공작 가의 딸이었단다."

갑작스럽고, 또 터무니없이 느껴질 만큼 허무맹랑한 말. 레드 일행은 자기 귀를 의심하며 멍하니 클레어를 쳐다봤다. 클레어는 계속해서 말했다.

"오르데안 공작 가문의 혈통은 아모른의 권능이라는 힘을 가지고 태어난단다. 아니, 태어났었지."

"자, 잠깐만, 클레어."

뒤늦게 정신을 차린 유키가 클레어의 말을 끊었다.

"오르데안 공작은 자기 가문의 명성을 높이기 위해 혈귀를 만들어 낸 가문이라고 알려져 있는데."

"그래, 마지막에 그러한 소문이 돌았었지."

클레어가 씁쓸하게 말했다. 유키는 놀랍다는 듯 눈을 크게 떴다.

"오르데안 가문이 진짜 있었던 거였네. 전설인 줄로만 알았는데."

레드 일행은 오랜 전설의 산증인을 눈앞에 두었다는 충격에 잠시 말문이 막혔다.

오르데안 가문. 언제부터 시작되었는지 모르는 혈귀 전설의 시작과 끝. 요새는 어린애들도 믿지 않는 전설의 가문이 부활했다. 아니, 쭉 이어져 오고 있었다. 감동과 충격이 섞인 묘한 감정이 그들의 마음을 채웠다.

"계속 말해도 되겠느냐?"

클레어의 질문에 유키가 얼른 고개를 끄덕거렸다. 클레어는 나직하고도 담담한 어조로 설명했다.

"오르데안 가문은 권능을 제대로 사용하기 위해 '체술'이라고 하는 것을 익혔단다. 체술을 익히면 몸의 움직임이 빨라져서 혈귀의 속도를 따라잡을 수 있고, 또 감각이 예민해져서 그들을 느낄 수 있게 되지."

"체술을 익히는 방법을 아나?"

아란이 성급하게 물었다.

"그래, 알고 있다. 허나 완벽하게 알지는 못한다. 오라버니들이 연습할 때, 곁에서 보고 들은 것이 전부란다."

체술이란 무술에 대한 놀라움보다 클레어의 입에서 '오라버니'라는 평범한 단어가 나왔다는 것이, 그들은 놀라웠다.

오라버니.

그랬다. 클레어의 말투와 기이한 분위기 때문에 잊고 있었는데, 그녀도 한때는 인간이었다. 부모와 형제와 친구를 가진 인간.

그녀의 말투는 담담했지만 그녀와 어울리지 않는 '오라버니'라는 단어가 어쩐지 쓸쓸하게 들려왔다. 레드는 저도 모르게 클레어를 향해 말했다.

"앞으로 내가 네 오라버니가 되어 주지."

픽!

클레어가 뭐라 대답하기도 전에, 아란이 레드의 뒤통수를 때렸다. 유키와 라울이 레드를 향해 한심하다는 시선을 던지고 있었다.

"아, 왜!"

"헛소리 좀 작작해요, 레드. 머리가 어떻게 된 거 아닙니까?"

"클레어는 좋다는데 왜 니들이 야단이야? 해체되고 싶냐?"

도리어 성질을 내는 레드를 무시하고, 유키가 클레어에게 물었다.

"클레어, 정말 좋아?"

클레어의 대답은 바로 돌아왔다.

"아니, 싫구나. 내 오라버니들은 참으로 성숙하고 차분했거든."

"나도 성숙하고!"

발끈해서 외치던 레드는 클레어의 고요한 시선과 마주치자 입을 비쭉거리며 목소리를 낮췄다.

"······차분할 수 있어."

"이런 건 무시하고, 체술은 어떻게 해야 하는 거지? 너도 잘 모른다면 완벽하게는 익힐 수 없는 건가?"

아란이 물었다.

"훈련법을 적은 비서가 있기는 있다."

"어디에 있지?"

클레어는 시선을 돌려 창밖을 응시했다. 레드 일행도 덩달아 클레어의 시선을 좇았지만, 보이는 것은 하늘뿐이었다.

"아마도······."

클레어의 입술이 달싹거리며 허스키한 음성이 흘러나오자, 레드 일행은 다시 클레어에게로 시선을 돌렸다.

"얼음의·땅에 있겠지. 지금도 그 이름으로 불리는지는 모르겠지만."

"얼음의 땅? 그게 어디지?"

아란이 유키를 돌아보며 물었다.

"음…… 어디서 봤는데……."

"아는 척하지 마, 꼬맹이."

레드가 퉁상스럽게 말했다. 유키는 발끈해서 귀여운 얼굴을 잔뜩 찌푸리고 레드를 노려봤다.

"진짜거든! 진짜 읽은 적 있단 말이야!"

"하지만 자세한 건 기억 안 나겠지. 그게 너와 내게 있는 격의 차이다."

"뭔 소리래."

"난 얼음의 땅이 어디에 붙어 있는 건지 알고 있지. 후후후."

레드가 팔짱을 끼고 한껏 잘난 체를 했다.

"어디냐?"

아란이 진지하게 물었지만 레드는 웃기만 할 뿐 쉽게 가르쳐 주지 않았다. 참다못한 아란이 레드의 팔을 세게 움켜쥐었다.

"장난치지 말고 말해 봐. 얼음의 땅이 어디냐?"

"내 다리 사이를 지나가면서 개처럼 멍멍 짖으면 알려 주지."

"너……."

"좋다."

아란이 이를 악물고 주먹을 쥐는데, 클레어의 목소리가 들려왔다. 예상치 못한 일에 레드의 눈이 휘둥그레졌다. 레드가 무슨 말을 꺼내기도 전에 클레어가 바닥에 무릎을 꿇었다. 유키가 얼른 달려가 클레어의 팔을 잡았다.

"안 돼, 클레어. 이러지 마."

"나는 너희들에게 체술을 알려 주기 위해 무엇이든 할 수 있다. 개처럼 기는 것은 문제가 아니지."

클레어가 담담히 말했다. 레드가 빨갛게 달아오른 얼굴로 다급하게 말했다.

"아니, 아니. 취소, 취소. 기지 마. 짖지 마. 안 그래도 돼. 다 알려 줄게! 내 비밀까지도 알려 줄 수 있어!"

"네 비밀 같은 건 아무도 안 궁금해 해."

아란이 레드를 노려보며 클레어의 팔을 잡아 번쩍 일으켜 세웠다. 레드가 어깨를 톡톡 두드리는 느낌에 고개를 돌렸더니, 라울이 레드를 보며 빙그레 웃고 있었다. 레드가 어색하게 입꼬리를 올리자, 라울이 말했다.

"그 빌어먹을 대가리는 장난을 칠 때와 안 칠 때를 구분 못 하는 겁니까? 그런 대가리는 뭐 하러 붙이고 다닙니까? 무겁기만 한데."

미소를 짓는 입술과 달리, 라울의 녹색 눈동자는 잡아 죽일 듯 형형하게 빛나고 있었다. 하얗게 질린 레드에게, 단정한 자세를 취한 클레어가 확인 사살을 했다.

"아이야. 너는 참으로 한심한 사내로구나."

차라리 맞는 게 낫겠다 싶을 정도로 악담을 한 몸에 받은 레드는, 동료들의 불신과 경멸의 시선 역시 한 몸에 받으며 말했다.

"스미론도. 지금의 스미론도가 과거 얼음의 땅이었던 지역이다."

"스미론도? 하지만 거긴 사람이 안 살잖아."

"그래. 안 살지. 몬스터 소굴이니까."

스미론도.

대륙의 중심에 있는 피탄 제국에서도 한참 더 북쪽으로 가야만 나오는 스미론도는 얼음과 눈으로 덮인 땅이었다. 스미론도를 둘러싼 산맥은 "통곡의 산"이라고 불릴 만큼 산세가 험해서 길을 잃기 딱 좋았다. 게다가 만들어 내는 게 아닐까 싶을 정도로 수많은 몬스터가 그 땅에 존재했다. 스미론도에 들어가면 발에 치이는 돌보다 몬스터가 더 많을 정도였다.

이상하게도 스미론도의 몬스터들은 그 지역을 벗어나진 않았다. 가끔씩 통곡의 산을 넘어 인간들의 마을을 습격하는 몬스터가 있기는 했지만, 대부분이 조용히 스미론도 안에서 살아갔다.

수만 많을 뿐, 위험도는 보텔로 산보다 낮은데도 피탄 제국은 스미론도를 금지 지역으로 선포하고, 그 주위에 결계를 쳤다. 누구도 들어가지 못하도록, 누구도 나오지 못하도록.

오래전 마력사들이 많을 때에, 수백 명의 마력사를 동원해서 만들어 낸 결계. 몬스터도 몬스터지만 강력한 결계 때문에 스미론도에 발을 디딜 생각을 하는 사람은 거의 없었다. 때때로 모험가라 자칭하는 사람들이 스미론도로 향하기는 했지만, 그들은 두 번 다시 인간 세계로 돌아오지 않았다.

"……라는 이야기가 있지."

레드의 설명을 들으며 클레어는 오래전, '얼음의 땅'이라 불리던 시절의 그 지역의 정경을 떠올렸다. 뼈를 파고드는 듯한 매서운 바람, 발이 푹푹 빠질 정도로 높게 쌓인 눈, 그리고 산 깊은 곳에 있는 얼어붙은 호수.

"지켜 주마."

은빛 호수를 부드럽게 울리는 나직한 음성도 떠올랐다.

"네 핏줄의 마지막 빛이 꺼지지 않도록 해 주마."

목소리와 너무도 잘 어울리는, 헤아릴 수 없이 깊은 눈동자. 그 눈동자가 띠고 있던 다정한 빛이 기억났다.

"클레어?"

멍하니 서 있는 클레어의 손목을, 유키가 살짝 잡았다. 정신을 차리자 호박색 눈동자가 클레어를 빤히 올려다보고 있었다. 클레어는 무의식적으로 유키의 황금빛 머리카락에 손을 얹었다가, 흠칫 놀라 떼어 냈다.

적당한 선을 지켜야 한다. 이들과 더 가까워지면 안 된다.

"이름을 부르면 애달파지고, 만지다 보면 애정이 생기지.
적당한 거리를 유지하며 하나의 사물로만 대하다 보면⋯⋯."

은빛 호수의 주인은 괴로워하는 클레어를 달래듯 무언가를 알려 주었다. 하지만 그 뒷말은 잘 기억이 나지 않았다.

"쓰다듬어도 돼. 나 쓰다듬어 주는 거 좋아해."

뭔가를 오해했는지 유키가 웃으며 말했다. 레드가 씩, 입꼬리를 올린 뒤 유키의 머리를 마구 헝클어뜨렸다.

"그렇게 좋아한다면 머리가 벗겨지도록 쓰다듬어 주지!"

"아, 진짜! 레드, 제발 좀!"

"왜? 좋아한다며? 아니면 꼬맹이 주제에 여자를 꼬시는 수법이었냐? 엉? 확 구워 줄까 보다."

레드는 아예 두 손으로 유키의 머리를 잡아 본격적으로 머리를 쓰다듬기 시작했다. 허구한 날 있는 일이기에, 아란과 라울은 두 사람을 무시했다.

"스미론도는 지금 금지 구역입니다. 그 지역 주위로 강한 결계가 있어서 들어가기가 힘들어요."

"모험가라는 자들은 어떻게 들어간 게지?"

"그건 그저 소문일 뿐일 겁니다. 만약 진짜로 들어간 거라면 결계가 약한 부분이 있긴 있다는 거겠죠. 결계를 강하게 유지하려면 다수의 마력사가 필요한데, 지금은 마력사가 많지 않으니까요."

"어떻게 금지된 땅에 가문의 비서가 있는 거지? 오르데안 가문이 그곳에 살았었나?"

아란의 질문에 클레어가 가볍게 고개를 저었다.

"아니, 그런 건 아니다. 다만 내가 잠시 그곳에 머무른 적이 있단다. 그때 거기에 비서를 두고 왔지."

"네 몸은 결계도 통하지 않는 건가?"

"그때에는 결계가 없었단다. 그 땅에 살고 있는 인간들도 있었지."

"뭐가 됐든 스미론도에 비서를 감춘 건 최선의 선택이었군. 결계 덕분에 드나드는 사람이 없으니 비서가 무사하겠어."

"허나 결계가 아니었어도……."

클레어가 막 거기까지 말했을 때였다.

"꺄아아아아아아악!"

여기저기서 비명이 쏟아져 나왔다. 거리에 있는 사람들이 온통 소리를 질러 대고 있었다. 레드 일행은 어리둥절한 표정으로 시선을 맞췄다가 누가 먼저랄 것도 없이 창가로 달려갔다. 창문 바깥에선 기이한 광경이 펼쳐지고 있었다.

사람들은 소리를 지르며 펄쩍펄쩍 뛰었고, 어떤 사람은 주저앉아 있기도 했다. 허둥지둥 멀리 달려가는 사람도 있었다.

"왜, 왜 저러지?"

유키가 중얼거렸지만 대답은 돌아오지 않았다. 다들 그 이유를 알 수 없었기 때문이다.

"단체로 머리가 돌아 버린 것 같네요."

라울이 신랄하게 말했다.

"이상한 전염병이라도 생겼나? 창문을 닫는 게 좋을 것 같은데."

아란이 중얼거린 말에 유키가 얼른 창문을 닫으려고 손을 뻗었다. 레드가 그 손을 붙잡았다.

"잠깐만."

레드는 상체를 밖으로 쭉 빼내고 눈을 가늘게 떴다. 레드의 눈에 들어오는 것이 있었다. 사람들 사이를 가로지르는 자그마한 생명체들.

"저게 왜 여기에⋯⋯?"

"왜? 뭐가, 뭐가?"

"저거 말이야. 저 작은 거."

"저거⋯⋯ 쥐 아냐? 쥐 한 마리 때문에 저렇게 소리를 지를 리는 없잖아."

"아니, 자세히 봐봐."

유키도 레드와 똑같이 눈을 찌푸리고 까맣게만 보이는 작은 생물을 자세히 살펴봤다. 그 모양을 제대로 확인한 유키의 눈이 커졌고, 동시에 비명이 터져 나왔다.

"으아아아악!"

유키가 펄쩍 뛰며 뒤로 물러났다. 라울이 넘어질 뻔한 유키를 얼른 받쳐 주었다.

"왜 그래요?"

"저, 저거…… 저거 대체 뭐지? 저거…….'

유키는 경악한 표정으로 창밖을 삿대질하며 중얼거렸다. 미간을 좁히고 밖을 내다본 아란이 작게 신음을 흘렸다.

"저건…… 새…… 새인가?"

"새요? 새 때문에 놀란 거예요?"

"아니, 저건…… 새가 아닐지도…….'

궁금증을 이기지 못한 라울은 레드와 아란의 사이를 비집고 들어갔다. 사람들 사이를 누비고 다니는 자그마한 생명체들을 물끄러미 응시하다가 고개를 든 라울이 담담한 목소리로 말했다.

"새인지 쥐인지 알 수 없는 저 자그마한 생물보다는 저게 더 신기한데요."

그 말에 아란과 레드는 고개를 들어, 길을 따라 내려오고 있는 생물을 발견했다. 소의 몸통에 늑대의 얼굴 두 개가 달린 기이한 생물이 빠른 속도로 달려오고 있었다.

"제길."

레드가 중얼거리며 활을 꺼내 들었다. 아란이 슬쩍 뒤로 물러나자, 레드는 창가에서 자세를 취했다. 늑대의 머리에 정확히 조준하고 활시위를 당겼을 때였다. 무언가 날카로운 것이 레드의 손등을 찌르는 바람에 화살을 놓치고 말았다.

화살은 빠른 속도로 날아가, 다리가 풀려 주저앉아 있는 여자의 머리카락을 스치고 바닥에 박혔다. 레드 일행은 입을 쩍 벌린 채 굳어버렸다.

"뭘 하는 거야, 레드!"

간신히 정신을 차린 유키가 버럭 외치며 두 손을 앞으로 내밀었다. 유키의 손에서 만들어진 원통형의 물기둥이 강한 기세로 쏟아져 나가, 막 여자를 공격하려던 늑대인지, 소인지 알 수 없는 생물을 후려쳤다.

커어어어어어!

그것은 이상한 소리를 내며 나가떨어졌다. 그 틈을 타서 레드가 다시 화살을 꺼냈다. 레드의 손등에서 피가 흐르고 있었지만 그걸 살필 겨를이 없었다.

이번에 활시위를 떠난 화살은 정확하게 늑대의 한쪽 머리에 박혔다. 그것은 허둥거리며 고통스러운 비명을 내질렀지만 쓰러지진 않았다.

"머리가 두 쪽이니 두 쪽 다 아작을 내야 하는 건가?"

레드가 화살 하나를 더 꺼내며 중얼거렸다. 그때 까만 것이 레드의 손을 노리고 날아들었다. 아까 레드의 손을 공격한 그것이었다.

하지만 이번에는 성공하지 못했다. 그것이 레드의 손등을 찌르기 전, 아란이 그것을 붙잡았기 때문이다.

"감사."

레드는 작게 중얼거리며 활시위를 당겼다. 이번에도 화살은 정확하게 남은 한쪽 머리에 박혔다. 그 생물은 잠시 버둥거렸지만 결국 흙먼지를 일으키며 바닥에 쓰러졌다. 그것이 다시 움직이지 않는다는 걸 확인한 레드가 말했다.

"저건 소늑대라고 부르자."

"그게 문제가 아닐 텐데요."

라울이 레드의 다친 손등을 감싸며 말했다. 라울의 손에서 녹색 빛이 번져 나오며, 상처 안으로 따뜻하게 스며들었다. 피가 멎고 상처 자국이 스르륵 사라졌다.

"이게 대체 뭐야?"

유키가 오만상을 찌푸리고 아란이 잡은 까만 생물을 살펴봤다.

"이거 분명 까마귀 같은데 부리가 철로 되어 있어. 되게 날카로워. 꼭 칼 같아."

"그럼 그건 칼까마귀라고 불러야겠군."

레드가 방금 전 칼까마귀에게 당했던 손등을 확인하며 중얼거렸다. 그 말에 대답이라도 하듯 까마귀가 "까악!"하고 울었다. 진짜로 울 줄은 몰랐기 때문에 다들 깜짝 놀랐다.

"레드, 이게 뭐야? 아까 뭔가 아는 것 같았는데……."

"그거 그놈이 만든 거다."

"그놈?"

"어. 연금술사라는 놈."

"연금술사가…… 이걸 만들었다고?"

"그래. 저 밖에 돌아다니는 것들 전부……."

흘끗 창밖을 내다보자 이번에는 곰의 몸통에 토끼의 얼굴을 붙인 생물이 뒤뚱거리며 걸어오고 있었다. 레드는 작게 욕설을 내뱉으며 화살을 꺼냈다. 이번에 쏜 화살은 정확히 심장에 맞췄다.

"그놈이 만든 거다. 그놈 소굴에 저런 것들이 득실득실하더라."

"이런 걸…… 어떻게 이런 걸 만들지? 그 인간은 대체 머리가 뭐로 돼 있는 거야?"

"그러게 말이다. 끔찍하고 기분 나쁜 놈이야."

"불쌍해. 이건 너무 불쌍하잖아."

유키의 커다란 눈에 눈물이 차올랐다.

"이것들 때문에 라볼르 사람들이 반대쪽 산에 가는 걸 꺼렸던 것 같아. 그 산에 들어가서 몬스터를 본 적이 없거든."

"그동안은 반대쪽 산에만 있었던 것 같은데, 왜 갑자기 사람 사는 마을로 내려온 걸까요?"

"그거야……."

레드가 인상을 찌푸렸다.

"제길. 잭이 그놈을 찾아냈나 보군."

클레어가 쓰러져 있는 것을 걱정하느라 잭의 존재를 까맣게 잊

고 있었다. 그건 아란과 라울, 유키도 마찬가지였기에 레드를 탓
할 수는 없었다.

"벌써 라볼르를 뜬 건가?"

"그렇겠죠. 헤론이 어떤 방법으로 이것들의 움직임을 반대쪽
산에만 묶어 두고 있었는지는 모르겠지만, 이것들이 여기까지 왔
다는 건 그 힘이 사라졌다는 걸로 봐도 무방하겠죠."

"그런 놈은 필요 없어!"

유키가 눈물이 그렁그렁한 눈을 하고 외쳤다.

"동물들을 이렇게 만들어 버리는 잔인한 놈이잖아. 완전 미치
광이야. 생명을 이렇게 다루면 안 되는 거잖아. 그런 놈은 필요
없어!"

"그래, 그놈은 우리한테 필요 없지. 하지만 이런 걸 만들어 내
는 똑똑한 놈이 혈귀 편에 서는 건 위험한 일이야, 꼬맹이."

레드의 말에 유키는 분한 듯 아랫입술을 깨물었다. 맞는 말이
었기 때문에 반박할 수 없었던 것이다.

"좀 속도가 빠른 배를 구할 순 없나? 어떻게든 대륙에 가기 전
에 막을 수 있으면 좋을 텐데."

"타니하르에게 도움을 청해야겠군."

"그런데……."

레드가 방안을 둘러봤다.

"클레어는 어딜 간 거지?"

클레어가 사라졌다는 것을 아무도 눈치채지 못했다. 레드는

창밖을 내다봤지만 거리엔 이상한 생물들만 돌아다닐 뿐, 아무도 없었다. 사람들은 이미 집 안으로 피신한 것 같았다.

"글쎄요. 곧 돌아오겠죠. 일단 우리는 헤론이란 자가 살았던 곳으로 가 봐요. 거기에 저것들을 반대쪽 산에 묶어 둘 방법이 있을 수도 있잖아요."

"난 타니하르에게 배편을 알아보지."

아란이 잡고 있던 칼까마귀를 유키에게 넘기고 방에서 나갔다.

"유키는 어떻게 할래요? 여기 있을래요?"

"나는…… 나가면 저것들 죽여야 되는 거야?"

"아마도요. 위험해 보이는 것들은 죽여야겠죠."

"그럼 난 안 갈래. 난…… 난 못 죽이겠어."

라울이 부드럽게 웃으며 유키의 머리를 쓰다듬었다.

"그래요. 그럼 레드랑 둘이 다녀올게요."

*　　*　　*

클레어는 잭이 헤론을 데리고 간 것 같다는 말을 듣자마자 숙소에서 나와, 헤론의 동굴을 향해 달렸다. 본의 아니게 마시게 된 인간의 피 덕분에 온몸에 힘이 넘쳤다. 평소보다 빠른 속도에 당혹스러울 정도였다.

바람이 귓가를 스치는 소리가 시끄럽게 울렸다.

몇 번인가 두꺼운 나뭇가지에 부딪쳐 알싸한 고통이 일었지만, 클레어는 속도를 늦추지 않았다. 헤론에게 묻고 싶은 것이 있었다. 반드시 물어봐야만 했다.

은발의 긴 머리카락과 오른쪽 눈에 안대를 한 잘생긴 얼굴, 호리호리하고 훤칠하게 키가 큰 몸이 떠올랐다. 회색에 가까운 청색 눈동자와 나직하지만 경박하게 들리는 목소리도 생생하게 생각이 났다.

그래서 물어봐야만 했다.

당신, 당신 말이야.

하지만 클레어가 도착했을 때, 헤론의 연구실은 텅 비어 있었다. 누군가 침범한 듯 막고 있던 바위덩어리가 반으로 쪼개져 있었고, 이상한 생물들을 가둬뒀던 우리들은 전부 열려 있었다.

찌, 찌익—

우리 창살에 발이 걸려 미처 달아나지 못한 생쥐 비슷한 것이 울고 있기에, 클레어는 손가락으로 톡톡 두드려서 자유롭게 해 주었다. 생쥐 비슷한 것은 뒤도 돌아보지 않고 부리나케 도망쳤다.

생명체가 없는 연구실은 전에 왔을 때보다 훨씬 섬뜩한 분위기를 자아냈다. 클레어는 두 손을 가지런히 모으고 서서 연구실을 둘러봤다.

생물은 없지만 이상한 도구들과 수상쩍은 액체들은 여전히 남아 있었다. 그중에는 불도 없는데 부글부글 끓고 있는 액체도 있었다. 책장의 책도 그대로였다.

클레어는 책장에 다가가 책들의 제목을 확인했다. 흥미를 끄는 책은 없었다.

무언가를 남겨두고 갔을 것이다.

클레어는 막연히 생각했다.

분명 무언가를 이곳에 두고 갔을 것이다.

하지만 동물이 사라졌을 뿐, 전과 달라진 것은 없었다. 그것을 깨달은 클레어는 참담한 기분으로, 연구실 한가운데에 우두커니 서 있었다.

*　　*　　*

헤론의 동굴로 향하는 동안 몇 마리의 동물을 죽였는지 셀 수도 없었다. 라울의 총이 몇 번이나 날카로운 총성을 내뿜었고, 레드의 화살은 동이 나서 결국 단검을 뽑아 들었다. 그들이 걸어온 길에는 정체를 알 수 없는 짐승들의 시체가 즐비했다.

아무리 끔찍한 모양의 짐승이라도, 생물을 죽이는 것은 달가운 일이 아니었다. 레드와 라울의 표정은 산 깊이 들어갈수록 점점 어두워졌다.

"몹쓸 놈이네요."

뱀 같은 것을 죽인 라울이 작게 숨을 몰아쉬며 중얼거렸다. 레드는 팔에 튄 피를 닦으며 고개를 끄덕였다.

"응, 죽일 놈이지."

"난 말입니다, 레드. 때때로 인간보다 끔찍한 건 없는 것 같다는 생각을 합니다."

"때때로? 난 자주 그러는데."

레드가 싸늘하게 웃으며 대꾸했다. 그들의 옷은 죽은 동물들이 흘린 피로 더럽혀져 있었다. 피비린내가 유독 독하게 느껴졌다.

"헤론이란 놈을 만나면 이 손으로 갈기갈기 찢어서 죽이고 싶네요."

"어, 나도."

"저 동물들이 헤론을 볼 때 느끼는 감정은, 우리가 혈귀를 볼 때 느끼는 감정과 비슷하겠죠?"

"비슷한 게 아니라 똑같겠지."

"그럼 혈귀와 우리가 다른 게 뭘까요?"

"글쎄. 아마…… 수명이지 않을까?"

레드가 건성으로 대꾸한 말에 라울이 피식 웃었다.

"그러네요. 혈귀는 오래 사는 것 같으니까."

레드는 헤론의 연구실로 들어가는 동굴을 찾아냈다. 동굴을 감추고 있었던 무성한 덩굴은 잘게 조각나 바닥에 떨어져 있었다. 갈색으로 퇴색된 것을 보면 잘려나간 지 오래된 것 같았다.

"문제가 생겼다."

어두운 동굴 입구에 들어선 레드가 묵직한 목소리로 말했다.

라울이 긴장했다.

"뭐죠?"

"길을 몰라."

"……네?"

"연구실까지 들어가는 길을 모른다고."

"그게 무슨……?"

"이 동굴, 이래 봬도 엄청 깊어. 갈림길도 많고."

"지난번엔 어떻게 찾아냈습니까?"

"그땐 클레어가 길을 찾아냈어."

"레드, 당신이란 사람은 정말 무용지물이군요."

라울이 혀를 찼다.

"무용지물이라니! 사람이란 각자의 재능이라는 게 있는 거야. 클레어의 재능은 길을 잘 찾는 건가 보지!"

"싸움 쪽으로도 클레어를 이길 순 없잖아요."

"윽……!"

정곡을 찔렀다.

"싸움도, 길을 찾는 것도 클레어보다 나은 부분이 없는데, 무슨 용기로 그녀에게 고백을 한 건지 모르겠네요. 나 같으면 당신처럼 하잘것없는 남자는 곁에 오는 것도 싫을 겁니다. 클레어가 당신 고백을 듣고 곤란해 했던 것도 이해가 돼요. 마음 씀씀이가 넓은 클레어는, 매몰차게 당신을 거절할 수 없었던 거겠죠. 약해빠진 데다가 쓸모도 없는 남자 같으니. 아, 심지어 성격까지 더럽죠."

라울이 신랄하게 말했다.

"난 클레어에게 피를 줄 수 있어!"

레드가 간신히 하나를 내세웠다. 라울이 조롱하듯 웃었다.

"정작 클레어는 그 피를 원하지 않는 것 같습니다만. 성격 나쁜 무용지물의 피를 마시고 싶은 사람이 누가 있겠어요? 우리도 뭐 먹을 때 이왕이면 보기 좋고 신선한 걸로 먹고 싶어 하잖아요. 혈귀라고 다를까요?"

"너……."

"일단 들어가 보죠. 이왕 여기까지 온 건데, 벽을 부숴서라도 길을 만들어 내야 하지 않겠어요?"

레드의 가슴에 비수를 꽂아댄 라울은 아무 일도 없었다는 듯 걸음을 옮겼다. 라울의 등을 노려보던 레드는 뭔가 생각난 듯 불꽃을 만들어 냈다. 레드의 붉은 불덩어리가 어두운 동굴 안을 밝혔다.

"이것 봐, 내가 아니었으면 넌 캄캄한 동굴을 걸었어야 한다고."

"그런 거야 횃불을 가지고 들어오면 그만이죠."

"언제 어디서나, 갑작스러운 상황 속에서도 할 수 있다는 게 중요한 거지."

"흠. 휴대용 횃불 같은 걸까요?"

라울은 적당히 대꾸하며 동굴 깊은 곳으로 저벅저벅 걸어 들어갔다. 졸지에 휴대용 횃불 취급을 받은 레드는 으르렁거리듯 욕지거리를 내뱉었지만, 결국 라울의 뒤를 따랐다.

갈림길이 나올 때마다 두 사람은 어디를 선택할지를 두고 싸웠다. 라울이 이기기도 하고, 레드가 이기기도 했지만 결과적으로 두 사람은 잘못된 선택을 했다. 한참을 걸어서 도착한 막다른 길. 거긴 아무것도 없었다.

얼굴 옆의 불꽃 때문에, 레드를 노려보는 라울의 얼굴이 기괴하게 빛났다.

"당신을 믿은 결과가 이렇습니다."

"말은 바로 해라. 네놈 선택 때문이야! 내가 선택한 길로만 갔으면 제대로 도착했을 거다."

"어차피 길도 제대로 못 외우고 있었잖아요. 다시 올 경우를 생각해서 기억해 둬야 하는 거 아닙니까? 도대체 그 머리통은 왜 달고 다닙니까?"

"그 빌어먹을 머리통 소리 좀 그만해! 그냥 달고 다닌다, 얹어 둘 게 없어서 달고 다닌다고! 어쩔래?"

"그냥 떼고 다니지 그래요? 얹어 둘 게 없으면 어떻습니까? 조금이라도 가벼운 게 낫지."

"그러는 넌? 넌 왜 그 머리통을 달고 다니는데?"

레드의 질문에 라울이 그것도 모르냐는 듯 어이없는 표정으로 말했다.

"그거야 잘생겼으니까 달고 다니죠. 내 얼굴을 보는 사람들이 마음의 위안을 받는다는 거 모릅니까?"

"야! 그렇게 따지면 나도……!"

"당신 얼굴 좋아하는 사람은 없어요, 레드. 허구한 날 찌푸리고 다니는데 누가 좋아하겠습니까? 그 머리통이야말로 세상에서 가장 쓸모없는 물건일 겁니다."

"너 진짜 구워지고 싶냐?"

레드의 팔에서 불꽃이 일어나 활활 타오르기 시작했을 때였다.

"너희들, 예서 뭐 하는 게냐?"

어두운 동굴과 어울리지 않는 은은한 목소리가 들려왔다. 동시에 레드의 팔뚝을 감싸고 있던 불꽃이 사르륵 수그러들었다.

클레어였다.

클레어는 두 손을 가지런히 모은 특유의 자세로 천천히 다가왔다.

"너, 왜 여기 있어?"

레드가 물었다.

"연금술사 아이의 연구실을 찾아왔었다. 살펴보고 있는데 여기서 너희들 목소리가 들리더구나. 여기 무엇이라도 있는 게냐?"

"어, 그게……."

"길을 잃었습니다. 이 인간 머리통이 무용지물이라서요."

라울이 이실직고했다.

"그러냐. 참으로 멀리도 왔구나. 연구실은 완전히 반대쪽으로 가야 한단다."

그렇게 말하고 클레어는 빙글 돌아서서 걷기 시작했다. 레드는 라울을 한 번 노려보고는 클레어를 따라잡았다.

"그놈 연구실에 뭣 좀 있어?"

"그래. 샅샅이 뒤졌더니 남겨두고 간 것이 있더구나."

"저 이상한 생물들을 막을 방법이 있긴 있는 거야?"

"생물들…… 아아, 너는 그 아이들 때문에 여기 온 것이냐?"

"당연하지. 그게 아니면 달리 올 이유가 없잖아. 이런 기분 나쁜 곳엘."

"그렇구나. 역시 넌 참으로 다정하다."

클레어의 말이 부드럽게 레드의 가슴에 스며들었다. 생각지 못한 칭찬을 들은 레드는 꿀꺽, 마른침을 삼켰다.

레드는 눈앞에서 흔들리는 클레어의 머리카락을 응시했다. 레드의 불꽃 아래에서 그녀의 머리카락은 루비처럼 붉은 빛을 냈다. 부드러운 비단 같은 그 머리카락을 만지고 싶었지만, 아마도 그녀는 싫어할 것이다. 그래서 저도 모르게 올렸던 손을 도로 내렸다.

"클레어. 과거가 전부 기억난 건가요?"

레드의 옆에서 걷고 있던 라울이 문득 입을 열었다. 클레어는 돌아보지도 않고 대답했다.

"그래, 거의. 전부."

"그럼 원래 이름은 뭔가요? 클레어는 레드가 대충 붙여 준 이름이라고 들었는데……."

"원래 이름."

클레어는 눈앞까지 손을 올려 손가락에 끼워진 반지를 확인했다. 레드의 불꽃 때문에 붉은 금색으로 빛나는 두 개의 실반지.

"그런 건 버렸다."

"버렸……다고요?"

"그래. 그 이름은 내 아버지가 지어 주신 사랑스러운 이름. 저주의 밤을 걷는 내게, 그 이름을 사용할 자격은 없다."

클레어가 단호하게 말했다. 레드는 충동적으로 클레어의 손목을 붙잡았다.

"너도 사랑스러워."

레드의 말에 클레어의 눈이 커졌다가 가늘어졌다.

"그러냐?"

"그래. 너도 굉장히 사랑스럽고 아름다워. 내 눈에 넌, 고귀해 보이기까지 해. 그러니까 네 아버지가 지어 주셨다는 그 이름……."

"그만, 되었다."

클레어가 잡히지 않은 손으로 레드의 입을 살며시 막았다.

"내게는 네가 지어준 클레어라는 이름도 사랑스럽단다. 그러니 나는 클레어라고 불리는 것도 싫지 않구나."

"정말?"

"그래. 나는 거짓말을 하지 않는다, 아이야."

클레어가 부드럽게 말하며 레드에게 잡힌 손을 빼냈다. 그들은 다시 걷기 시작했다.

"레드, 그거 압니까?"

라울이 이번에는 레드에게 물었다. 레드는 두 눈동자를 클레어에게 고정한 채 건성으로 대꾸했다.

"뭐?"

"당신이 클레어한테 말할 때 말입니다. 우리한테 말할 때랑 목소리가 달라집니다."

"아아, 그래?"

"아주 역겹습니다. 징그러워요."

"……."

라울이 그답지 않게 오만상을 찌푸리며 차갑게 말했다.

"제발 내 앞에서는 자제해 주세요. 그 빌어먹을 애정 표현."

*　　　*　　　*

잭은 배 뒤로 퍼지는 흰 물보라를 감탄스럽게 지켜봤다. 헤론이 배에 달아 준 이상한 기계는, 배가 놀라운 속도로 나아가게 해주었다. 이 속도라면 열흘도 지나지 않아 펠타 항에 도착할 것이다.

"정말 놀랍군."

"제아무리 정혈귀라도 바다 위를 달릴 수는 없나 보지? 이히히히."

헤론은 언제 들어도 기분 나쁜 웃음소리를 내며 비아냥거렸다. 잭은 헤론을 대할 때마다 울컥 치솟는 분노를 가라앉히기 위해 노력해야 했다. 정말이지 가까이 두고 싶지 않은 사내다.

"궁금한 게 있는데 말이야. 대체 누가 날 원하는 거지?"

헤론이 물었다.

"그건 대륙에 도착하면 알게 될 거다."

"흐응. 그럼 왜 날 데리고 가는 건지도 알려 주지 않겠군. 맞지?"

"그래."

"사실은 말이야. 네놈도 아는 게 없는 거 아냐? 그래서 말해 줄 수 있는 부분이 적은 거지."

"⋯⋯."

정곡을 찔렸다. 잭은 아랫입술을 지그시 깨물었다. 헤론에게 등을 보이고 있어서 다행이었다.

"머리 좋은 사람을 원하는 거야 이해할 수 있겠는데 말이야. 니들한테는 굳이 내가 필요하지 않잖아. 어차피 정혈귀는 인간보다 강하고 오래 사는데. 설마 날 정혈귀로 만들려는 건가? 이히히히히. 그런 거면 재미있겠는데?"

잭은 헤론을 콱 물어뜯어 정혈귀가 아닌 아혈귀로 만들어 버리고 싶었다. 아혈귀가 되면, 적어도 저 짜증 나는 웃음소리는 내지 않을 것이다.

"네놈이 이런 잡일을 하는 걸 보면 정혈귀들 사이에도 계급이라는 게 존재하는 것 같은데 말이야. 대체 그 계급은 어떻게 나뉘는 거지? 짐승들처럼 강한 놈일수록 위로…… 큭!"

잭은 더 이상 참지 못하고 헤론의 목을 움켜쥐었다. 잭의 입술 사이로 날카로운 송곳니가 보이는데도, 헤론의 얼굴에 나타난 것은 목을 졸린 괴로움뿐, 공포심은 없었다.

"우린 짐승이 아니다. 생각도 하고 말도 하지. 우린 인간들과 다를 게 없어."

헤론이 괴로워하는 와중에도 빈정거리는 미소를 지었다. 그의 얼굴이 금방이라도 터질 듯 붉게 물들었다. 잭은 이를 악물고 손에서 힘을 뺐다. 헤론이 콜록콜록 기침을 하며 웃었다.

"이히히…… 큭…… 콜록…… 이히히히히히. 그거 참 재미있는 말인데? 포식자가 피식자에게 다를 바 없다고 하다니. 이히히히."

"닥쳐!"

"말이면 다인 게 아니지. 포식자는 결코 피식자와 같아질 수 없어. 니들은 인간이 아니야. 우리 인간들 눈에는 우리를 먹어치우는 짐승으로만 보이는 게 당연해."

"닥치라고 했지!"

잭이 뽑아낸 손톱이 위협적으로 빛났다. 하지만 헤론은 말을 멈추지 않았다.

"혈귀가 되었으면서도 인간으로 보이고 싶은 마음이 있다는 건가? 그렇다면……."

헤론은 광기가 담긴 눈으로 잭을 똑바로 쏘아보며 말을 이었다.

"인간의 피를 마시지 말았어야지."

*　　*　　*

연구실은 전과 다름이 없었지만, 책장이 있던 부분이 엉망진창으로 부서져 있었다. 바닥에 굴러다니는 책을 발견한 라울이 눈을 빛냈다.

"좋은 책이 많은 것 같네요. 이것만으로도 큰 수확인 것 같습니다."

"저기 더 큰 수확이 있구나."

클레어가 책장이 있었던 곳을 가리켰다. 그곳에는 커다란 공간이 있었다. 따로 빛이 들어오지 않는 어두운 공간이었다. 연구실의 빛 덕분에 그 안에 있는 것들을 확인할 수 있었다.

벽에는 여러 개의 선반이 있고, 그 위에 각종 약초들이 빽빽하게 들어차 있었다. 단내가 풍기는 둥근 단지도 있고, 쓴 냄새가 나는 가루들도 있었다. 그리고 방 가운데에 있는 테이블 위에는 무기가 있었다.

라울이 챙기던 책을 내려놓고 엉거주춤하게 일어났다.

"무기……네요?"

"그래, 그자가 만들어 두고 간 것 같구나."

레드가 테이블 옆으로 다가가 활을 집어 들었다. 겉보기에는 특이한 점이 없지만 지금 들고 다니는 것보다 조금 더 가벼웠다.

"완성된 건가?"

"그런 것 같아 보이는데요."

라울이 장총을 집었다.

"가볍네요. 이 무게라면 더 편하게 다룰 수 있겠어요. 총알도 있는데요."

"이 검들도 가볍군."

레드가 대검과 장검을 양손에 하나씩 들고 말했다.

"가벼운 게 좋긴 하지만…… 괜찮을까요?"

라울이 살짝 찡그린 얼굴로 말했다.

"혜론이란 사람, 믿을 만한 사람은 아닌 것 같은데요. 동물들도 저 지경으로 만들어 놨고. 그런 자가 만든 무기를 쓰는 건 내키지 않네요."

"응. 나도. 이건 안 쓸 생각이다. 분명 이상한 장치를 해 뒀을 거야. 쓰다가 도리어 우리 쪽이 다칠지도 몰라."

"그렇죠? 느낌이 별로 안 좋아요. 튼튼해 보이기는 하지만. 역시 그런 놈이 만든 건 안 쓰는 게 좋을 것 같습니다."

레드는 라울의 말에 대답하듯 활을 반으로 쪼개려고 했다. 그는 활의 양끝을 손으로 잡고 무릎에 힘껏 내리쳤다.

딱—

듣기에도 아픈 소리가 났다.

"으아악!"

레드가 비명을 질렀다.

"아프잖아!"

라울이 어이없다는 표정으로 레드를 쳐다봤다.

"아니, 자기가 해 놓고 왜 성질입니까?"

"아파, 아프다고! 게다가 이건 부러지지도 않았어!"

레드의 말대로 활은 멀쩡했다.

"이것 봐, 이상한 걸 만들어 낼 줄 알았어! 활이 휘어지지도 않는다니, 너무 이상하잖아! 휘지도 않는 활을 어떻게 쓰라는 거야!"

무릎을 붙잡고 소리쳐 대는 레드를 무시하고, 클레어가 떨어져 있는 활을 집어 들었다. 그리고 활시위를 잡아당겼다. 활은 놀라울 정도로 부드럽게 휘어졌다.

"휘어지는구나."

레드와 라울이 입을 쩍 벌렸다. 간신히 정신을 차린 레드가 고개를 저었다.

"인정하기 싫지만, 클레어. 네가 나보다 힘이 세잖아. 네 힘으로만 당길 수 있는 거 아냐?"

"글쎄다. 한번 해 보지 그러느냐."

레드는 미심쩍은 표정으로 클레어가 건네는 활을 받아 들었다. 그리고 가볍게 활시위를 당기자 클레어가 했을 때만큼이나 쉽게 활이 휘어졌다.

"뭐야, 이게?"

평범한 나무로 만든 활도 이렇게 잘 휘어지진 않는다. 헤론이 만든 활은 손가락으로 살짝 당기는 힘만 가지고도 시위를 당길 수 있었다.

"대체 어떻게 생겨먹은 거지?"

레드는 신기해하며 다시 한 번 활을 무릎에 내리쪽었다.

딱—

이번에도 고통스러운 소리와 함께 부서지는 듯한 고통이 밀려왔다.

"으아악! 아파!"

바보 같은 짓을 두 번이나 반복하는 레드의 모습에, 라울은 작게 한숨을 쉬었다.

"물건은 나쁘지 않은 것 같은데…… 이러다가 배신할 수도 있는 거 아닙니까. 난 역시 이런 물건은 꺼림칙합니다. 뭘 사용해서 만들었는지도 모르겠고."

"생물을 사용한 것은 아니다."

클레어가 확신에 찬 어조로 말했다.

"쇠와 나무, 그리고…… 아모른 님의 힘을 약간 빌렸구나."

"아모른의 힘을요?"

"그래. 이 무기들에선 아모른의 힘이 느껴진다. 아마도…… 성수를 사용한 게 아닐까 싶은데."

"아모른의 성수를?"

고통이 가신 레드는 활을 내려놓고, 십자 모양으로 겹쳐져 있는 두 개의 단검을 양손에 쥐었다.

　"이 무기가 너희를 해치는 일은 없을 것이다. 나는 이 무기를 사용하는 게 좋을 것 같구나."

　"정말? 확신해? 너도 그 남자를 봤잖아. 그런 미친놈이 만든 물건을 믿을 수 있단 말이야?"

　"보았으니 믿는다. 예부터 연구에 미친 자들은 가장 완벽한 물건을 만들어 내야만 직성이 풀리지 않느냐. 그 남자는 광기가 있을지언정, 자신의 연구에는 자부심을 가지고 있었다. 그런 남자가 만들어 낸 물건이니, 분명 완벽할 것이다."

　"그래? 네가 그렇다면야, 뭐."

　레드가 어깨를 으쓱하더니 무기를 챙기기 시작했다.

　"레드, 당신은 클레어 얘기라면 밀가루로 집을 짓는다고 해도 믿을 겁니까?"

　라울의 한심하다는 듯한 질책에 레드가 피식 웃었다.

　"응."

　"당신이란 사람은 정말……."

　"날 못 믿겠느냐?"

　클레어가 끼어들었다. 라울이 고개를 저었다.

　"당신을 못 믿는 게 아니라 헤론이란 자를 못 믿겠습니다. 클레어, 당신은 때 묻은 인간들보다 순수하죠. 그런 사람들은 몹쓸 놈들에게 속아 넘어가기 쉽습니다. 그게 걱정입니다."

"내가 순수하다고?"

클레어는 놀란 눈치였다. 라울은 다정한 미소를 지으며 대답했다.

"네. 레드의 눈에 보이는 당신이 고귀해 보이는 것처럼, 내 눈에 보이는 당신은 순수해 보입니다. 그러니까 혼자서 말없이 사라지지 마세요. 여기 오는 내내 걱정했습니다."

클레어는 애정이 넘치는 라울의 녹색 눈동자를 똑바로 쳐다볼 수가 없었다. 그래서 시선을 살짝 옆으로 비끼고 고개를 끄덕였다.

"명심하마."

담담한 목소리였지만 사실 클레어의 마음속은 술렁거리고 있었다. 저들이 넘치는 다정함을 보여 줄 때마다 마음이 혼란스러워진다.

기쁜데 두렵다.

이 시간이 지나고 나면, 인간의 짧은 생이 끝나고 나면, 저들을 두 번 다시 보지 못하리란 생각 때문에 무서워서 견딜 수가 없다. 저들이 걸어가는 시간은 터무니없을 만큼 짧아서, 클레어의 가슴에 생채기 하나 남기고 눈 깜빡할 사이에 사라져 버릴 것이다.

'아아······.'

그제야 클레어는 은빛 호수의 주인이 했던 뒷말을 기억할 수 있었다.

"그래, 그래도 애정은 생기더구나."

*　　*　　*

타니하르가 배를 준비해 주기를 기다리면서, 레드 일행은 이상한 동물들을 처리했다. 인간에게 해를 끼치지 않을 것들은 남겨뒀지만, 위험해 보이는 것들은 모조리 죽였다. 아란은 라볼르의 시장을 만나 갑자기 나타난 동물들의 정체에 대해 설명했다. 모습만 기괴할 뿐 큰 해를 끼치진 않을 거라고 말했지만, 시장은 사람들을 모아 모조리 토벌할 거라고 했다.

"두 번 다시는 오고 싶지 않아."

고속선이 준비되었다는 전언을 듣고 짐을 챙기던 유키가 넋나간 표정으로 중얼거렸다. 유키의 얼굴은 하얗게 질려 있었다.

"라볼르는 끔찍한 곳이었어. 다시는 안 올 거야."

"뭐, 이제부터 완전 반대쪽으로 가게 됐으니 다시 올 일이 있을지 모르겠다."

"우리, 스미론도에 가는 거야?"

"응. 일단 펠타에 들러서 가게 정리하고 테드한테 얘기하고…… 아, 제길!"

"왜 그래?"

"테드한테 줄 푸슈리를 못 샀다!"

"헉!"

"에이, 뭐. 괜찮겠지."

레드는 잠시도 고민하지 않고 테드에 대한 생각을 지웠다. 말을 꺼낸 레드보다 유키가 오히려 더 걱정스러운 표정이었다.

"하지만 테드가 푸슈리 사다 달라고 우릴 여기에 보내 준 거잖아. 푸슈리 못 사간 거 알면 실망할 텐데."

"걱정 마라. 테드는 그렇게 속 좁은 남자가 아니야."

"속이 좁고 말고를 떠나서 우리가 테드를 위해 해 줄 수 있는 일은 해 줘야 되는 거잖아."

"뭐, 이번에 가면 정혈귀에 대한 걸 얘기할 생각이야. 테드 옆에 잭을 두고 떠날 순 없는 거니까. 정혈귀에 대한 걸 알게 되면 그 충격 때문에 푸슈리에 대한 건 까맣게 잊게 될걸."

유키가 경악에 찬 표정으로 레드를 쳐다봤다.

"레드. 형은 정말…… 지독하게 못된 놈이야."

"현명한 거지."

"아니, 형은 그냥 못된 놈. 상종하기 싫은 놈. 멀리하고 싶은 놈. 애초에 모르는 사이이고 싶은 놈."

픽!

"아파!"

"놈 소리 그만해라. 네놈한텐 연장자에 대한 존경심도 없는 거냐?"

"존경도 할 만한 사람한테나 하는 거지. 레드 주제에 존경심을 바라는 건 너무 뻔뻔한 거 아냐?"

"확 구워 버린다?"

레드가 죄 없는 유키를 구박하고 있는 동안, 라울은 번화가에서 클레어에게 줄 옷을 고르고 있었다. 양손에 새우 꼬치구이를 잔뜩 들고 길을 걷던 아란은 옷가게 안에 있는 라울을 발견하고 안으로 들어갔다.

"여장 취미가 있나?"

아란이 라울의 손에 들린 화려한 드레스를 보며 물었다.

"클레어한테 주려고요. 옷이 엉망이 됐으니까요."

"흐음."

"이 옷 어때요?"

라울이 선택한 것은 하늘색 드레스였다. 소매와 밑단에 레이스가 풍성하게 달려 있었다.

"실용적이지 않아. 움직일 때 불편하겠군."

"여자들은 실용적인 것보다 아름다운 걸 선택한답니다."

"클레어는 그런 걸 신경 쓰지 않을 것 같은데."

"역시 그럴까요? 하지만 이 옷은 정말 예쁘네요. 클레어랑 잘 어울릴 것 같으니 사야겠어요."

"비쌀 텐데."

"테드가 푸슈리를 사오라고 준 돈이 있어요. 푸슈리를 못 샀으니 옷이라도 사야죠."

"그래, 그건 그렇군."

유키는 몰랐지만, 아란과 라울에게도 테드에 대한 배려는 전혀 없었다.

"클레어는 어디 가서 옷을 누더기로 만들어오는 경향이 있으니, 이 옷 외에도 몇 벌을 더 사 둘 생각이에요. 다른 옷들은 평상복으로 사야겠죠."

라울이 드레스를 가지고 계산대로 향했다. 그리고 아란과 가게 주인의 흥정이 시작되었다.

드레스의 정가는 300탈렌. 드레스의 재질과 곱게 짠 레이스를 생각하면 적당한 가격이었다. 하지만 아란은 위협적인 낮은 목소리로 제시했다.

"10탈렌."

가게 주인만큼이나 할 말을 잃은 라울은 말릴 생각도 하지 못한 채 멍하니 아란을 쳐다봤다. 누가 봐도 귀족의 피가 흐르는 듯 기품 있는 은빛 머리카락, 짙은 눈썹 아래에 자리 잡은 냉정하고 차가운 눈동자.

가게 주인은 알까? 300탈렌을 10탈렌이라는 터무니없는 가격으로 깎아 대는 이 남자가, 펠타 시에서 은빛 매라 불리는 남자라는 걸.

"100탈렌을 잘못 말씀하신 거겠죠?"

참을성 있게 생긴 주인이 어색하게 웃으며 말했다. 수많은 관광객이 드나드는 라볼르에서 장사꾼으로 산 지 20년. 고객에게는 친절과 미소를 모토로 살아왔고, 그것을 자랑스럽게 여겼던 주인이었다.

"아니, 10탈렌."

하지만 아란에게는 통하지 않았다. 애써 웃고 있는 주인의 입가 근육이 경련을 일으켰다. 아란은 눈썹 한 번 까딱하지 않고 주인을 지그시 노려봤다. 적을 상대하는 듯한 아란의 매서운 눈빛에, 주인은 가까스로 입을 벌렸다.

"200탈렌. 여기서 단 한 푼도 못 깎아줍니다. 200탈렌이면 원가도 안 나와요!"

"20탈렌!"

아란은 주인의 우는소리를 무시하고 말했다.

"20탈렌이라니!"

성격 좋아 보이는 주인의 얼굴에서 웃음이 사라졌다. 주인은 괴물을 보는 듯한 눈으로 아란을 쳐다보며 외쳤다.

"다른 가게 가보세요! 20탈렌으로 옷 한 벌 살 수 있나! 누더기를 사려고 해도 20탈렌은 더 줘야 할 겁니다!"

"그럼 30탈렌."

"이………."

주먹을 꽉 쥔 주인의 어깨가 부들부들 떨렸다. 보다 못한 라울이 주머니에서 200탈렌을 꺼내 계산대에 탁 올렸다.

"여기 200탈렌입니다. 많이 파세요."

주인은 돈을 확인할 생각도 하지 않고 아란을 노려봤다. 아마도 그는 20년의 장사 생활을 하며 처음으로 상대하는 인종을, 어떻게 해야 장사꾼답게 요리할 수 있을지 고민하고 있을 것이다.

라울은 잘한 것도 없는 주제에 마주 노려보는 아란의 팔을 잡았다.

"나갑시다."

아란은 200탈렌에서 굳이 170탈렌을 챙기려고 했다. 라울은 그의 손등을 탁 쳐서 그만두게 한 후, 그를 끌고 가게 밖으로 나왔다. 탁, 문이 닫히자마자,

"아아아아아악! 저 미친놈! 다시는 오지 마아아아아!"

가게 주인의 비통한 외침이 울려 퍼졌다. 라울은 뻔뻔하게 서 있는 아란을 노려봤다.

"도대체 문제가 뭡니까?"

"내가 뭘?"

"누가 봐도 300탈렌짜리 옷을 10탈렌으로 깎는 머저리가 세상 천지 어디에 있습니까? 그 머리통, 괜찮은 겁니까? 검만 휘두르다 보니, 머리가 돌이 된 거 아닙니까? 적당함이라는 단어 몰라요?"

그답지 않게 광분해서 잔소리하는 라울을 보며, 아란은 피식 웃었다.

"아껴야 잘 산다."

"……."

뭐라 해도 들어 먹을 사람이 아니기에, 라울은 포기하고 다른 가게를 찾았다. 이번에는 끼어들지 말라고 다짐을 받은 후, 클레어가 입을 만한 평상복을 몇 벌 골랐다. 하지만 아란은 이번에도 끼어들었다. 이러다가 라볼르 상인조합의 항의로, 라볼르 입국

금지가 되는 게 아닌지 걱정이 될 정도였다.

"어쨌든 내 덕에 싸게 산 거 아닌가?"

투덜거리는 라울에게 아란이 뻔뻔하게 말했다. 그리고 덧붙였다.

"남은 돈으로는 고기를 좀 사지."

라울은 아란을 한 대 때려 주고 싶었지만 꾹 눌러 참았다. 결국 아란에게 이끌려 육포 한 보따리와 말린 생선을 잔뜩 샀다. 덕분에 거리를 돌아다니던 고양이들이 생선 냄새를 맡고는 두 사람의 뒤를 졸졸 따라오는 기이한 광경이 연출되었다. 라울은 그중 한 마리를 안아 들고 걸어가며 아란에게 말했다.

"그나저나 아란, 의욉니다."

"그래? 그동안 말 안 했지만 난 말린 생선도 좋아하는 편이다."

"아니요, 좀! 먹을 거 생각에서 잠시라도 벗어날 수는 없는 겁니까?"

"왜 그렇게 화를 내는지 모르겠군. 말린 생선 싫어하나?"

"좋아합니다, 아주 좋아하는데요. 지금 난 음식을 주제로 당신과 토론하고 싶지 않습니다."

"그래? 별일이 다 있군."

별일이 다 있다는 건, 당신 같은 인간이 세상에 존재하는 걸 두고 하는 말이라는 소리를 해 주고 싶었지만, 라울은 놀라운 인내심을 발휘해서 참았다. 그리고 다시 대화를 시도했다.

"클레어가 기억을 되찾았습니다. 당신이라면 강해질 방법을 알려 달라고 그녀를 닦달할 줄 알았습니다. 그런데 의외로 지금까지 잘도 참고 있군요."

"소늑대 따위가 나타나서 정신이 없었으니까."

아란이 별거 아니라는 듯 대꾸했다.

"아니요. 내가 아는 아발란체는 뭐가 나타났든 일단 강해질 수 있는 방법을 먼저 알아내려고 했을 겁니다. 다른 것들은 다음에 처리할 문제라고 생각하겠죠."

"너에게 내 이미지가 그런 건가?"

아란이 살짝 미간을 좁히며 물었다. 라울이 단호하게 대답했다.

"네. 덧붙이자면 생긴 거답지 않게 먹보라는 이미지도 있습니다."

"흐음. 뭐, 강해질 수 있는 방법이 궁금하긴 하지. 이 힘을 제대로 사용할 수 있으면 좋겠다는 생각도 하고. 하지만 그 여자, 잃은 기억을 되찾은 지 얼마 안 됐잖아. 받아들일 시간을 좀 줘야겠다고 생각했을 뿐이다."

"그 대답은 더 의외인데요."

라울의 얼굴에 옅은 미소가 번졌다.

"그런가? 넌 날 레드보다 더 배려 없는 놈이라고 생각하고 있나?"

"다른 부분은 몰라도, 클레어에 대해서 레드처럼 배려 있는 사람도 없겠죠. 그리고 클레어에 대해서 당신처럼 배려 없는 사람도 없을 거고요."

"난 그녀를 믿지 않고, 정혈귀와 어울리고 싶지도 않다. 하지만 만에 하나 그녀의 말이 진실일 경우도 있으니까."

"그렇군요."

"그래. 만약 그녀의 말대로 그녀가 혼자서 천 년이 넘는 시간을 살아 왔고, 천 년 전 가족을 잃었다면……."

아란은 잠시 말을 멈추고 하늘을 올려다봤다. 다시 걷기 시작한 아란이 한숨 섞인 목소리로 물었다.

"클레어가 잠을 자지 않는다는 거 알고 있나?"

"잠을…… 안 잔다고요?"

"그래. 그녀가 자는 걸 본 건 이번에 정신을 잃었을 때가 처음이다."

"……."

"그녀의 말이 전부 사실이라면, 잠도 잘 수 없는 천 년의 시간은 너무 가혹해."

천 년.

입으로 말하기는 쉽지만, 그것이 얼마나 긴 시간인지 실제로 가늠하기는 힘들었다.

인간의 삶은 오래 살아야 100년. 사람들은 단 1년만 혼자 떨어져 있으라고 해도 외로워하고 힘들어한다. 그래서 수행을 위해 혼자 산에 들어갔다가, 외로움을 이기지 못하고 1년도 안 돼서 돌아오는 사람들도 많다.

그 누구의 체온도, 대화도 없이 보내야 하는 천 년. 모두가 잠든 시간 깨어 있어야 하는 천 년.

라울은 클레어의 자그마한 체구와 앳되어 보이는 외모를 떠올렸다. 그녀가 정혈귀의 삶을 살게 되었을 때, 그녀는 고작해야 열대여섯을 간신히 벗어난 나이였을 것이다.

어리고 가냘픈 소녀가 원치도 않는 정혈귀가 되어, 가족도 다 잃고 천 년이 넘는 시간을 살아왔다. 아란의 말대로, 정말이지 가혹한 일이다.

클레어가 안타까워 인상을 찌푸린 라울에게, 아란이 말했다.

"그래서 난 시간을 주는 게 좋겠다고 생각한 거다. 그녀의 말이 사실일 경우, 그녀는 우리가 상상도 할 수 없을 정도로 괴로울 테니까."

* * *

테드는 침대에 누워 천장을 올려다봤다. 천장에 살짝 생긴 균열이 유독 위험스럽게 보이는 이유는, 아마도 쓸쓸하기 때문일 것이다.

상단의 일 때문에 잭이 저택을 떠난 지 한 달이 넘었다. 혼자 살기에 저택은 너무 넓고 황량했다. 물론 둘이 살기에도 넓은 저택이지만.

오래전, 부인과 딸이 살아 있을 때가 떠올랐다. 그때 살던 저택은 지금의 것보다 훨씬 넓었다. 하지만 그 저택이 넓다고 느낀 적은 없었다. 저택 안엔 늘 딸인 리나의 웃음소리가 울려 퍼졌고, 테드의 곁엔 늘 아내인 라오네가 있었다. 그들의 체온과 향기와 목소리가 여전히 또렷하게 기억나는데, 더는 이 세상에 없다는 것이 믿어지지 않았다.

사람들은 말한다. 시간이 해결해 줄 거라고. 아내를 잃은 슬픔, 딸을 잃은 절망. 물론 괴로울 테지만 시간이 흐르다 보면 차츰 옅어진다고.

하지만 조금도 옅어지지 않았다. 오히려 더욱 그리움이 짙어져, 가슴의 통증이 커지기만 했다.

나는 왜 살아 있는가.

그 질문이 끊임없이 찾아왔다.

삶의 목적을 잃었는데, 나는 왜 여태껏 살아 숨 쉬고 있는가.

돈을 번 것도, 좋은 옷들을 사는 것도, 전부 아내와 딸을 위한 일이었다. 이제 그들이 없는데 왜 돈을 벌기 위해 열심히 노력하고 있는 건지 모르겠다.

복수를 위해서?

하지만 그 말 또한 우습다. 그날 아내와 딸을 습격한 혈귀들은 레드 일행의 손에 죽었다. 밖에 돌아다니는 수많은 혈귀들은 테드와 아무런 관계가 없는 놈들일 뿐이다.

그렇다면 혈귀 없는 세상을 위해서?

말도 안 되는 소리다. 레드 일행은 강하지만 대륙 전역에 퍼져 있는 혈귀를 상대하기에는 무리가 있었다. 펠타 시 인근의 혈귀들을 모두 없애지도 못하는데, 어찌 세상 모든 혈귀를 상대할 수 있겠는가.

'나는 대체 왜 살아 있는 거지?'

살아가는 것이 무의미했다. 매일, 매일 죽고 싶었다.

테드는 벌떡 일어나 침대 옆 테이블 위에 있는 담배파이프를 집어 들었다. 혼자서 누워 있으니 평소보다 더 울적해진다.

파이프에 불을 붙이고 창가로 걸어갔다. 창문을 열자 시원한 산바람이 불어왔다. 흙과 나무의 냄새를 머금은 바람은 청량하고 서늘했다. 보텔로 산이 위험하지만 않았다면, 좋은 경치와 신선한 공기를 즐기기 위해 찾는 사람들이 많을 것이다.

가만히 창밖의 경치를 감상하고 있는데, 소음이 섞여들었다.

"여기…… 정말 사람이 사는 걸까?"

앳된 소년의 목소리였다.

8장
오르데안 가문의 비술

테드는 인상을 찌푸리고 숨을 죽였다. 보텔로는 몬스터가 많기로 유명한 산이고 테드의 저택은 그중에서도 지형이 가장 험한 곳에 있었다. 평범한 사람이라면 이런 곳까지 찾아오지 않을 것이다.

'큰일이군. 잭도 없는데……'

"사람이 살 것 같지는 않습니다."

소년의 말에 대답한 것은, 젊은 여성의 목소리였다. 딱딱하게 느껴지는 말투로 보아, 군대 쪽에 있는 인물인 것 같았다.

"역시 그렇지? 이런 위험한 곳에 사람이 살 리가 없지."

"다리가 많이 아프신 겁니까?"

"배도 고프고…… 아, 오늘은 노숙하지 않아도 될 줄 알았는데."

소년의 말에 테드는 망설였다. 소년이 배고프고 다리 아픈 건 아무래도 좋지만, 여자가 문제였다. 테드는 위기에 처한 여성을 모르는 척할 수 없는 성품을 지니고 있었다.

'어떻게 해야 되지? 응? 레드, 난 어떻게 해야 하는 건가?'

테드는 이곳에 없는 레드에게 속으로 물었다. 머릿속의 레드는 단호하게 말했다.

"여자 따위 아무려면 어때? 구워 버리기 전에 나가 죽으라
고 해!"

그래, 남녀노소 가리지 않고 예의를 차리지 않는 레드라면, 가차 없이 내쫓을 것이다. 그래서 테드는 아란에게 물었다.

'아란. 난 어찌해야 하나? 이 집에 아무도 들이고 싶지 않아!'

그러자 머릿속의 아란이 말했다.

"맛있는 걸 들고 왔다면 넣어 줘. 식료품을 축낼 것 같다
면 그 자리에서 베어 버려라."

테드는 자신이 유익하지 않은 인물들에게 조언을 구했다는 걸 깨달았다. 그들 무리 중 정상적인 인물이라면 라울과 유키. 유키는 아직 어리니까 놔두고 라울에게 물었다. 그러자 라울은

상냥한 미소를 지으며 조언해 주었다.

"레이디가 곤경에 처했을 때는 돕는 것이 인지상정. 그러
나 지금은 잭이 없잖아요. 이것저것 챙겨 주려면 귀찮아질
테니, 문을 꼭 걸어 잠그세요. 침대 아래에 숨어 있는 것도
추천합니다."

테드는 받아들일 수밖에 없었다. 레드 일행 중엔 정상적인 인
물이 없다는 것을.

테드는 자신의 옷매무새를 점검하고 방을 나왔다. 평소에 문
을 열어 주는 것은 잭의 일이지만, 테드가 할 수밖에 없었다.

"위험한 자가 살지도 모릅니다. 일단 여길 벗어나는 게 좋겠
습니다."

"펠타 시로 내려가게?"

"펠타 시는 큰 도시라 경비병이 많아서, 괜찮을지 모르겠습니
다. 거기에 수배령이 내려졌다면 위험할 겁니다."

문을 열려던 테드는 '수배령'이라는 말에 멈칫했다. 수배령이
라니. 저들은 범죄자란 말인가.

'아무리 레이디라도 범죄자는 안 돼!'

라고 생각할 때였다.

"아이야, 네 아내라면 어찌했을 것 같으냐?"

어째서인지, 테드의 과거에 대해 알 리 없는 클레어의 목소리가 머릿속을 울렸다. 몇 번 만나지도 않은 클레어가 적절한 조언을 해 준 이유는, 아마도 그녀의 강렬한 첫인상 때문일 것이다. 그녀는 아름답고도 신중해 보이는 깊은 눈동자를 지니고 있었다.

테드는 마음을 다잡고 문손잡이를 잡았다.

벌컥.

문을 열자마자 챙— 하는 울림과 은빛으로 빛나는 것이 테드의 목을 겨눴다. 검이었다.

"넌 누구냐!"

검을 들고 있는 건 여자였다. 매끄러운 갈색 피부의 여자는 매서운 눈빛으로 테드를 노려보고 있었다. 주객이 전도된 상황이 당황스러웠지만, 테드는 선량한 미소를 지으며 입을 열었다.

"이 저택의 주인입니다, 레이디. 곤경에 처하신 것 같아서……."

"테오도르 남작?"

테드의 말을 끊으며, 소년이 말했다. 테드는 눈을 크게 뜨고 여자의 옆에 있는 소년의 얼굴을 살폈다. 헝클어진 머리에 지저분한 얼굴, 허름한 옷을 입고 있기는 했지만 소년이 누군지 알아볼 수 있었다.

"아……."

소년의 정체를 깨달은 테드가 입술을 달싹거리며 뒤로 한 걸음 물러났다. 여자는 여전히 경계의 눈빛을 거두지 않고 테드의 행동을 지켜봤다. 가까스로 정신을 차린 테드는 소년을 향해 정중하게 허리를 굽혀 인사했다.

"에녹 님."

*　　　*　　　*

타니하르가 빌린 고속정은 여객선보다 훨씬 빨랐다. 배 후미에 이는 물보라만으로도 속도의 차이를 실감할 수 있었다.

"잭을 따라잡을 수 있을까?"

갑판에 나와 바다 위를 나는 흰 새를 구경하던 유키가 중얼거렸다. 옆에서 담배를 피우던 타니하르가 씩 웃었다.

"유키 공, 이 배는 전 대륙에서 가장 빠른 배야. 펠타 항까지 20일도 안 걸릴걸."

"하지만 놈들이 언제 떠났는지 모르니까. 우리보다 며칠은 앞섰을 텐데. 게다가 바다에 길이 있는 것도 아니니, 어느 쪽을 선택해서 갔는지 알 수 없잖아. 멀리 돌아갔을 수도 있고."

"아니, 직진했을 거다."

유키의 옆에 서 있던 레드가 말했다. 레드는 조심성 없이 난간에 허리를 대고 바다 쪽을 한껏 굽히고 있었다. 툭 치면 바다로 떨어질 것처럼 위태로운 자세라서, 유키는 레드의 등을 확 떠밀어 버리고 싶었다.

"잭은 서둘러서 자기 동료들을 만나고 싶었을 거야."

레드가 확신에 찬 어조로 말했다.

"왜? 정혈귀인데 무서울 게 없잖아."

"있잖아."

라며, 레드는 팔을 뒤로 올려 간판 가운데 서 있는 클레어를 가리켰다. 라울이 사다 준 하늘색 드레스를 입은 클레어는, 파티에 온 레이디처럼 아름답고 화려했다. 태양보다 더 반짝거려서 눈이 부실 지경이었다.

"잭이 클레어의 정체를 알아챘을까? 마주친 적도 없잖아."

"클레어가 정혈귀 한 놈을 죽였어. 로타 말에 따르면 한 놈이 더 있었다고 하더라. 인상착의를 들어보니 잭이더군. 분명 클레어를 봤겠지."

"용케 공격 안 했네. 죽은 정혈귀랑 별로 안 친했나?"

유키의 말에 타니하르가 껄껄 웃었다.

"유키 공. 사람이든, 짐승이든, 몬스터든, 본능적으로 자신보다 강한 상대를 알아보게 되어 있네. 특히 월등히 강한 상대를 앞에 두면 꼼짝도 못 하는 게 대부분이지."

타니하르가 클레어를 향해 흘긋 시선을 던지며 말했다.

"아무래도 자네들과 함께 있는 정혈귀는 우리 예상보다 강한 듯하이."

"그래, 그래서 말이야. 잭은 자기 동료의 복수를 할 생각도 하지 못하고 연금술사를 찾아내서 서둘러 도망을 친 거야. 최대한 빠른 경로를 선택해서."

그렇게 말하며 레드는 배가 진행 중인 방향을 가리켰다. 유키는 굳이 저런 불편한 자세로 난간에 대롱대롱 매달려 있는 레드의 심리 상태가 가장 궁금했지만 다른 걸 물었다.

"그럼 이 배가 잭을 따라잡을 수 있을까?"

"그건 둘 중 하나. 헤론이란 놈이 정혈귀의 편에 서기로 했다면 따라잡을 수 없겠지. 그놈 이상한 거 많이 만들잖아. 분명 배의 속도를 올릴 수 있는 방법을 알고 있을 거야. 만약 헤론이 인간으로 남기로 결정했다면, 잭을 따라잡을 수 있을 거고."

"흐응."

유키는 작게 콧방귀를 뀌며 레드가 하는 행동을 따라 했다. 난간에 허리를 걸치고 앞으로 기우뚱.

"있잖아, 레드. 난 가끔 형이 예리하게 판단해서 이야기하는 걸 보면 소름이 끼쳐. 약간 징그러운 느낌. 그치, 탄?"

유키의 말에 타니하르가 웃으며 고개를 끄덕였다.

"그런 면이 있기는 하지. 레오나드 공은 약간 멍청한 게 매력 아닌가! 하하하하."

"그따위 매력 키운 적 없어!"

레드가 버럭 성질을 내며 자세를 바로 하더니, 유키가 하지 않고 잘 참았던 그 행동을 했다. 유키의 등을 확 떠밀어 버린 것이다.

위태롭게 난간에 상체를 걸치고 있던 유키는 레드의 힘을 이기지 못하고 배에서 떨어지고 말았다. 풍덩— 유키의 작은 몸이 바다에 떨어지며 흰 물보라를 일으켰다.

꼬로록. 물 안으로 잠겨 들었던 유키가 팔다리를 휘저어 수면으로 올라왔다. 유키는 이를 악물고 레드를 노려보며 양손으로 물보라를 만들었다. 물속에 있으니 물의 권능이 평소보다 강한 힘을 만들어 냈다.

물기둥이 휘몰아치듯 배를 향해 쏘아져 나가다가, 배를 덮치기 전 우뚝 멈췄다. 거대한 물이 덮치면 배가 무사하지 못하리라는 것을 깨달은 것이다.

"에이씨."

유키는 투덜거리며 물의 힘을 거둬들였다. 촤아아악! 많은 양의 바닷물이 도로 떨어지며 날카로운 소리를 냈다.

"하하하하. 유키 공은 나이답지 않게 인내심이 강하군!"

타니하르가 감탄한 듯 외쳤다. 뒤늦게 사태를 파악한 아란이 다가와 레드를 번쩍 안아 들더니, 그가 뭐라 할 새도 없이 배 밖으로 휙 던져 버렸다.

"선물이다, 유키."

"고마워, 아란."

유키가 씩 웃으며 허우적거리는 레드를 붙잡았다.

다른 데서라면 몰라도 물에서만큼은 유키가 더 강했다.

"이거 놔!"

"싫어, 레드! 네가 먼저 시작한 싸움이야!"

"싸움이라니! 날도 더운데 시원하게 머리나 식히라고 던져 준 거다. 구워지고 싶냐?"

"구워 봐! 어디 한번 구워 보라고!"

레드가 유키에게 당하고 있는 동안, 클레어가 아란과 타니하르의 사이로 걸어왔다. 그리고 물에서 벌어지는 난장판을 보며 그리운 듯한 음성으로 말했다.

"내 오라버니들도 권능을 사용해서 저런 짓을 자주 했었지."

"시대가 달라져도 저런 놈들은 늘 있다는 뜻인가?"

타니하르가 재미있다는 듯 물었다.

"그래, 그러한가 보다. 내 오라버니들처럼 짓궂은 이들은 두 번 다시 없을 줄 알았는데, 참으로 재미있구나."

"그럼 좀 웃어 보지 그래?"

아란이 툽상스레 말했다. 클레어는 무슨 소리냐는 듯 아란을 쳐다봤다.

"즐거우면 웃고, 재미있으면 웃고. 다들 그렇게 사는 거 아닌가?"

입술을 거의 움직이지 않고 말하는 아란을, 클레어는 가만히 응시하다가 말했다.

"그러는 너도 그리 자주 웃는 것 같지는 않구나."

"난 늘 유쾌하게 웃는다."

아란이 말도 안 되는 소리를 했다. 마침 근처를 지나가던 라울이 황당하다는 표정으로 아란을 쳐다봤다.

"그럼 좀 보여 다오. 네 유쾌한 웃음을 보고 싶구나."

클레어가 정중하게 요청했다. 타니하르도 흥미진진하게 팔짱을 끼고 아란을 쳐다봤고, 레드와 유키도 싸움을 멈추고 아란 쪽으로 시선을 보냈다.

모두의 눈길을 받은 아란은 민망하지도 않은 지 당당한 자세로 입가를 움직였다. 그렇게 만들어 진 미소를 확인한 클레어가 말했다.

"참으로 해괴하구나."

입가의 근육을 억지로 움직여서 만든 미소가 깨끗이 사라졌다. 아란은 노한 표정으로 클레어를 노려봤다.

"그러는 넌 얼마나 완벽한 미소를 지을 수 있다는 거지? 한번 웃어 봐라. 나보다 낫다면 얼마든 내 스승으로 삼고 배우도록 하지."

라울은 이상한 곳에서 경쟁심을 불태우는 아란을 보다 못해 결국 두 사람 사이에 끼어들었다. 그리고 아란을 향해, 펠타 시 레이디들이 '하루라도 안 보면 입안에 가시가 돋는 라울의 미소'를 지어 주며 말했다.

"레드 같은 짓 좀 하지 말아요, 아란. 앞으로 평생 레드 같은 놈이라는 욕을 듣고 싶지 않으면!"

레드 같은 짓을 했다는 소리를 들은 아란은 그 충격 때문인지

종일 어두운 표정으로 검술 연습을 했다. 자신이 게으르고 책임 감 없고 성격 나쁜 레드와 다르다는 것을 보여 주려는 듯, 여느 때보다 열심이었다.

클레어는 배 난간에 기대서 그런 아란을 지켜보고 있었다. 클 레어의 끈질긴 시선이 거슬려서, 아란은 결국 검을 멈췄다.

"묻고 싶은 게 있다."

아란의 말에 클레어가 그러라는 듯 눈을 살짝 감았다가 떴다. 아란은 이마에 흐르는 땀을 닦으며 클레어에게 다가갔다.

"지난번에 네가 그랬지? 우리에게 체술을 가르쳐 주기 위해 뭐든 할 거라고."

"아아, 그랬지."

"이유가 뭐지?"

아란이 클레어를 향해 예리한 시선을 던지며 물었다.

"이유가 필요한 게냐?"

"아무 이유 없이 우리를 강하게 해 주려고 하지는 않겠지. 지 금 네가 무엇이든, 과거의 넌 공작 가문의 혈통. 그런 자가 남 앞 에서 기는 것도 불사하는 데는 이유가 있을 거라고 생각한다."

"……."

"네가 우리를 강하게 만들어서 할 일이 있는 거라면, 우리에게 그 이유를 알려 주는 것이 당연하지 않나?"

"그래, 그렇겠구나."

클레어는 가느다랗게 한숨을 내쉬며 아란의 어깨너머를 응시했다. 마치 허공을 더듬다 보면 자신의 과거를 찾아낼 수 있을 거라고 생각하는 것처럼 보였다. 아란은 그녀를 믿지 않음에도 불구하고, 그러한 모습이 안쓰럽게 느껴져서 당혹스러웠다.

"이 배를 타고 가면 20일 정도가 걸린다지?"

클레어가 물었다.

"그래."

"이유는 너에게만 말하면 되는 것이냐?"

"다른 녀석들은 아무래도 좋다고 생각하는 것 같지만, 이왕이면 모두에게 말해 주는 편이 낫겠지."

"그런가? 그렇다면 선실로 내려가자꾸나."

클레어는 머뭇거리지 않고 휙 돌아서서 선실을 향해 걷기 시작했다. 아란은 검을 검집에 집어넣고 그녀의 뒤를 따랐다. 호흡을 하지 않아서인지, 그녀의 걸음걸이는 약간 특이했다. 걷는다기보다는 미끄러져 나아가는 것처럼 보였다.

아란은 어디를 봐도 기이한 그녀를 연모하는 레드의 마음을 도통 이해할 수가 없었다.

레드와 유키는 침대에 나란히 누워서 말린 생선을 먹고 있었고, 라울은 의자에 기대어 앉아 흥얼거리는 중이었다. 아란과 클레어가 나란히 들어오자, 두 사람이 함께인 것이 신기하다는 듯 쳐다봤다.

선실 문을 닫은 클레어는 밑도 끝도 없이 이야기를 시작했다.

"한 남자가 있다."

'남자'라는 말에 레드가 인상을 찡그렸다.

"기품 있고 예의 바르게 행동하는 남자였지. 그는 당시 백작이었고, 또한 제국 기사단의 기사였다. 그 어느 곳 하나 의심스러운 구석이 없었단다. 제국의 평화를 위해 누구보다도 먼저 나서고, 권력이 있으면서도 아랫사람들의 마음을 헤아려 주는 그를, 우리 가족은 믿었단다."

가족을 떠올리고 있는 것일까? 클레어의 눈동자에 그리움이 차올랐다.

"내 나이가 열아홉이 되었을 때에, 나는 내 연인과 약혼식을 올렸다. 그리고 그날 밤, 그 남자가 나를 정혈귀로 만들었다. 나를, 나를…… 저주의 밤으로 끌어들였지."

클레어의 단조로운 음성이 슬프게 느껴졌다. 아랫입술을 깨무는 유키의 손을, 라울을 꼭 잡아주었다.

"그 남자는 혈귀들을 이용해 내 가족의 명예를 더럽히고, 한 명 한 명 고통스럽게 죽여 나갔단다. 나는 그것을 막고 싶었지만, 그를 이길 도리가 없었다. 오르데안의 혈통을 이은 자들이 모두 사라지고, 나는 잠시 그의 곁에 머물렀단다. 어떻게든 그를 죽일 방법을 찾고 싶었지. 하지만 그는, 정말로 죽일 방법이 없더구나. 내가 무슨 짓을 해도 죽지 않더구나."

거기까지 말한 클레어가 입을 다물고 자신을 바라보는 레드 일행을 천천히 돌아봤다.

"그 당시 내 가족들은 정혈귀를 상대하는 방법을 알지 못했단다. 내가 첫 번째 정혈귀였으니 그럴 법도 하지. 그리하여 낮에도 밤에도 활동하는 정혈귀들에게 속수무책으로 당할 수밖에 없었단다."

첫 번째 정혈귀.

그 말에 레드는 무언가 묻고 싶은 듯 입술을 달싹거렸다. 하지만 클레어의 말을 끊지 말아야겠다고 생각했는지 다시 입을 다물었다.

"나는 사라진 아모른의 권능이 다시 세상에 나타날 것이라고 믿었다. 그래서 천 년이 넘는 시간, 그 힘을 찾아 헤맸지. 그리고 너희들을 발견했단다. 너희들은 아무것도 몰랐던 내 가족들과 달리 정혈귀에 대해 알고 있지. 그리고 나는 그 어떤 방법을 사용해서라도 너희가 완벽한 체술을 익힐 수 있도록 도와줄 것이다. 그때가 되면 하나만 부탁하고 싶구나."

말해도 될까?

클레어는 말을 멈추고 생각했다.

이들에게 부탁해도 되는 걸까?

그를 상대하는 것은 목숨을 걸어야만 하는 일이다. 만난 지 얼마 되지도 않은 레드 일행에게, 그런 부탁을 해도 될지 모르겠다. 단지 체술을 알려주었다는 이유로 그들의 목숨을 걸어 달라고 부탁하는 것은, 잔인한 짓이란 생각이 들었다.

차마 말을 잇지 못하는 클레어를 대신해, 레드가 말했다.

"복수를 해 달라는 건가?"

클레어의 눈동자가 느릿하게 움직여 레드에게로 향했다.

"그래, 그 남자를 죽여 주었으면 좋겠구나."

"네 개인적인 복수 때문에 우리를 이용하려는 건가?"

레드가 대답할 틈을 주지 않고, 아란이 차갑게 물었다. 클레어가 작게 숨을 내뱉으며 두 손을 앞으로 가지런히 모았다.

"그래, 그러려는 게다."

"순진하군. 체술을 가르쳐 준다고 우리가 네 희망대로 움직여 줄 것이라 생각하나? 체술만 배운 후 널 모르는 척할 수도 있는 거다. 여차하면 네게 배운 그 기술로 널 죽일 수도 있지."

"나, 나는 그럴 생각 없어!"

유키가 외쳤다. 아란은 못 들은 척 말을 이었다.

"우리가 네 희망대로 움직여 주지 않을 것 같으면, 우릴 전부 죽일 생각이라도 품고 있는 건가?"

"첫 번째 정혈귀라고 했어."

레드의 목소리가 끼어들었다. 아란은 미간을 좁히고 레드를 노려봤다. 레드는 침대에서 내려와 아란의 옆에 섰다.

"클레어가 첫 번째 정혈귀라고 했어."

레드가 다시 한 번 반복해서 말했을 때에야, 아란은 그 의미를 깨달았다. 팔뚝에 소름이 돋았다.

"클레어, 네가 첫 번째 정혈귀였다면…… 널 정혈귀로 만든 그 남자의 정체는 뭐지?"

아주 잠깐, 클레어의 얼굴에 곤란한 빛이 떠올랐다가 사라졌다. 클레어는 자신을 똑바로 응시하는 레드의 시선을 견딜 수 없어 살며시 시선을 돌렸다가, 곧 다시 그와 눈을 맞췄다.

"그의 이름은 루시드. 그 남자는 이 세상 모든 혈귀의 위에 서 있는 자다. 그는 모든 아혈귀와 정혈귀의 아버지이고, 유일하게 복종을 받는 자이기도 하지."

그녀의 목소리에 실린 무게가 레드 일행의 어깨를 짓눌렀다.

"혈귀들은 그를 왕으로 섬긴단다."

*　　*　　*

테드는 에녹을 정중하게 모셨다. 경계심을 늦추지 않는 여검사의 시선이 불편했지만 내색하지 않고 응접실로 향했다.

"일하는 사람이 없어서 제가 직접 준비를 해야 할 것 같습니다, 에녹 님. 배가 많이 고프실 텐데 좋은 음식은 못 해 드릴 것 같습니다. 죄송합니다."

"아니, 아니야. 괜찮아. 아무거나 갖다 줘."

"네, 그럼 잠시 쉬고 계십시오."

테드가 응접실을 나간 후에야 잔느는 검을 거두고 에녹이 앉은 소파 뒤에 기립했다.

"잔느. 너도 다리 아프잖아. 와서 앉아."

"아닙니다. 에녹 님과 한자리에 앉을 수는 없습니다."

"우리 여기 오는 내내 한자리에 앉아 있었거든. 와서 앉아."

"그때와는 상황이 다릅니다."

"고집은."

에녹은 쓰게 웃으며 응접실을 둘러봤다. 대상인이었던 자의 저택답게 온갖 진귀한 물건들이 응접실을 가득 채우고 있었다. 왕실에서도 보기 힘든 귀한 보검이 벽을 장식하고 있었다.

"믿을 만한 자입니까?"

잔느가 밖의 기척을 확인한 후 물었다.

"모르겠어. 테오도르 남작이 작위를 받을 때 본 게 전부거든. 어릴 적 일이기도 하고."

"그렇습니까."

"하지만 어떻게든 도와줄 사람을 찾긴 해야 돼. 돈도 다 떨어져서 장신구들을 팔아야 하는데, 이런 비싼 장신구를 팔려고 하면 엄청 눈에 띌 거야. 배편도 알아봐야 하고, 삯도 마련해야 하고."

에녹이 손가락으로 미간을 문질렀다.

"정말 어떻게 해야 될지 모르겠다. 테오도르 남작도 마하딘처럼 인간이 아니면 어쩌지?"

에녹은 더 이상 마하딘을 형님이라고 부르지 않았다.

"그가 인간이 아니라는 것을 알아보셨으니, 저 남자도 알아보실 수 있지 않겠습니까?"

"하지만 마하딘이 인간이 아니라는 걸 깨달은 건 얼마 안 됐잖아. 그동안은 마주치면서도 알아보질 못했어. 난 정말 형편없어.”

에녹은 괴로운 듯 두 손으로 얼굴을 감쌌다. 잔느는 그런 에녹이 안쓰러웠다.

“한 나라의 왕세자가 괴물이야. 그 괴물이 뭘 하려는지는 모르겠지만 권력을 가지고 있어. 그렇다면 곳곳에 자신과 같은 것들을 심어놨을 거야. 그치?”

에녹이 손에 얼굴을 묻은 자세로 웅얼웅얼 말했다. 잔느는 고개를 끄덕이다가 에녹이 자신을 보지 못한다는 걸 깨닫고는 소리 내서 대답했다.

“네.”

“괴물의 정체가 진짜로 혈귀일 경우를 생각해 보자. 혈귀는 인간의 피를 마셔. 그러려면 사람들이 많은 곳에 사는 편이 피를 구하기 쉬울 거야. 이렇게 외진 곳에 살진 않겠지.”

“허나 시체를 처리하기 위해 이런 곳에 사는 걸지도 모릅니다. 몬스터가 많은 곳이니 시체 처리도 쉽지 않겠습니까?”

“아, 그것도 그러네.”

“일단은 상황을 지켜보시는 게 낫겠습니다. 이 지역은 험해서 도망치기도 수월치가 않습니다. 저 남자가 혈귀라서 우리를 죽이려고 할 경우, 우리는 무사히 도망칠 방법이 없습니다.”

“그래. 일단 테오도르 남작을 떠볼게. 왜 이런 곳에 사는 건지도 알아내고.”

테드는 두 사람이 대화를 끝내고도 한참 후에야 응접실 문을 열었다. 그를 따라 맛있는 냄새가 함께 응접실 안으로 들어왔다.

"만찬 준비가 되었습니다. 식당으로 가시지요."

테드의 안내를 받아 식당으로 향하는 동안, 에녹은 뭐든 먹을 수만 있다면 테드의 정체 따위는 아무래도 좋다는 생각이 들었다. 보텔로 산에 들어온 후 잡아먹을 만한 산짐승이 많지 않아, 이틀을 내리 굶은 터였다. 위장이 뒤틀릴 정도로 배가 고팠다.

식당의 긴 식탁 위에는 보기에도 군침이 도는 음식들이 잔뜩 차려져 있었다. 좋은 음식을 대접하지 못할 것 같다는 말과 달리, 대부분의 요리들이 수준급이었다. 보기 좋게 기름이 흐르는 구운 오리 고기와 걸쭉한 크림 스튜, 말랑말랑해 보이는 빵까지.

에녹은 체통을 지켜야 한다는 생각을 할 새도 없이 식탁에 앉았다.

"잘 먹을게. 고마워."

에녹이 배를 채우는 동안 잔느는 그의 뒤에 가만히 서 있었다. 테드가 상냥하게 말했다.

"거기 레이디께서도 앉아서 드시지요."

"잔느입니다."

잔느는 그렇게 대꾸했을 뿐 앉을 생각을 하지 않았다. 에녹이 얼굴을 붉히며 막 뜯고 있던 오리 다리를 내려놨다.

"미안, 잔느. 너무 배가 고파서 깜빡했네. 앉아, 앉아. 얼른 먹자."

"에녹 님과 한자리에서……."

"그러지 말고 얼른 앉아. 너 안 먹으면 나도 안 먹는다."

에녹의 고집에 잔느는 어쩔 수 없이 그의 옆에 앉았다. 그녀도 배가 고픈 건 마찬가지였기에 열심히 먹기는 했지만 테드를 향한 경계는 거두지 않았다.

어느 정도 배를 채우고 여유가 생기자, 에녹이 테드에게 감사를 표했다.

"고마워, 남작. 여기서 그대를 만나지 못했으면 우린 굶어 죽었을 거야."

왕의 혈통답지 않은 에녹의 가벼운 어투에도, 테드는 불쾌한 낯을 보이지 않았다.

"에녹 님을 모실 수 있어서 영광입니다. 어릴 적에 한 번 뵀는데, 참으로 훌륭하게 자라셨습니다."

"이게?"

에녹이 지저분해진 얼굴을 가리키며 말했다.

"검댕이도 훌륭함을 가릴 수는 없는 거죠."

"테오도르 남작은 그런 말발로 작위를 받아 낸 건가?"

"상인에게 말발을 빼면 무엇이 남겠습니까? 음식은 입에 맞으셨습니까?"

"응. 굉장한데? 그대가 직접 만든 거야?"

"네. 상인 시절에 익혔던 기술을 열심히 발휘했습니다. 차를 드시겠습니까, 아니면 와인을 드시겠습니까?"

"와인. 이왕이면 독한 걸로."

잔느는 에녹이 취해서 실언이라도 하지 않을까 걱정이 되었지만, 오랜만에 지붕 아래에서 휴식을 취하려는 그를 말릴 수가 없었다. 테드는 금방 와인을 가지고 돌아와 에녹과 잔느의 잔에 채워 주었다. 검붉은 색 액체가 달콤한 향기를 풍기며 찰랑거렸다.

"테오도르 남작의 말발을 위해 건배하자."

에녹이 잔을 들었다.

"전 에녹 님의 안전과 평안을 위해 건배하겠습니다."

테드도 잔을 들었다. 두 남자가 잔느를 쳐다봤다. 잔느는 어쩔 수 없이 잔을 올리며 말했다.

"건배, 하겠습니다."

"잔느는 말발이 부족하거든. 남작이 이해해 줘."

"아름다운 레이디의 부족함은 오히려 매력이지요."

그들은 가볍게 잔을 부딪치는 시늉을 하고는 잔을 입으로 가져갔다. 테드가 가지고 온 와인은 시중에서 1골드 이상을 줘야만 구할 수 있는 고급 와인이었다. 입술을 대자마자 퍼지는 향기와 쌉쌀하면서도 달콤한 맛이, 에녹과 잔느가 지난 시간 겪어야 했던 고생을 어루만져 주었다. 잔느는 저도 모르게 작은 신음을 내뱉었다.

"훌륭한데?"

에녹이 솔직하게 감탄했다.

"감사합니다. 이럴 때를 위해 마련한 와인입니다."

"이럴 때? 내가 올 줄 알았던 거야?"

"그럴 리가요. 그저 귀한 분이 오실 때를 위해 좋은 와인을 늘 마련해 두고 있답니다."

에녹은 잔을 살살 돌리며 툭 던지듯 말했다.

"하지만 이런 험한 곳에 살면 누가 찾아오기도 힘들겠어."

"네, 아무도 찾아오지 않았으면 해서 이런 곳에 살고 있습니다."

의외의 대답이 나왔다. 에녹은 눈만 슬쩍 들어 테드의 표정을 살폈다. 테드는 무슨 생각을 하는지 알 수 없는 미소를 짓고 있었다.

"왜 누가 찾아오는 게 싫은데? 죄라도 저지른 거야?"

묘한 긴장감이 그들 사이에 감돌았다. 아니, 긴장을 느끼는 것은 에녹과 잔느뿐인지도 몰랐다. 테드는 처음과 마찬가지로 느긋하게 앉아 있었다.

빨리 대답을 해 주었으면 좋겠는데, 테드는 한참 동안 말이 없었다. 상당한 시간이 흘러 다른 질문을 해야겠다고 생각한 순간, 테드가 입을 열었다.

"에녹 님은 왕실 분이시니 그들에 대해 알고 계시겠군요."

'그들'이라고 했을 뿐인데, 에녹의 머릿속에는 혈귀란 단어가 떠올랐다. 바짝 긴장하는 에녹에게 테드가 말했다.

"제 부인과 딸이 혈귀에게 물려 죽었습니다. 그래서 전 아무것도 모르는 채 행복하게 살아가는 사람들을 마주할 용기가 없습니다."

*   *   *

혈귀들이 왕으로 섬기는 자.

혈귀의 왕이 대체 어떤 것인지, 그들은 짐작조차 할 수 없었다. 그 이름이 가진 무게감은 확실한데, 그가 가진 능력이나 힘을 실감하기 어려웠다. 혈귀들이란 그저 인간의 피를 원하는 짐승이라고만 생각해 왔기에, 그들에게도 '왕'이라 부를 수 있는 존재가 있으리라고는 상상도 해 보지 못했다.

왕이 있다는 것은 질서가 있다는 뜻이다. 질서가 있다는 것은 하나의 목적을 가지고 움직일 수 있다는 뜻이다.

문제는 그들이 가진 '하나의 목적'이었다.

지금 정혈귀들의 움직임은 심상치 않았다. 레드 일행을 감시하기 위해 잭을 보냈고, 라볼르에 살고 있는 연금술사를 데리고 갔다. 그들은 무엇을 위해 움직이고 있는 것일까.

"혈귀의 왕이라는 놈이 원하는 게 뭐지?"

레드의 질문에 클레어는 대답할 말을 찾을 수가 없었다. 그녀도 모르고 있었기 때문이다. 루시드를 떠난 지 천여 년이 흘렀다. 천 년 동안, 그가 어떻게 변했을지 어떤 생각을 갖게 되었을지 알 수 있을 리가 없다.

"루시드. 지금도 그 이름일까?"

클레어가 대답하지 못하자 유키가 고개를 갸우뚱하며 다른 질문을 했다.

"모르겠구나. 그 이름이 그의 본명인지, 그가 언제부터 살아왔는지, 나는 아는 것이 없단다."

"그런데 그가 혈귀의 왕이라는 건 안단 말이지?"

레드의 말에 클레어가 고개를 끄덕였다.

"그래. 나는 내 눈으로 직접 보았다. 그가 내 이후에 정혈귀를 만들어 내는 것을, 그리고 그들이 그의 앞에서 꼼짝도 못 하는 것을."

"단지 자기를 만들어 냈기 때문에 꼼짝 못 하는 거 아닌가?"

"정혈귀들이 자신을 만든 정혈귀에게 충성하는 것은 사실이지만, 모두가 그렇지는 않단다. 정혈귀도 인간과 똑같이 배반의 마음을 품기도 하고, 권력에 욕심을 내기도 하지. 자신을 만들어 낸 자보다 강해지면 그를 죽이고 더욱 높은 위치에 올라가려고 하기도 한단다."

"높은 위치에 올라가서 얻는 게 뭐지?"

"자유겠지."

"자유?"

"그래. 인간도 그러하지 않으냐. 높이 올라갈수록 명령을 받아야 하는 의무보다 명령을 내릴 권리가 많아지지. 정혈귀 또한 높이 올라갈수록 복종해야 하는 자들이 적어진다. 제멋대로 인간의 피를 마시고, 제멋대로 자기만의 사회를 만들 수 있는 거지. 실제로 오래전에 한 정혈귀는 거대한 영토를 자신의 나라로 만들려고 시도했었다. 거의 성공할 뻔했지."

"실패했나?"

"내가 죽였다."

클레어가 단호하게 말했다.

"정혈귀는 목을 베어도 심장을 빼내도 죽지 않는다고 했던 것 같은데, 같은 정혈귀끼리는 죽일 수 있는 건가?"

"그래. 같은 정혈귀끼리는 서로를 죽일 수 있다. 상대의 심장을 빼내면 되지."

"끔찍하군."

"끔찍하지. 결코 유쾌한 일이 아니란다. 간혹 정혈귀들 중에 상대에게 밀릴 경우 손톱과 송곳니를 집어넣고 인간의 모습으로 돌아가는 이들이 있단다. 그들은 인간의 모습으로 온정을 베풀어 달라 애원하지. 정혈귀에게 남아 있는 마지막 인간성에 기대는 거란다. 허나, 나는 그런 그들을 망설임 없이 죽였다."

클레어의 눈동자가 레드에게 잠깐 머물렀다가 허공으로 옮겨졌다.

"나는 그러한 괴물이란다."

아마도 레드가 클레어에게 품은 연정을 생각하여 한 말일 것이다.

나는 이러한 괴물이니 내게 연정을 품지 말거라, 네가 사랑할 만한 존재가 아니란다.

클레어가 그리 말하고 싶어 한다는 것을, 그 안에 있는 모두가 눈치챘다. 그래서 다들 레드를 쳐다봤다.

레드는 클레어의 마음을 아는지 모르는지 어깨를 으쓱하며 가볍게 대꾸했다.

"그래. 아마 나도 그러겠지. 그럼 나도 괴물이 되는 건가?"

그의 반응에 클레어는 곤란한 듯 살며시 미간을 좁혔다. 레드는 클레어의 표정은 신경 쓰지 않고 물었다.

"클레어. 루시드가 혈귀의 왕이라고 했지? 그럼 루시드 이전에 있었던 혈귀는 없는 거냐?"

"그렇다고 알고 있다."

"그렇다면 루시드는 왜 혈귀가 된 거지? 그놈도 혈귀인 거 맞지? 인간의 피를 마시고."

"그래. 혈귀가 맞다. 다만 아혈귀와도, 정혈귀와도 같지 않을 뿐. 나와 비슷하다고 보면 된다."

"너랑 비슷하다고? 그럼 너도 다른 정혈귀들이랑 다르다는 거야?"

클레어는 대답 대신 손톱을 길게 빼냈다. 그리고 누가 말릴 새도 없이 자신의 손목을 확 베어 냈다. 잘린 손이 바닥에 떨어지기 전, 먼지처럼 흩어졌다. 그리고 잘린 부위에 다시 손이 생겨났다.

그 기이한 현상보다, 손목을 벤 그 행동 때문에 다들 얼어붙었다. 경악해서 입을 벌리고 클레어를 쳐다보는데, 가장 먼저 정신을 차린 레드가 클레어의 어깨를 강하게 움켜잡았다.

"너 대체 뭐하는 짓이야?"

"다른 점을 보여 주려고 했을 뿐이다."

레드의 격한 외침과 대조적으로 클레어의 어조는 단조로웠다. 레드는 이글이글 타는 듯한 눈으로 클레어를 노려봤다.

"이런 짓 하면 아픈 거 아냐?"

"아프지. 고통은 인간일 때와 같단다. 허나 나는……."

"그럼 하지 마!"

레드가 외쳤다.

"절대, 앞으로 절대 이딴 짓 하지 마! 알았어?"

"아이야, 나는 죽지 않는다. 손목을 잘라도, 허리를 잘라도, 금방 원래대로 돌아온단다."

"아프다며! 그러니까 하지 말라고!"

"아픔은……."

"제발!"

레드의 외침엔 비통함 이상의 간절함이 담겨 있었다.

"제발 내 말 좀 들어!"

그래서 클레어는 대꾸할 생각도 하지 못한 채 레드를 올려다봤다. 레드의 푸른 눈동자는 고통스러운 빛을 띠고 있었다.

"부탁이야. 제발 네 몸을 아프게 하지 마. 날 봐, 클레어. 내가 해 줄게. 루시드인지 뭔지, 그놈을 죽이는 게 네 소원이라면, 내가 목숨을 걸고 죽여 줄게. 어떤 방법을 써서든 그놈, 내가 죽여 줄게. 그러니까 제발, 클레어. 이런 짓 두 번 다신 하지 마. 부탁이야."

또다시 가슴이 술렁거린다.

클레어는 레드의 눈동자를 똑바로 바라보고 싶지 않았다. 그의 눈동자 밖으로 벗어나고 싶었다. 하지만 질긴 올가미에 걸린 듯 꼼짝도 할 수 없었다. 눈동자도, 몸도 그에게 사로잡혀 움직일 수가 없었다.

오래전, 아주 오래전 루시드의 시선을 마주했을 때와는 달랐다. 그때처럼 무서운 것도, 끔찍한 것도 아닌데 움직일 수가 없어서 당혹스러웠다.

"그래요, 클레어. 두 번 다시는 그런 짓 하지 마세요."

라울의 목소리에, 클레어는 가까스로 정신을 차렸다. 그리고 레드에게서 한 걸음 뒤로 물러났다. 레드는 괴로운 표정으로 손에서 힘을 뺐다. 그의 팔이 힘없이 아래로 늘어졌다.

"절대 하지 마, 클레어. 절대로."

유키가 눈물이 그렁그렁한 눈으로 클레어를 올려다보고 있었다. 클레어는 유일하게 냉정한 아란을 돌아보며 마음의 술렁거림을 가라앉히려 했지만, 아란조차도 당혹스럽고 고통스러운 표정을 짓고 있었다. 그 어느 곳으로 눈을 돌려도 그들은 클레어의 가슴을 일렁이게 하는 표정들을 짓고 있어서, 클레어는 괴로웠다.

클레어는 숨을 삼키며 고개를 숙였다.

"그래, 알았다. 이런 짓 하지 않으마."

* * *

"그게 무슨 말씀이십니까? 여기에 저만 있어서 다행이지, 다른 사람이 있었더라면 아무리 에녹 님이라도 무사하지 못했을 겁니다."

에녹의 설명을 들은 테드가 하얗게 질린 얼굴로 말했다. 그는 막 마하던 왕세자가 혈귀인 것 같다는 말을 들은 터였다.

"하지만 사실이야."

식사가 끝난 후 방으로 안내를 받았다. 오랜만에 제대로 된 식사를 하고 목욕을 하니 졸음이 쏟아졌지만, 에녹은 끊임없이 고민했다. 테드에게 진실을 알릴 것인가, 에둘러 이야기하고 도움을 청할 것인가.

어렵게 결론을 냈다.

특별한 재능이 있는 것도 아닌데, 아무 도움도 받지 않고 살아남기는 힘들다. 그렇다면 그나마 믿을 만한 자에게 도움을 청하는 편이 낫다. 만약 테드가 혈귀라면 죽는 시기가 조금 빨라지는 것뿐, 대단할 건 없다.

그래서 에녹은 자신의 운에 걸고 테드에게 모든 것을 고백했다.

"왕세자님께서 혈귀라니…… 그분이 최근에 밤에만 돌아다니셨습니까?"

　테드는 믿어지지 않는 듯했지만, 그래도 에녹의 말을 아주 무시할 수는 없는지 에녹에게 물었다.

　"아니, 낮에도 잘 돌아다녀."

　"송곳니와 긴 손톱을 가진 것도 아니시지요?"

　"그래. 그런 건 없어."

　"에녹 님. 이건 에녹 님을 무시해서 드리는 말씀이 아닙니다. 저는 혈귀를 눈앞에서 봤습니다. 그들은 날카로운 송곳니와 검처럼 긴 손톱을 가지고 있습니다. 그리고 햇빛 아래에서는 타들어 가지요. 그들이 햇빛을 받아 고통스러워하는 것을 제 눈으로 똑똑히 봤습니다."

　"그래, 알아. 혈귀가 그런 종류의 몬스터라는 건 알고 있어. 하지만 말이야. 이런 가능성도 있잖아. 인간과 똑같은 혈귀."

　"하지만 에녹 님……."

　"남작. 나도 그가 정말 인간이었으면 좋겠어. 만약 그가 괴물이라면, 왕실은 물론 나라 전체가 위험해지는 거니까. 하지만 말이야. 만에 하나라는 게 있잖아. 그가 정말 혈귀면 어떡해? 햇빛 아래서도 움직일 수 있는, 그런 혈귀가 실제로 존재하는 거면 어떻게 할래?"

　테드는 미간을 좁히고 아랫입술을 깨물었다. 초조한 듯, 그의 무릎이 떨리고 있었다.

　밤을 살아가는 혈귀만으로도 끔찍한데, 햇빛 아래서 움직이는 혈귀가 있다는 것을 믿고 싶지 않았다. 게다가 에녹이 말한 상대는 한 나라의 왕세자였다. 왕세자가 혈귀라니. 그렇다면 이 나라는 어떻게 되는 걸까?

그렇다고 에녹의 말을 아주 무시할 수도 없는 노릇이었다. 에녹에 대해 잘 알지는 못하지만, 헐렁거리는 행동과 달리 눈빛은 또렷하고 맑았다. 게다가 왕실 근처에 사는 타니하르는 에녹을 아주 좋게 보고 있었다.

"이런 소리를 하면 불경하겠지만 말이야, 남작. 나는 다섯째 왕자인 에녹이 왕이 됐으면 좋겠어. 아주 똑똑한 친구거든."

사람 보는 눈이 있는 타니하르가 했던 말이 떠올랐다. 테드는 한 손으로 입가를 쓰다듬다가 물었다.

"이 이야기를 또 알고 있는 사람이 있습니까?"

"지금으로써는 나랑 잔느, 그리고 그대뿐이야."

"원래 에녹 님의 계획은 무엇이었습니까?"

"하이엘른에 가서 헤른족에게 몸을 의탁하려고 했어. 왕실에서도, 대륙에서도 멀리 떨어진 곳이니까."

"헤른족이…… 아직 남아 있습니까?"

"그렇대."

"그럼……?"

테드가 그제야 깨달은 듯 갈색 피부의 잔느를 쳐다봤다. 하지만 곧 시선을 돌리고는 크게 한숨을 내쉬었다.

"나는 말이야, 남작. 내 몸이 제일 중요해. 살고 싶어. 될 수 있도록 오래, 오래. 이 나라 따위 망해도 돼. 나만 살면 되거든. 그런데…… 만에 하나라도 뭔가 할 수 있는 일이 있다면, 하고 싶어. 그대에게 다른 생각이 있다면 알려 줘. 가능성이 있다면, 거기에 매달릴 테니까."

에녹의 간절한 눈빛을 모르는 척할 수가 없었다. 왕세자가 혈귀라는 말을 믿을 수는 없었지만, '만에 하나'라는 것을 생각해야만 했다. 테드는 자꾸만 흘러나오는 한숨을 삼키며 말했다.

"제가 아는 이들 중에 혈귀와 싸우는 자들이 있습니다. 만약 왕세자님께서, 그러지 않길 바라지만, 정말 혈귀라면…… 그들이 방법을 찾아낼 겁니다."

*   *   *

"다들 옹기종기 모여서 뭐 하시나?"

타니하르의 등장 덕분에, 무겁게 가라앉았던 분위기가 달라졌다. 타니하르는 언제 잡은 건지 커다란 생선을 자랑스럽게 들고 있었다. 타니하르의 몸통만큼이나 커다란 생선이었다.

"바다 생활을 오래 하다 보면, 이 정도는 아무것도 아니지."

타니하르는 물어본 사람도 없는데 자부심 넘치는 목소리로 말하며 안으로 들어왔다. 그가 들어오자 안 그래도 좁은 선실이 더 좁게 느껴졌다. 선실 안에 생선 비린내가 가득 찼다.

"좁잖아!"

레드가 퉁명스럽게 말했지만 타니하르는 못 들은 척하고 물었다.

"뭣들하고 계셨나? 내가 방해한 건가?"

"방해했어. 클레어한테 혈귀에 대한 이야기를 듣는 중이었거든."

"호오. 그렇다면 날 빼놓고 하면 서운하지. 나도 그놈들에 대해 아는 게 거의 없어서 답답하거든."

타니하르까지 합세하는 바람에 장소를 식당으로 옮겨야 했다. 레드 일행은 식탁에 둘러앉았고, 타니하르는 도마와 칼을 가지고 와 바에 서서 생선을 손질하기 시작했다.

"자, 얘기해 보시게."

타니하르가 생선의 비늘을 벗기며 말했다. 유키가 타니하르에게 아까 클레어에게 들었던 부분을 이야기했고, 그 뒤를 이어 클레어가 다시 설명을 시작했다.

"그 남자가 나를 정혈귀로 만들었을 때, 내게 말했다. 내가 자신이 만든 첫 번째 정혈귀라고. 아마도 그래서일 것이다. 그와 내가 비슷한 것은."

"그놈도 베어내면 너처럼 흩어졌다가 곧바로 다시 잘린 부위가 생긴다는 말이야? 다른 정혈귀들은 어떤데?"

레드가 물었다.

"잘린 부위를 다시 잡아서 붙여야만 하지. 잘린 부분을 되찾지 못하면 재생이 될 때까지 기다려야 한단다."

"재생이 되긴 된다는 건가?"

아란의 말에 클레어가 고개를 끄덕였다.

"그래. 재생이 되기는 하지만 피를 많이 마셔야 한단다. 그리고 긴 시간이 걸리지."

"그나마 다행이군. 재생까지 시간이 걸린다면 그동안은 전투력이 낮아질 테니. 거슬리는 손톱만 없으면 상대해볼 만하잖아."

"응. 우선 양손을 잘라 버리고 도망치지 못하게 발목을 베면 되겠네."

"그런데 놈들의 피가 튀어서 입에 들어가기라도 하면 큰일이지 않을까요? 정혈귀의 피를 마시면 정혈귀가 되는 거잖아요."

라울의 말에 클레어가 담담히 설명했다.

"정혈귀들은 아혈귀들과 다르게 피를 흘리지 않는단다. 타인의 힘으로는 피를 흘리게 할 수가 없지."

클레어의 설명은 이랬다.

정혈귀는 본인의 손톱이나 송곳니로만 자신의 피를 낼 수가 있다. 정혈귀가 되고 싶은 인간이 일부러 그들의 상처에 입을 대고 피를 빨아 마시지 않는 한, 우연히 그들의 피가 튀어 입에 들어가는 일은 없는 것이다.

아혈귀들은 벤 곳에서 피가 흘러도 힘이 약해지지 않지만, 정혈귀들은 한 번 피를 흘리고 나면 전투력이 확 낮아진다. 수면향의 연기를 마신 것처럼 나른하고 온몸이 무거운 감각이 길게 이어지는 것이다. 그래서 정혈귀들은 어지간해서는 자신의 피를 흘리려고 하지 않는다.

"물론 그들이 피를 흘려 약해진다 해도, 지금 너희들의 힘으로는 그들의 상대가 되지 않을 게다. 그들의 몸을 베기도 힘들겠지."

클레어가 힘이 빠질 만큼 단호하게 평가했다.

"하지만 전에 내가 자넬 베었을 땐 베어지지 않았나?"

타니하르가 의아하다는 듯 물었다. 레드가 인상을 찌푸렸다.

"탄, 너 클레어를 베었던 거야?"

"어쩔 수 없잖은가. 난 그때 클레어 공의 정체를 제대로 파악하지 못하고 있었네."

"그래, 그 아이의 말이 맞다. 나 같아도 베었을 거다."

클레어의 말에 레드가 한숨을 내쉬었다.

"제발 자길 벤 사람 편 좀 들지 마."

"그땐 내가 힘을 뺐기 때문에 벨 수 있었던 것이다. 게다가 나는 인간의 피를 마시지 않아 피부가 단단해지지도 않았지."

"인간의 피를 마시면 피부가 단단해져?"

"어느 정도는 강화되는 것 같더구나. 그리고 그들이 전투 상태에 놓이면 피부는 강철보다 강해진다."

"거참…… 무적이구먼."

타니하르가 손가락으로 턱을 긁적이며 중얼거렸다. 들으면 들을수록 상대할 방법이 사라지는 것 같아서인지, 레드 일행은 표정은 점점 어두워졌다. 하지만 다음 순간, 클레어가 한 말이 분위기를 바꿨다.

"내가 알기로 너희들이 그들을 죽일 수 있는 방법은 두 가지다."

"방법이 있긴 있는 거군."

"그래. 마지막 순간까지 내 아버지와 오라버니들은 포기하지 않았다. 그리고 알아냈지."

"알아냈는데, 왜······."

'전멸한 거지?'라는 질문을 차마 입에 담을 수 없었다. 곤란한 듯 말끝을 흐리는 레드에게, 클레어가 말했다.

"방법을 알아내기 전 모두가 죽고, 단 세 명이 살아남았다. 그 남자는 수십 명의 정혈귀를 만들어 냈고, 수백 명의 아혈귀를 함께 보냈지. 내 아버지와 두 오라버니는 강했지만, 그 모두를 상대하기에는 역부족이었단다."

부모와 형제의 죽음을 말하는 클레어는 여전히 무표정했다. 하지만 검붉은 눈동자의 일렁임이 그들을 향한 그녀의 그리움을 짐작케 했다.

"아모른의 권능은 정혈귀에게는 불길과 같다. 치유의 권능도, 물의 권능도 그들에게 닿으면 타들어 가지. 내게 해 보겠느냐?"

"그 짓 하지 말랬지?"

레드가 버럭 외쳤다. 클레어는 순순히 내밀었던 팔을 거둬들였다.

"그래, 미안하다. 깜빡했구나. 정혈귀의 목을 베고, 벤 자리에 권능을 쏟아 부으면, 잘린 부위를 불로 지진 것과 같은 효과가 난단다."

"그 말은…… 다시 붙일 수 없다는 거야?"

유키가 물었다.

"그래. 다시 붙일 수도 없고, 재생할 수도 없지. 인간의 목이 잘리면 죽는 것처럼, 정혈귀 역시 그렇게 사라진단다. 아모른의 신전에서 가지고 온 성수도 비슷한 효과를 내지."

"성수가요?"

불신론자인 라울이 어이가 없다는 표정으로 물었다.

"그 당시엔 아모른의 신전에서 나온 성기사들이 함께 싸웠단다. 성기사들이 가진 성력은 아모른의 권능과 비슷해서 어느 정도는 혈귀를 상대할 수 있었지. 두 번째 방법은, 아모른의 권능으로 그들의 심장을 태우는 거란다."

두 번째 방법까지 들은 레드 일행은 작게 한숨을 내쉬었다. 둘 다 어려운 방법이다. 피부를 베기도 힘든 상황에서 목은 어떻게 잘라 내며, 심장은 어떻게 끄집어낸단 말인가. 결국은 정혈귀를 상대할 수 없다는 말과도 같은 방법들이었다.

"나는 두 번째 방법을 추천하고 싶구나. 심장을 태우는 것이 목을 베는 것보다 쉽단다."

"기가 막히는군. 강철보다 강한 피부를 가졌는데 심장을 빼내는 게 더 쉽다고?"

아란이 황당해하며 내뱉은 말에 클레어가 눈을 크게 떴다.

"심장을 왜 빼내려고 하느냐. 아이야, 넌 참으로 끔찍한 취미를 가졌구나."

"취미라니⋯⋯!"

"끔찍하구나, 너무나 잔혹해."

"목을 벤다는 둥, 심장을 태운다는 둥, 이런 소리를 해댄 건 너다."

"은빛의 잔인한 아이야. 나는 좀 더 상냥한 방법을 취하고 싶구나."

졸지에 잔인한 아이가 되어 버린 아란이 오만상을 찌푸렸지만, 클레어는 모르는 체 말했다.

"아모른의 권능을 제대로 사용하면 그들의 피부 안으로 힘을 보낼 수가 있단다. 그 힘이 혈관을 타고 퍼져 심장을 태우게 되지. 어떠냐, 잔인한 아이야. 이 방법이 훨씬 부드럽지 않으냐."

"비슷해!"

아란이 동의를 구하듯 동료들을 돌아봤지만, 아무도 아란의 편을 들어 주지 않았다.

"비슷하진 않죠. 아무래도 몸 밖으로 심장을 빼내는 건 좀⋯⋯ 듣기만 해도 역겹잖아요."

"그러게 말이야. 으으, 난 한 번도 심장 꺼내는 걸 본 적이 없어."

"거봐라. 저놈은 나보다 훨씬 성격이 흉포한 놈이야."

오히려 아란을 매도하는 레드 일행을 향해, 클레어가 말했다.

"이제 내가 체술의 기본을 알려 주마."

*　　*　　*

거의 두 달 만에 돌아온 펠타 항은 변화가 없었다. 활기찬 항구의 정경과 시끄럽게 호객을 하는 장사꾼들, 여기저기 널려 있는 비릿한 생선들과 끊임없는 파도 소리까지. 오랜만에 들어섰지만 그리움 같은 감정은 생기지 않았다. 잭은 덤덤히 항구를 돌아보며 배에서 내렸다.

헤론과 항해를 하는 동안 깨달은 게 있다. 헤론은 많이 먹질 않는다. 인간으로서 기본적으로 섭취해야 하는 음식의 양이 있는데, 헤론은 그에 훨씬 미치지 않는 음식으로만 생활했다. 그런데도 그의 몸에서는 광기와도 같은 열정이 넘쳤고, 눈빛은 여전히 기이한 빛을 뿜어냈다.

혹시 이 괴기한 남자가 정혈귀가 아닐까라는 생각이 들었지만, 곧 그 생각을 지웠다. 정혈귀는 심장이 뛰지 않는데, 헤론의 심장은 분명 움직이고 있었다. 평범한 인간보다 조금 느리게 뛰는 것이 마음에 걸리기는 했지만, 잭이 어떻게 할 수 있는 문제가 아니었다.

혜론은 눈에 띄는 남자였다. 훤칠한 키와 눈처럼 새하얀 머리카락, 안대로도 감출 수 없는 아름다운 외모. 그 때문이지 펠타 항의 사람들이 혜론을 흘끗흘끗 쳐다봤다. 잭은 이 시간 펠타에 있다는 것이 알려지기를 원치 않았기에, 혜론에게서 조금 떨어져 걸었다.

"여기가 펠타인가? 시끄러운 도시라더니 정말이군. 이히히히히."

뭐가 웃긴지 혜론은 킬킬 웃어댔다. 잭은 혜론의 웃음소리가 거슬려서 견딜 수가 없었다.

목을 움켜쥐고 가볍게 힘만 줘도, 혜론은 죽을 것이다. 그가 만든 수많은 약품이나 발명품을 사용해도, 그가 잭을 이길 방법은 없다. 그토록 약한 사내인데 왜 이렇게 신경이 날카로워지는지 모르겠다.

"우린 어디로 가는 거지? 날 위해 근사한 숙소라도 마련해 뒀나? 참고로 난 금으로 만든 욕조가 아니면 목욕할 마음이 안 생겨. 히히히히."

"귀한 분께 데리고 갈 거다. 실례되는 행동을 하면 그 자리에서 목을 베어 주지."

"이히히히히. 네놈이 내 목을 벤다고? 몇 번이나 날 죽이고 싶었으면서도 꾹 참지 않았나? 그렇다는 건 네놈한테 날 죽일 권한이 없다는 걸 텐데."

빈정거리는 말에, 잭은 이곳이 항구라는 사실도 잊고 손톱을 끄집어낼 뻔했다. 그는 울컥울컥 올라오는 분노를 가까스로 억누르고 빠르게 걸었다.

숙박업소가 즐비한 거리를 지나가다가, 문득 헤론을 데리고 백작의 저택에 들어갈 수 없다는 생각이 들었다. 헤론은 눈에 띄는 자라서, 몰래 데리고 들어가도 누군가에게 발견될지도 몰랐다. 그래서 잭은 숙박 거리의 골목을 따라 들어갔다. 헤론은 별말 없이 그의 뒤를 따라오고 있었다.

골목 깊은 곳, 사람이 별로 찾지 않는 위치에 있는 숙박업소에서 방을 하나 빌렸다. 좁고 낡은 방에 들어간 헤론은 기분 나쁜 듯 투덜거렸다.

"먼 길 오게 하더니 이따위 방에서 묵으라는 건가? 손님맞이가 너무 형편없는 거 아냐?"

"일단 나탈리 님이 오셔서 널 확인한 후, 쓸모 있다고 생각하시면 좋은 방을 주실 거다."

"나탈리? 네 귀한 분의 이름이 나탈리인가 보지?"

잭은 인상을 찌푸리고 헤론의 목을 거세게 움켜쥐었다. 전과 마찬가지로, 헤론의 눈에는 공포가 드러나지 않았다.

"너 따위가 함부로 부를 이름이 아니다. 오늘 밤, 그분을 모시고 이곳으로 오지. 만약 도망을 친대도 난 널 찾아낼 수 있다. 네 심장 소리를 똑똑히 기억해 뒀으니까. 오늘 밤 이 방에 네가 없으면, 난 어떻게든 네놈을 찾아내 그 목덜미에 이를 박아 넣을 거다. 깊은 밤을 영원히 떠도는 괴물로 만들어 주지."

할 말을 마친 잭이 손을 떼었다. 헤론은 협박을 받은 사람답지 않게 느긋한 미소를 띠었다.

"영원히 떠도는 괴물."

헤론이 중얼거렸다. 잭은 그가 무슨 말을 할지 짐작하고 서둘러 방문을 열었지만, 헤론의 목소리가 더 빨랐다.

"자기가 괴물이라는 건 아나 보지?"

쾅!

잭은 거칠게 방문을 닫고 계단을 내려갔다. 여관을 벗어나 헤론의 방 창문 위치를 확인하려고 고개를 들었다. 열린 창문으로 비스듬히 서서 내려다보는 헤론의 모습이 보였다. 하얀 머리카락이 햇빛을 받아 눈부시게 반짝거렸다. 헤론은 비웃는 듯한 미소를 지은 채, 잭을 응시하고 있었다.

갈리트 백작 저택에 숨어들어 간 잭은 나탈리의 창문이 있는 지붕 위에 앉아 아래쪽의 상황을 살폈다. 백작 가의 일꾼들이 여기저기 흩어져서 일을 하는 중이었다. 누구도 지붕 위를 살펴보지 않기에, 안심하고 나탈리의 방 창문이 있는 테라스에 내려섰다.

똑똑.

가볍게 두드리자마자 창문이 열렸다. 나탈리가 몸매를 드러내는 드레스를 입고 해사한 미소를 지으며 잭을 맞아들였다.

"왔다는 거 알고 있었어, 나의 잭."

"주인님."

"네가 곁에 없으니까 참 불편하더라. 조만간 내 밑으로 정혈귀를 하나 더 만들어야겠어."

잭은 가볍게 고개를 숙였다.

"생각보다 빨리 왔네. 연금술사는 데리고 왔니?"

"네. 헤론이란 이름을 가진 남자입니다."

"어때? 정혈귀로 만들 만한 남자니?"

나탈리의 질문에 잭이 미간을 좁혔다. 그 남자가 정혈귀가 된다면, 영원히 그 비아냥거리는 듯한 미소를 접해야 한다. 아혈귀가 되는 것보다 끔찍한 일이다.

"미치광이 같은 남자입니다. 눈에 광기가 서려 있고, 모든 일에 부정적입니다. 이상한 것들을 잔뜩 만들어 놨더군요."

잭은 헤론의 연구실에서 보았던 기이한 생물체에 대해 설명했다. 놀랍게도 나탈리는 흡족한 미소를 지었다.

"정말 내 타입이네. 그분께서 원하시는 것만 아니라면 갈기갈기 찢어서 내 먹이로 삼고 싶은데. 지금 어디에 있어?"

"숙박 거리에서 기다리고 있습니다."

"도망칠 것 같진 않고?"

"……우리를 무서워하는 것처럼 보이진 않았습니다."

"우리가 정혈귀라는 걸 알고 있는 거야? 네가 말했어?"

"아닙니다, 주인님. 처음부터, 정혈귀에 대해 알고 있더군요."

"그래? 머리가 좋은가 보네."

나탈리는 라볼르에만 있던 자가 정혈귀에 대해 알고 있다는
사실을 심각하게 받아들이지 않았다.

"그나저나 한 가지 심각한 일이 생겼습니다."

"심각한 일? 뭔데?"

"모치가 죽었습니다."

"모치가? 그 작자가 왜? 네가 죽였어?"

나른한 표정으로 일관하던 나탈리가 처음으로 놀란 표정을
지었다.

"아닙니다. 제가 아니라…… 클레어가 죽였습니다."

"클레어, 클레어……."

나탈리는 그 이름을 어디서 들었는지 떠올리기 위해 중얼거리
다가 벌떡 일어났다.

"붉은 사자들이랑 같이 있는 그분 말이야?"

"아…… 네에."

잭은 나탈리가 어째서 그녀를 '그분'이라 하는지 알 수 없었
다.

"그럴 리가. 그분이 왜 모치를……? 모치가 실례되는 행동이
라도 한 거야?"

"아니요. 아무 짓도 하지 않았습니다. 그런데 왜 그분이라고
부르시는지……."

"강하거든. 나보다 강해. 아마 나보다 오래 살아왔을 거야. 이
유 없이 모치를 죽일 리가 없지. 모치가 무슨 잘못을 한 거 아

냐?"

"정말로 아닙니다. 모치는 그저, 한 인간 소녀의 피를 마시려고 했을 뿐입니다. 그런데 갑자기 나타나서……."

"인간의 피를 못 마시게 했다고? 대체 왜……?"

"아무래도 인간의 편에 서기로 한 것 같아 보였습니다."

"그럴 리가 없잖아!"

나탈리가 날카롭게 외쳤다. 잭은 고개를 숙인 채, 나탈리가 그 사실을 받아들이기를 기다렸다. 잭 역시 처음에는 클레어의 행동을 이해할 수 없었기 때문이다.

"붉은 사자 일행이 그 여자의 정체에 대해 알고 있을까?"

이윽고 입을 연 나탈리는 클레어에 대한 호칭을 바꿨다. 적으로 판단한 것이다. 잭은 그것이 안심할 일인지, 아니면 걱정해야 할 일인지 알 수 없었다.

"그건 잘 모르겠습니다. 확실하게 살펴보질 않아서."

그 말을 하는 순간, 나탈리가 옆에 있던 와인 잔을 들어 잭에게 던졌다. 유리로 만든 와인 잔이 잭의 얼굴을 가격하고 바닥으로 떨어졌다.

쨍그랑―

날카로운 소리가 공기를 찢었다. 잭은 묵묵히 깨진 와인 잔을 응시했다.

"쓸모없는 놈! 확실하게 살피고 와야지, 도대체 거기서 뭘 한 거야?"

"죄송합니다."

그 여자가 너무나 무서워서, 간신히 헤론을 데리고 오는 것밖에는 할 수 있는 게 없었습니다. 그 여자를 떠올리는 것만으로도 무섭고 공포스러워서, 도무지 그 여자에 대해 알아볼 수가 없었습니다.

속에서 요동치는 변명을 입 밖으로 꺼낼 순 없었다. 나탈리는 노기 띤 눈으로 잭을 노려보다가 곧 살포시 일어나 잭에게 다가왔다. 그리고 와인에 젖은 그의 얼굴을 살며시 닦아준 후, 그의 가슴에 얼굴을 묻었다.

"미안해, 잭. 아팠지?"

"아닙니다."

"나는 잭, 그분께 인정받고 싶어. 언젠가 우리가 원하는 세상이 되었을 때, 널 데리고 그분과 가장 가까운 곳에 머물고 싶어. 하지만 그러려면 너 역시 그분께 인정을 받아야 하는 거야. 내 마음, 이해하겠지?"

"당연히 이해합니다."

"그러면 됐어. 그 여자에 대해서는 걱정하지 마. 난 강해. 내가 널 지켜 줄게."

나탈리가 잭의 얼굴을 쓰다듬었다. 잭은 조심스레 나탈리의 허리를 안았다.

"만약 그 여자가 그분의 계획 중 하나라면 조만간 언질이 오겠지. 그분께서 아무 연락도 해 주지 않으신다면, 그 여자는 우리의 적이야. 펠타에 들어오는 순간, 내가 그 여자를 처리할게."

"네."

"붉은 사자 일행은 언제쯤 돌아올 것 같니?"

"저는 헤론이 만든 기구 덕분에 빨리 왔습니다만, 그들은 아마 한 달쯤 항해를 해야 하지 않을까 싶습니다. 아마 20일 정도 더 있어야 펠타 항에 들어올 겁니다."

"그래. 20일이면 충분해. 얼른 날 도와줄 아이를 한 명 더 만들 어야겠어."

"생각해 두신 인물은 있습니까?"

잭이 묻자 나탈리가 부드럽게 웃었다.

"그래, 있어. 가문도 훌륭하고 정혈귀가 되는 걸 두려워하지 않을 사람. 무엇보다 붉은 사자가 절대로 죽이지 못할 사람."

"그게…… 누굽니까?"

나탈리의 눈에 싸늘한 광기가 번졌다.

"캐서린."

*　　*　　*

선실에 조용히 앉아 눈을 감고 호흡하던 레드가 갑자기 비명을 지르며 벌떡 일어났다. 레드와 같은 자세를 취하고 있던 유키가 화들짝 놀라 눈을 떴다.

"왜 그래, 레드?"

"뜨겁잖아!"

레드는 손으로 자기 가슴 쪽을 향해 부채질을 하며 투덜거렸다. 마찬가지로 눈을 감고 있었던 라울이 한쪽 눈만 슬쩍 뜨고 레드를 쳐다봤다.

"하긴, 당신은 뜨겁기도 하겠네요."

"니들은 괜찮은 거냐?"

"나야 뭐, 치유의 힘이니 뜨겁거나, 차갑거나 할 게 없죠."

"난 클레어가 말한 그걸 어떻게 해야 될지 모르겠어. 감이 안 잡혀."

클레어가 체술의 기초를 알려준 지도 벌써 일주일이 지났다.

체술의 기초는 호흡법이었다.

호흡을 하려면 공기가 필요하고, 공기를 들이마시다 보면 쓸데없는 움직임이 늘어나 속도가 느려진다. 혈귀가 인간보다 빠르게 움직일 수 있는 것은 기본적인 신체 능력도 있지만, 호흡을 하지 않고 심장이 뛰지 않기 때문이었다.

오르데안 가의 사람들은 호흡 대신 아모른의 권능을 사용하는 방법을 개발했다.

아모른의 권능을 몸 안 구석구석으로 퍼지게 하면 단기적으로 호흡을 필요로 하지 않게 된다. 혈귀와 마찬가지로 숨을 쉬지 않고, 심장도 멎은 채 움직이게 되는 것이다. 그 때문에 움직임은 빨라지고 오감은 예민해지며, 혈귀들에게 심장박동 소리를 들키지도 않는다.

오르데안 가의 사람들은 생각이 자유로운 어린아이일 때부터 이 기술을 배우기에 어렵지 않게 그것을 익혀 자유자제로 사용했다. 하지만 이미 '호흡을 해야만 한다.'고 생각이 고정된 레드 일행은 감을 잡기도 힘든 실정이었다.

"아모른의 권능인지 뭔지 말이야. 이 힘을 어떻게 사용하는 건지도 제대로 모르는 상태에서 폐에 녹아들게 하는 게 가능할 리가 없잖아."

레드가 투덜거렸다.

허파에서부터 권능을 녹여 심장으로, 그리고 몸 전체로 흘려보내야 한다고 클레어는 말했다. 하지만 레드 일행은 아모른의 권능을 그렇게 세밀하게 다룰 수가 없었다. 그들에게 있어서 그 힘은, 어느 순간 갑작스럽게 터져 나오기 시작한 힘일 뿐이었다.

마력사들이 마력을 몸 안에 가두기 위해 노력을 하거나, 검사들이 검을 자유자재로 다루기 위해 연습을 하는 것처럼, 아모른의 권능을 제대로 사용하기 위해 노력해 본 적이 없었다. 손을 뻗으면 능력이 발산된다, 그뿐이었다.

"그러게요. 이 힘을 밖으로 내보낼 줄만 알았지, 몸 안에 가둘 수 있다는 건 전혀 몰랐으니까요. 심장으로 보내라고 하는데, 어떻게 해야 그걸 할 수 있는 건지……."

"난 폐에 물이 차오르는 느낌이었어. 침대에 앉아서 물에 빠져 죽는 줄 알았다니까?"

유키가 입술을 비쭉 내밀었다. 그들이 구시렁거리는 동안에도 집중하고 있던 아란이 눈을 번쩍 떴다. 유키가 기대감 넘치는 눈빛으로 아란을 쳐다봤다.

"아란, 어때? 됐어?"

"아니. 전혀. 조금도 모르겠다."

믿고 있던 아란까지 그렇게 나오니, 모두의 표정이 어두워졌다. 아란은 자신이 해내지 못했다는 사실에 충격을 받은 듯 손바닥을 내려다봤다.

"클레어가 제대로 가르쳐 주긴 한 건가?"

"거짓말을 하진 않았을 거 아냐."

"모를 일이다, 레드. 네 힘은 불의 힘이잖아. 클레어가 말한 방법으로 심장에 힘을 보냈다가, 스스로 불타 죽을 수도 있다는 말이지. 만약 클레어가 그걸 의도한 거라면 어쩔 셈이냐?"

"멍청한 소리 하지 마. 클레어는 자기 힘으로도 충분히 우릴 죽일 수 있어. 굳이 이런 방법으로 우릴 속일 이유가 없잖아."

"맞아, 맞아."

유키가 크게 고개를 끄덕이며 동의했다. 아란은 마음에 안 든다는 듯 유키를 한 번 노려보고는 침대에서 내려왔다. 벌써 일주일째 제자리걸음이다. 곧 펠타 항에 들어가게 될 텐데, 계속 헛짓을 하고 있을 수는 없었다.

간판으로 올라가자마자 클레어가 보였다. 바닷바람에 나부끼는 검붉은 머리카락이 찬란하게 반짝거리고 있었다. 두 손을 앞에 모으고 다소곳이 서 있는 그녀는, 금방이라도 부서져 사라질 듯 위태로워 보였다. 그녀는 마치 눈 부시는 빛이 만들어 낸 환상 같았다. 한 곳에 고정되어 있는 듯하지만 끊임없이 과거를 찾아 헤매는 깊은 눈동자와 피를 머금은 듯 보이는 붉고 도톰한 입술은 창백하게 보일 만큼 새하얀 피부와 대조적이었다.

인기척을 느낀 클레어가 천천히 돌아서서 그들을 마주 봤다.

"기초는 익힌 것이냐?"

클레어가 물었다.

"그게 가능하긴 한 거냐? 심장부터 타들어 가서 죽는 줄 알았다."

레드의 말에 클레어가 고개를 살짝 옆으로 기울였다. 늘 기품 있게만 행동했던 그녀의 그 행동이 가슴이 따끔거릴 정도로 귀여워서, 레드는 침을 꿀꺽 삼켰다.

"그걸 못 하는 것이냐?"

숨을 쉬는 것처럼 쉬운 일인데 왜 못 하냐는 질책처럼 느껴지는 어조였다. 레드가 얼굴을 붉혔다.

"당연하잖아. 내 권능은 불이야, 불. 이 녀석은 물이고. 아무리 내가 가진 힘이라지만 폐에 보내면 죽는 게 당연하지 않겠냐?"

레드가 유키의 어깨를 끌어안고 말했다. 클레어가 살며시 고개를 저었다.

"아니, 그런 게 아니다. 뭔가 다르게 생각을 하고 있었구나. 그런 식으로 하는 게 아니란다."

"아니라고?"

일주일의 고생이 수포로 돌아가는 말에, 레드가 절망스러운 목소리로 중얼거렸다. 상대가 다른 사람이었다면 버럭버럭 성질을 냈을 레드가, 클레어의 앞에선 그저 눈썹만 축 늘어뜨리고 있었다. 라울은 황당하다는 듯 레드를 쳐다보다가 클레어에게 물었다.

"클레어, 당신이 말한 대로 우리의 힘을 몸 안에 가두고 심장으로 보내려 했습니다. 이 방법이 아니란 말입니까?"

"방법은 맞지만…… 뭐라고 설명을 해야 할까."

클레어도 자세히 설명하기 곤란한 듯 살짝 고개를 숙였다. 한동안 바닥을 응시하던 클레어가 다시 그들을 쳐다보며 말했다.

"아모른의 권능은 곧 축복이란다. 힘을 보낸다는 생각보다는, 아모른 님께서 주신 축복을 육체 내에 스며들게 한다고 생각해야 한단다."

"더 모르겠는데."

아란이 고개를 저었다.

"클레어. 클레어도 이 힘을 사용할 줄 알았던 거야?"

유키가 묻자 클레어가 가볍게 고개를 끄덕였다. 그 대답에 모두의 눈이 휘둥그레졌다. 클레어도 아모른의 권능을 가지고 있었을 줄이야.

"하긴…… 클레어는 오르데안 공작의 딸이었잖아. 당연히 사용할 줄 안다고 생각했어야 했던 건데."

클레어가 정혈귀라는 이유로, 그녀와 아모른의 권능을 나란히 생각하질 못했다. 클레어가 말했다.

"허나 지금은 아모른의 권능이 없단다. 축복과 저주는 공존할 수 없는 게 아니더냐."

"정혈귀가 되면서 이 힘이 사라진 건가?"

"그래. 깨끗이 사라지더구나."

"네가 가진 힘은 뭐였어?"

레드의 질문에 클레어는 조용히 바닥을 내려다볼 뿐, 확실한 대답을 해 주진 않았다.

"힘을 나누어 생각해야 한다. 내부에 모이는 힘과 외부로 드러나는 힘. 아모른의 권능은 축복이라고 했지? 축복을 온몸으로 받아들인다고 생각하거라."

클레어가 다시 설명을 시작했다.

"몸 안에서는 그저 순수한 축복. 그 힘이 밖으로 나올 때에 불이나 물처럼 실질적인 힘을 띠게 되지만, 안에 있을 때는 열기도, 냉기도 없는 순수한 축복의 결정체로서 받아들여야 한단다. 아니, 받아들일 것도 없다. 너희들의 몸엔 이미 축복이 가득 채워져 있지. 그것을 아주 조금 형상화하는 것뿐이란다."

레드 일행은 그 설명 역시 알아들을 수가 없었다.

"너도 이런 식으로 수련한 거냐?"

레드가 물었다.

"아니, 우리들은 그저 축복의 힘을 몸에 두르라는 말만 들었다."

"그런데 그게 가능했단 말이야?"

"그래. 우리는 가능했지. 아무래도 너희들은…… 아모른 님을 신뢰하지 않는 모양이구나."

정답이었다. 라울은 지독한 불신론자였고, 나머지도 믿는다고는 하지만 사이비 같은 믿음이었다. 있으면 있고, 없으면 말지, 정도의 믿음.

과거에는 어땠는지 모르겠지만 시대가 변하면서 다양한 종교가 생기고, 다양한 종교는 아모른 신자의 수를 줄였다. 아모른교는 여전히 대륙에서 가장 영향력 있는 교단이었지만, 정점에 선 권력이 모두 그러하듯 조금씩 쇠퇴의 길을 걷고 있었다. 성기사의 수는 100년 전보다 반으로 줄었고, 교황의 한 마디는 더 이상 대륙 전체를 뒤흔들지 못했다.

"그의 축복이 너희들을 채우고 있다는 사실을 믿는 것부터 시작해야 한다. 그 축복을 폐와 심장, 그리고 손가락 끝에서도 느낄 수 있다면 너희는 숨을 쉬지 않고도 한참의 시간을 보낼 수 있게 될 것이다."

"결국은 아모른을 똑바로 믿으라는 소린가?"

아란의 신랄한 음성에 클레어가 옅은 미소를 지었다.

"아니. 누구의 것이 되었든, 너희들이 받은 축복을 믿으라는 소리란다. 축복의 아이들아."

　　　　　*　　　*　　　*

　나탈리가 헤론에게 찾아간 것은 잭이 펠타에 도착한 날 밤이었다. 나탈리는 잭이 말한 '미치광이 같은 자'라는 말을 이해할 수 있었다. 반듯하게 잘생긴 얼굴은 호감이지만, 웃음소리는 아무리 노력해도 좋게 받아들일 수가 없었다.

　괜찮은 남자면 캐서린 대신 헤론을 정혈귀로 만들려고 했는데, 비아냥거리는 말투와 웃음소리 때문에 그럴 마음이 싹 사라졌다.

　"이히히히히. 난 언제까지 이 구질구질한 방에 있어야 하는 거지?"

　헤론이 기분 나쁘게 웃으며 물었다. 번들번들 빛나는 헤론의 한쪽 눈을 똑바로 볼 수가 없어서, 나탈리는 시선을 피하며 말했다.

　"닷새 후에 수도에서 사람이 올 거야. 그 사람을 따라가면 돼."

　"닷새? 닷새나 이런 방에 묵으라는 건가?"

　"어쩔 수 없잖아. 내 저택에 너 같은 놈이 들어와 있으면 눈에 띌 테니까. 수도에 가면 왕실에서 묵을 수 있을 테니, 그때까지만 좀 참아."

　"이히히히히. 왕실이라…… 왕실까지 정혈귀에게 먹혔다는 건가? 재미있게 돌아가는구먼!"

"그러니까 고분고분하게 구는 게 좋을 거야. 네가 도망치는 순간, 대륙 전체에서 수배령을 내릴걸?"

"도망? 이히히히히. 도망이라…… 내가 왜 도망치지? 왕실이라면 나한테 더 많은 것을 줄 수 있다는 거잖아. 생생하게 살아 있는 인간을 가지고 연구를 하는 거야말로, 내 평생의 꿈인데."

"기분 나쁜 놈."

"기분이 나쁘다니…… 인간을 식량으로 삼는 혈귀 따위에게 그런 말을 듣고 싶진 않은데?"

"하여간 여기 꼼짝 말고 틀어박혀 있어. 먹을 건 우리 쪽에서 알아서 넣어 줄 테니, 사람들 눈에 띄지 말고."

"분부대로 합죠. 이히히히히."

나탈리는 짜증을 감추지 않고 여관에서 나왔다. 온몸에 헤론의 웃음소리가 들러붙은 것 같아 불쾌감이 일었다. 나탈리는 지붕 위에 서서 어둠이 내린 거리를 내려다봤다.

다음은 캐서린이다.

*   *   *

아모른의 권능에 대한 레드의 설명을 들은 타니하르가 말했다.

"그건 마력을 사용하는 것과 비슷하구먼."

레드가 눈을 크게 뜨고 다가앉았다.

"그래? 비슷한 거야?"

"아주 비슷하네, 레오나드 공."

타니하르는 원래 마력사였다. 검술을 익히고 몸을 단련하느라 전처럼 강하지는 않지만, 어느 정도의 마력은 사용할 수 있었다. 타니하르가 손을 뻗자 손끝에 불꽃이 일렁거렸다. 타니하르는 그것을 보며 말했다.

"자네가 사용하는 그 힘은 그저 손을 뻗고 생각만 하면 나간다고 했지?"

"응."

"마력은 말이세. 몸 안에 있는 마력을 손끝에서 모은다고 생각하고 그것을 그림 그리듯 상상해야만 한다네. 주문을 외우는 이유는 그럼으로써 더 빠르게 상상할 수 있기 때문이지."

"불편하구만."

"그래. 하지만 익숙해지면 순식간에 해치울 수 있어. 문제는 마력을 몸 안에 가두는 건데. 자네도 알다시피 마력은 자연에 깃들어 있다네. 마력사들은 자연에 퍼져 있는 마력을 느끼고 그것을 조금씩 끌어와 몸속에 넣어 두는 거야. 몸속에 단단한 그릇이 하나 있다고 생각하고, 그 그릇 안에 마력을 채우는 거지."

"그릇이라……."

"자, 보게."

타니하르의 손에서 일렁거리던 불꽃이 이번에는 물로 바뀌었다.

"마력은 하나야. 내가 불을 쓰든, 물을 쓰든, 몸 안의 그릇에 담긴 마력은 그저 마력일 뿐, 물도, 불도 아니라네. 무슨 뜻인지 알겠나?"

"내가 사용하는 힘은 불이지만, 내 안에 있을 때는 그저 축복일 뿐이라는 건가?"

"그래. 그런 식으로 생각하면 되는 거야. 그 안에 담긴 게 불이라고 생각하지 말고, 축복이라고 생각하게. 아무 특징 없는, 공기와도 같은 것. 그것을 몸 전체로 퍼뜨린다고 생각하는 거야."

클레어의 설명보다는 설득력이 있었다.

"내가 마력을 느끼는 것처럼, 자네들도 축복을 느끼는 것이 중요하겠구먼."

"마력이 어떻게 느껴지는데?"

"눈을 감고 가만히 집중하면 내 주위에 흐르는 것 중에 무언가 다르다고 생각되는 게 있다네. 자네도 잘 집중해 봐. 그 안에 흐르는 힘 중에, 조금 다르게 생각되는 것이 분명 있을 거야. 그게 아마도 클레어가 말하는 축복이란 것이겠지."

레드는 생각에 잠긴 채 타니하르의 방에서 나왔다. 타니하르의 말을 들으니 대충 어떤 식으로 해야 할지 감이 잡혔다.

얼른 강해지고 싶다. 인간이 혈귀에게 당해 죽어 가는 것을 보는 것도 지긋지긋했다. 아니, 죽어 버리는 건 차라리 나았다. 혈귀에게 당한 인간은 다시 살아나 또 다른 혈귀가 된다. 그렇게 되기 전에 없애야 하기에, 레드 일행은 피 빨린 시체의 목을 베어내는 경우가 허다했다.

아무리 죽었다지만, 인간의 목을 베는 건 끔찍한 기분이 들게 한다. 특히 어린아이 시신의 머리를 벤 날은 밤새도록 잠을 자지 못하고 뒤척거린다.

하지만 무엇보다 클레어의 복수라는 것을 해 주고 싶었다. 클레어를 정혈귀로 만든 남자, 영원한 저주의 밤을 걷게 만든 남자. 그 증오스러운 남자를 죽이면, 클레어가 조금이라도 웃어 줄까. 흐르는 바람과 반짝이는 햇빛을 즐기게 될까?

선실을 향해 걸어가다가 맞은편에서 걸어오는 클레어를 발견했다. 레드는 걸음을 빨리해 클레어에게 다가갔다. 멈춰 선 클레어가 레드를 올려다봤다. 검붉은 눈동자가 가슴이 저릴 정도로 아름다웠고, 촉촉하게 젖은 붉은 입술은 탐스러워 보였다.

레드는 그녀의 아름다운 얼굴을 뚫어지게 바라봤다. 그녀의 얼굴을 보면 머릿속이 새하얗게 비워지면서 아무 생각도 할 수 없게 된다. 그저 마른침만 꼴깍 삼키며, 가슴 밖으로 흘러나오는 감정을 추스르려고 애써야 할 뿐이다.

"할 말이 있는 게냐?"

레드의 말을 기다리던 클레어가 먼저 입을 열었다. 간신히 정신을 차린 레드가 고개를 끄덕이다가, 그녀의 가냘픈 어깨를 잡았다. 클레어는 움찔, 몸을 떨었다.

자신의 체온이 차가워서일까, 레드의 손이 유독 따뜻해서일까. 클레어는 가끔 레드의 손이 닿으면, 화상을 입는 듯한 뜨거움을 느꼈다. 지금이 그랬다.

차갑게 보여야 할 그의 푸른 눈동자도, 그의 손길도, 견디기 힘들 만큼 뜨거워서 클레어는 뒤로 물러나고 싶었다.

"난 강해질 거야, 클레어."

레드가 확신에 찬 어조로 말했다.

"난 너보다 강해질 거다, 클레어."

"그러냐."

"그래. 네가 상상도 하지 못할 만큼 강해져서, 네 복수를 대신해 줄게. 널 이렇게 만든 루시드란 놈, 반드시 내 손으로 죽여 줄게. 그러니까 클레어. 그때가 되면…….."

강하게 흘러나오던 목소리가 돌연 부드럽게 바뀌었다.

"웃어 줄 수 있지?"

클레어는 하마터면 지금 웃을 뻔했다. 저절로 입가에 번지려는 미소를 간신히 갈무리한 이유는, 그의 마음에 더 깊이 들어가고 싶지 않아서였다. 그리고 그의 마음을 받아들이고 싶어 하는 자신을 인정하기 싫어서였다.

무표정한 얼굴로, 클레어는 말했다.

"그래, 불꽃의 아이야. 그때를 기대하마."

레드의 손에서 벗어난 클레어는 그의 옆을 스쳐 지나가며, 덧붙이지 못한 말을 속으로 생각했다.

'허나 아이야. 그때가 되면 나는 아마도 네게 웃어 주지 못할 것이다. 나 역시 그 남자와 함께 사라지게 될 테니…….'

        *   *   *

캐서린은 오만하게 나탈리를 응시했다. 화려한 주홍빛 머리카락이 곱슬곱슬한 나탈리는 기분 나쁠 정도로 캐서린을 빤히 쳐다보고 있었다. 캐서린은 샛노란 머리카락을 살며시 쓸어내리다가 입을 열었다.

"저녁 만찬이라고 들었는데…… 날 여기 앉혀놓고 뭘 하는 거죠?"

갈리트 백작 부인인 나탈리에게 캐서린이 유독 오만하게 구는 데는 이유가 있었다.

귀족가에는 나탈리에 대한 여러 소문이 떠돌았다.

나탈리가 과거에 술집 여자였다는 둥, 노예였던 나탈리를 갈리트 백작이 사왔다는 둥, 백작 부인이 된 지금도 과거의 생활을 버리지 못해 수많은 남자를 애인으로 뒀다는 둥.

소문들이 사실인지 거짓인지는 모르겠지만, 나탈리의 출신에 대해 알려진 것이 없다는 건 분명했다. 귀족 출신도 아닌 나탈리가 백작 부인이 되었다고 해서, 캐서린이 그녀에게 굽실거려야 할 이유가 없었던 것이다.

캐서린의 거만한 질문에도 나탈리는 불쾌한 기색 없이 미소를 지었다. 화려한 얼굴이 부드럽게 풀어지며 그려 낸 미소에는 색기가 흘러넘쳐서, 캐서린은 조금 부럽다는 생각이 들었다.

'남자를 상대해 본 여자라서 저런 미소를 지을 줄 아는 걸까? 나도 저렇게 웃으면 레오나드가 날 사랑해 줄까?'

나탈리처럼 천한 여자에게 잠시나마 부러움을 느낀 것이 부끄러워, 캐서린은 아랫입술을 살며시 깨물었다. 그런 캐서린에게 나탈리가 말했다.

"캐서린 님은 참 예뻐요. 펠타 시 인근에서 캐서린 님의 미모를 따라올 자가 없다고 하더니, 정말이네요. 여자인 제가 봐도 아름다워요."

나탈리의 칭찬이 마치 비아냥거리는 것처럼 느껴져서, 캐서린은 대답하지 않았다. 나탈리는 신경 쓰지 않고 계속해서 말했다.

"캐서린 님. 책 파는 가게의 레드, 그러니까…… 레오나드 님을 가슴에 품고 계시죠?"

레오나드의 이름이 나오자 캐서린은 얼굴을 붉히며 눈을 치떴다.

"당신이 어떻게 레오나드를 알고 있는 거죠?"

레드가 신분을 버리고 펠타 시 구석에 숨어 산 지도 십 년이 넘게 흘렀다. 과거에 공작의 차남이었던 레드가 현재는 비루한 서점의 주인이라는 걸 아는 사람은 몇 되지 않았고, 그 몇 명 중에 그녀 자신이 포함된다는 것이 은근한 자부심이었던 캐서린이다. 그 때문에 나탈리가 그 사실을 안다는 게 불쾌했다.

"책 파는 가게의 붉은 머리. 유명하시거든요."

"그런 이야기를 하려고 부른 거라면 난 이만……."

"캐서린 님, 레오나드 님과 영원한 언약을 맺고 싶지 않으신가요?"

벌떡 일어나려던 캐서린은 다음 순간 들려온 말에 움직임을 멈췄다. 그녀는 엉거주춤한 자세로 나탈리를 쳐다보다가 도로 자리에 앉아, 턱을 살짝 들었다.

"무슨 말이죠?"

"남자들을 사로잡는 여자들의 무기는 아름다움과 젊음이죠. 아름다움도, 사랑스러움도 나이가 들면 자연스럽게 퇴색하게 되어 있어요. 얼굴에는 주름이 생기고 몸의 탄력이 사라져 풍만한 가슴도 축 늘어지게 되는 거죠. 팔뚝과 허벅지에는 살이 붙고, 매끈한 목에도 주름이 깊어지게 된답니다."

"나는!"

"모두가 마찬가지예요, 캐서린 님. 아무리 좋은 화장품을 사용해도, 좋은 약초를 달여 먹어도, 늙어가는 것은 막을 수가 없어요. 남자들은 한때 사랑했던 여자가 늙어가는 것을 견디지 못하고, 또 다른 젊은 여자들을 찾기 시작해요. 젊고 아름답고 사랑스러운 젊은 여자들."

캐서린은 인상을 찌푸렸다. 늙어간다니.

아직 18살인 캐서린은 늙어가는 것에 대해서 깊이 생각해 본 적이 없었다. 자신만은 영원히 이 아름다움을 간직할 거라 생각하며, 콧대를 낮추지 않고 살아왔다.

하지만 나탈리의 말을 듣자, 나이가 드는 것에 대한 두려움이

스멀스멀 밀려오기 시작했다. 주름진 얼굴을 한 자신의 미래를 떠올리는 것만으로도 팔뚝에 소름이 돋았다.

"스무 살이 지나면 차츰 늙어가고, 그것을 막을 수 없게 된답니다. 캐서린 님도 들어 보셨을 거예요. 귀족들이 유독 젊은 하녀를 건드린다는 이야기들. 영원한 사랑을 맹세하고 결혼한 부인이, 아무리 좋은 가문의 여인이어도, 아무리 아름다웠어도, 젊음에 끌리는 마음은 이길 수가 없는 거죠. 아시겠어요?"

캐서린은 파랗게 질린 얼굴로 나탈리를 쏘아봤다. 이 여자가 왜 이런 소리를 해 대는 건지 알 수 없었다.

뭐라 반박을 하고 이 자리를 떠나야 하는데, 오묘한 미소를 띤 나탈리에게는 거부할 수 없는 힘이 있었다. 그 힘이 캐서린을 붙들어 옴짝달싹 못 하게 만들었다.

"캐서린 님."

나탈리가 느릿하게 일어나 캐서린의 옆으로 다가왔다. 그리고 캐서린의 뽀얀 볼을 살며시 쓰다듬었다. 나탈리 따위의 손길을 뿌리칠 수 없었던 이유는, 볼에 닿은 손이 너무나 차가웠기 때문이었다. 몸 깊은 곳을 서늘하게 얼릴 듯한 차가움. 저도 모르게 부르르 떠는 캐서린을 향해, 나탈리가 물었다.

"영원한 젊음을 유지하게 해 드릴까요?"

*   *   *

산바람이 불어와 잭의 연갈색 머리카락을 쓰다듬었다. 잭은 흐트러진 머리를 뒤로 쓸어 넘기며, 들고 있는 보따리를 확인했다. 그 안에는 헤론에게서 얻은 질 좋은 푸슈리가 들어 있었다.

지난달 테드에게 수도에서 열리는 경매에 참가해 항아리를 하나 사다 달라는 부탁을 받고 저택을 떠난 터였다. 라볼르에 가야만 해서 경매에 참가하지 못했지만, 변명할 말을 생각해 두었다. 항아리 가격이 들고 간 돈보다 비싸 구입하지 못했지만, 대신 푸슈리를 좋은 값으로 사왔다고 말할 생각이었다.

문제는 테드를 처리할 방법이었다.

레드 일행에게 정혈귀가 합류했다. 레드 일행이 드디어 정혈귀의 존재를 알게 된 것이다. 클레어는 오래전에 테드의 저택에 와서 잭을 본 적이 있고, 잭이 정혈귀라는 것도 알고 있었다. 그렇다면 테드가 잭의 정체를 알게 되는 것도 시간문제였다.

'이런 상황에서 테오도르의 곁에 있어야 할 필요가 있나?'

테드는 어차피 레드 일행을 감시하기 위한 수단일 뿐이었다. 레드 일행은 무슨 일을 계획할 때마다 테드에게 알려 주었고, 그에 필요한 비용을 받아 갔다. 덕분에 잭은 저택에 가만히 앉아 그들의 계획에 대해 전부 알 수 있었다.

하지만 이젠 상황이 바뀌었다. 그들이 펠타 항에 들어오는 날, 클레어가 잭을 죽이러 올 것이다.

하지만 아직 테드의 처리 방안에 대해 명령받은 것이 없기에, 잭은 마음대로 움직일 수가 없었다. 명령이 내려올 때까지는 테드의 좋은 집사로 남아 있어야만 하기에, 잭은 테드의 저택으로 갈 수밖에 없었다.

사지(死地)로 향하는 기분이다. 당장에라도 클레어가 나타나 목을 벨 것만 같아 식은땀이 난다. 잭은 잠시 멈춰 서 심호흡을 하다가 쓴웃음을 지었다.

'그래 봐야 같은 정혈귀일 뿐이야. 공격에 대비하고 있다가 제대로 싸우면 모치처럼 개죽음을 당하진 않을 거야.'

문득 모치가 알려 준 강해지는 방법이 떠올랐다. 놀랍도록 강한 느낌을 풍기는 클레어를 마주했을 때부터, 그 방법에 대한 생각이 머릿속에서 떠나질 않았다.

끔찍한 방법이기는 하지만, 잔인한 걸로 치자면 나탈리가 더하다. 그녀는 인간이 살아 있는 채로 피를 흘리도록 놔둔다. 인간으로서는 긴 시간 끊임없이 피를 흘리게 한 후, 그 피로 목욕을 한다. 그런 방법도 사용하는데, 모치가 말해 준 방법을 사용해선 안 된다는 법은 없다.

'오늘 밤에 실험 삼아 한번 해 봐야겠군.'

클레어에 대한 두려움이 무엇이든 하게 만들었다. 잭은 결심하며 저택 안으로 발을 내디뎠다.

테드가 문 앞까지 나와 반갑게 잭을 맞이했다. 잭이 예정보다 늦은 것에 대한 의심도, 항아리를 사오지 못한 것에 대한 분노도 없었다. 그는 순수하게 잭의 귀환을 환영했고 또 기뻐했다. 아들처럼 잭을 아껴 주는 테드에 대한 죄책감은 없었다. 정혈귀에게 인간이란 그저 식량일 뿐이었다. 돼지고기를 먹으며 미안해하는 사람이 없듯, 잭 역시 그랬다.

"그나저나 오늘은 손님이 와 있다네."

테드의 말에 잭은 심장이 내려앉는 기분이었다. 레드 일행이 벌써 돌아온 걸까?

"손님……이라면…… 레드 님이 오신 겁니까?"

잭은 애써 평정을 가장하며 물었다. 테드가 미소 띤 얼굴로 고개를 저었다.

"아니, 레드가 아니라네. 내 친척인데…….."

친척이라는 말에 안심하긴 했지만 또 다른 의문이 생겼다.

"친척이 있으셨습니까?"

"응. 먼 친척이라서 나도 잘 몰랐어. 돌아가신 아버지의 동생의 부인의 사촌의 아들이라고 하더군."

"아아. 그렇습니까. 혹여 주인님의 재산을 노리고 온 것은 아닌지…….."

그제야 잭은 평정을 되찾았다. 레드와 관계된 인물이 아니라면, 상대가 누구든 상관없다. 이제 테드의 충실한 집사 노릇만 계속하면 된다.

"아니야, 아니야. 그저 배를 타기 전에 며칠 쉰다고만 했어. 한번 만나 볼 텐가?"

"앞으로 며칠 동안 시중을 들려면 당연히 만나 봬야지요. 실례가 되지 않는다면 지금 인사드리고 싶습니다."

"그래, 다들 뒤뜰에서 쉬고 있다네."

테드가 앞장섰다.

뒤뜰로 나가자 연갈색 머리에 장난기 넘치는 녹색 눈동자를 가진 청년과 진갈색 피부를 가진 차가운 인상의 여자가 앉아 있는 게 보였다. 테드가 잭을 그들에게 소개시켜 주었고, 잭은 그들에게 정중하게 인사했다. 아돌프라는 이름의 청년이 눈에 띄게 굳어 있는 것이 마음에 걸렸지만, 곧 별일 아니라고 생각하며, 잭은 집안으로 돌아갔다.

잭이 사라지자마자 에녹이 테드에게 가까이 다가갔다. 그의 눈동자엔 장난기 대신 공포가 서려 있었고, 입가의 근육은 뻣뻣하게 긴장된 상태였다. 테드는 덩달아 긴장해서 에녹을 쳐다봤다.

"저 남자……."

작은 목소리로 중얼거린 에녹이 다시 입을 다물고, 괴로운 표정으로 고개를 저었다.

"왜 그러시는지요, 에……."

에녹 님, 이라는 말은 에녹의 손에 입이 틀어 막혀 나오지 않았다. 테드는 깜짝 놀랐지만 에녹의 손을 뿌리치진 않았다. 테드가 말을 멈추는 걸 확인한 에녹이 바닥에 쭈그리고 앉더니, 손가락으로 땅에 무언가를 써내려갔다. 테드도 그 옆에 앉아 그가 쓴 글을 확인했다.

[나랑 잠깐 저택에서 멀리 나갈 수 있나? 잭한테는 산책 간다고 하고.]

에녹이 왜 이러는지 알 수 없었지만, 이유가 있을 거라고 생각한 테드는 고개를 끄덕이고 일어났다. 에녹과 잔느가 그의 뒤를 따랐다.

간식을 준비하는 잭에게 가서 산책을 하고 오겠다고 말한 후, 두 사람과 함께 저택을 벗어났다. 험한 산길을 걸어 잎이 무성한 나무 아래서 걸음을 멈췄다. 저택에서 꽤 멀리 떨어진 곳인데도, 에녹은 목소리를 낮춰 말했다.

"남작, 저 남자도 인간이 아니야."

"저 남자라니…… 잭 말씀입니까?"

"응. 인간이 아니야."

"그게 무슨…… 그럴 리가 없습니다, 에녹 님."

테드는 기가 막혔다. 잭이 인간이 아니라니.

"잭은 저와 3년을 함께 있었습니다. 누구보다도 인간답고 정이 많은 자입니다. 개미 새끼 한 마리 허투루 죽이지 않는 사람인데……."

"아니야, 남작. 겉으로 보이는 모습이 어떠하든, 저 남자는 절대 인간이 아니야."

"아닙니다, 에녹 님."

테드는 아들이 욕먹는 것 같아 울컥 분노가 치솟았지만, 왕의 아들인 에녹에게 화를 낼 수는 없었다.

"만약 잭이 혈귀였다면 3년이나 절 가만히 놔뒀을 리가 없습니다. 혈귀들에게 인간은 그저 식량일 뿐인데요. 잭은 늘 제 안위를 걱정하고, 제가 산에서 외로워할 것을 걱정해 주었습니다. 혈귀가 인간의 외로움을 걱정하는 걸 보셨습니까?"

"남작. 마하딘도 똑같아. 인간인 척하면서 인간이 하는 짓은 다 해. 아버님의 건강을 걱정하고, 나라를 위하고. 하지만 그건…… 얼마든 꾸며 낼 수 있는 일이잖아. 내 눈을 믿어야 돼, 남작. 잭은 인간이 아니야."

테드는 하얗게 질린 얼굴로 에녹을 쳐다봤다. 에녹의 눈빛을 믿는다. 하지만 에녹이 의심되는 것도 사실이었다. 타니하르는 에녹을 칭찬했지만, 테드는 그와 제대로 대화를 나누게 된 것이 최근이었다. 처음 대화를 하는 순간부터 에녹은 왕세자가 인간이 아니라는 둥, 혈귀 중에 인간과 똑같은 것이 있다는 둥, 믿어지지 않는 소리만 했다.

테드로선 잭을 의심할 수가 없었다. 가족을 잃은 후, 3년이나 테드의 곁을 지켜 주었다. 가족과도 마찬가지인 잭을 어찌 의심할 수 있겠는가.

이렇게 혼란스러울 때 레드 일행이 없다는 사실이 절망스러웠다. 그들 중 한 명이라도 있으면 의논을 해볼 텐데.

당장에라도 라볼르로 찾아가고 싶은데, 길이 어긋날까 봐 그러지도 못 하겠다.

"부탁이야, 남작. 한 번만 내 말을 믿어 줘. 적어도 남작이 말한 혈귀와 싸우는 자들이 돌아올 때만이라도. 남작이 죽는 걸 원치 않아. 날 도와줄 사람은 남작뿐이야."

에녹의 간절한 눈빛이 테드의 마음을 흔들었다. 왕실에서 자라 세상 물정 모르는 에녹을 버릴 만큼, 테드의 마음은 모질지 못했다.

"남작이 마을에 가기 싫어하는 마음은 알겠지만, 그들이 돌아올 때까지만 제발 저택을 떠나 있자. 부탁이야, 남작."

테드는 작게 신음을 흘렸고, 결국 고개를 끄덕이고 말았다.

"알겠습니다, 에녹 님."

나무 위에 몸을 숨기고 있던 잭은 싸늘한 미소를 지었다.

'아돌프가 아니라 에녹이었군. 뭐 하는 놈이기에 테오도르가 저리도 굽실거리는 거지?'

잭은 에녹이 왕의 아들이라는 것을 알지 못했다.

'게다가 어떻게 왕세자의 정체까지 알고 있는 거지? 왕실 사람인가?'

에녹의 정체가 뭐든, 정혈귀에 대해 아는 사람이 늘었다. 테드와 에녹, 그리고 에녹 옆의 여자. 아직은 정혈귀가 알려져서는 안 되는 시기다. 저 셋은 처치해야만 한다.

'하지만 내 마음대로 테오도르를 죽일 수는 없지.'

테드와 에녹은 저택과 반대쪽으로 걸어가고 있었다. 아마 산을 벗어나 도시로 가려는 것이리라.

'나탈리 님께 보고해야겠어.'

잭은 건너편 나무로 몸을 날려, 테드 일행보다 빠르게 산에서 내려가기 시작했다.

*　　　*　　　*

아란이 가진 바람의 권능으로 배의 속도를 빠르게 할 수 있다는 사실을, 레드 일행은 뒤늦게 깨달았다. 아란이 땀을 흘릴 정도로 힘을 사용한 끝에, 그들은 예정보다 닷새 더 빨리 펠타 항에 도착할 수 있었다. 해가 서서히 저물어 가는 시간이었다.

"클레어, 피는…… 더 안 필요한 거냐?"

배에서 내리기 전, 레드가 뒤에 서 있던 클레어에게 조용히 물었다.

"그래. 인간의 피가 주는 힘은 정말 놀랍구나. 보통은 일주일이면 배가 고파지는데."

클레어가 솔직하게 말하고 덧붙였다.

"아이야. 난 두 번 다시는 네 피를 마시지 않을 것이다."

"잠잘 때 몰래 먹어 주지."

"나는 잠을 자지 않는다."

클레어가 단호하게 대답했지만 레드는 무시했다. 클레어가 위험한 상황이 오면 언제든 피를 줄 생각이었다. 그녀가 싫다고 하면 억지로 붙잡아서라도 먹일 것이다. 클레어가 고통스러워하는 모습은 두 번 다시 보고 싶지 않다. 그녀의 마음에 다른 남자가 자리 잡고 있어도 괜찮았다. 그녀의 웃는 얼굴만 볼 수 있다면 무엇이든 할 수 있다.

"앞으로의 일정은?"

아란이 레드를 돌아보며 물었다. 타니하르는 항구에 도착하자마자 어딘가로 사라져 버린 후였다.

"일단 아란이랑 유키는 포테인 자작을 만나서 그동안 펠타에 무슨 일이 있었는지 알아봐. 혈귀로 인한 피해나 의문스러운 실종 같은 것들이 많이 일어났는지에 대해서. 나랑 라울은 테드를 데리러 갈게."

"테드, 무사하겠지?"

유키가 걱정스럽게 물었다.

"모르지. 죽었으면 별수 없는 거고."

대수롭잖다는 듯 대꾸하는 레드의 눈에도 근심이 서려 있었다. 레드는 한숨을 내쉬며 펠타 시 동쪽으로 솟아 있는 보텔로 산을 노려봤다.

"살아 있으면 밧줄로 묶어서라도 끌고 내려와야겠어."

"조심해라, 레드. 잭이랑 마주칠 수도 있다."

아란이 말했다.

"마주치면 뭐…… 이 무기를 사용해 볼 수 있겠지."

레드는 헤론이 만들어 준 단검과 활을 확인하며 미덥지 않다는 듯 말했다.

펠타로 오는 내내 체술의 기초를 수련하려 했지만, 아무도 성공하지 못했다. 성공은커녕 몸 안에 흐르는 힘을 느낀다는 의미조차 제대로 파악하지 못한 상태였다. 믿을 것은 헤론이 만들어 준 무기뿐이지만, 그조차도 쓸모가 있을지 의문스러웠다.

"금빛의 아이야."

조용히 서 있던 클레어가 유키를 불렀다. 유키의 호박색 눈동자가 클레어에게로 향했다.

"전에 말한 갈리트 백작 부인이 사는 곳이 어디냐?"

클레어의 질문에 유키가 고개를 갸우뚱하더니 동쪽을 가리켰다.

"저쪽에 있기는 한데…… 왜?"

"나는 그 여자를 만나 보마."

"안 돼."

레드가 이유를 들을 것도 없다는 듯 단호하게 말했다. 하지만 클레어는 레드를 쓱 쳐다보고는 다음 순간 땅을 박찼다. 레드 일행 중에 클레어를 따라잡을 만한 사람은 없었기 때문에, 다들 어안이 벙벙해져서 클레어가 있었던 자리를 쳐다봤다. 뒤늦게 레드가 버럭 소리를 질렀다.

"아, 클레어! 대체 왜 저렇게 혼자서 움직여 대는 건데! 확 해체되고 싶나!"

"그거야 우리가 둔해 빠졌고 약해 터졌기 때문이겠죠. 달고 다니기 힘들지 않겠어요?"

라울이 빙그레 웃으며 신랄하게 말했다.

"전에 클레어가 그 여자 강하다고 했었는데, 괜찮을까?"

"안 괜찮지, 당연히! 저번에 배에서 자기 손목을 막 베어 내는 거 못 봤냐? 클레어는 위기의식이라는 게 없어! 죽으면 죽고, 말면 말지야, 완전!"

당장이라도 클레어의 뒤를 쫓아갈 듯한 레드를, 아란이 잡아세웠다. 아란이 신중한 눈동자로 레드를 노려봤다.

"레드, 정신 차려. 클레어는 자기 몸 하나 지킬 수 있을 정도로는 강해. 네가 따라가 봐야 인질밖에 더 되겠냐?"

"난 강해, 아란."

"그래. 우리들 중에선."

"……."

"클레어가 무모하기는 해도 생각은 하고 움직이니, 우리는 우리 계획대로 하는 게 좋을 것 같다."

"난 클레어가 아픈 게 싫다, 아란."

"그래. 하지만 네가 클레어 앞에서 다치면, 그녀도 즐거워할 것 같진 않군."

"……."

"당신은 클레어만 관계되면 머리통이 물렁물렁해지나 봅니다. 정신 좀 차리고 행동하세요."

라울의 질책에 레드는 작게 한숨을 내쉬었다.

"맞아. 내가 좀 흥분했다. 내가 따라가 봐야 방해만 되겠지."

클레어는 속도를 올렸다. 레드의 피를 마신 지 한참 지났는데
도 몸에는 여전히 힘이 넘쳤다. 인간의 피를 마셨다는 이유로 힘
이 솟는 자신의 육체가 끔찍하게 싫었다. 짐승과 몬스터의 피를
마시며 어떻게든 부정하려고 애썼던 진실이 깊숙이 들어와 클레
어를 괴롭혔다.

> "봐봐. 인간의 피를 마시니까 좋잖아. 넌 정혈귀야. 아
> 무리 노력해도 결국은 정혈귀였던 거야."

클레어와 똑같은 목소리가 머릿속에 울려 퍼졌다.

> "아혈귀들을 좀 죽인다고, 정혈귀들과 반대되는 편에
> 섰다고 인간이라도 된 줄 알았니? 아니야. 네가 아무리 아
> 혈귀들을 죽여도, 넌 인간이 될 수 없어. 앞으로도 쭉 인
> 간의 피는 너를 강하게 만들어 줄 거고, 너는 점점 더 인
> 간의 피를 원하게 될 거야. 좋지 않니? 구역질도 나지 않
> 고 고통도 없는 이 기분. 한참 동안 피를 마시지 않아도
> 허기지지 않는 이 느낌. 굉장하지 않아?"

아니, 굉장하지 않다.

클레어는 속에서 울리는 목소리를 떨쳐 내려 했지만 그것은

아주 집요하게 클레어에게 들러붙어 있었다.

　　"부정하지 마. 그냥 받아들여. 잘 됐잖아. 붉은 머리 아
　이가 자기 피를 제공하겠다고 하는데 거부할 이유가 뭐가
　있어? 자기 좋다고 하는 일인데. 실컷 마시고 강해지는 거
　야. 강해지면 네가 죽이고 싶은 것들을 다 죽일 수 있어.
　네 세상이 되는 거야."

　내 세상 따위는 원치 않아!
　클레어는 젠의 얼굴을 떠올리려고 애썼다. 남자치고는 예쁘
장했던 그 얼굴, 반짝반짝 빛나는 황금빛 머리카락. 부드러운 목
소리와 달콤한 입술, 그녀를 신뢰하는 그의 녹회색 눈동자.
　그의 얼굴을 하나하나 떠올리고 나니 조금 진정되었다. 환청
따위에 시달릴 때가 아니다.
　지난번 보았던 주홍 머리의 정혈귀, 갈리트 백작 부인이란 여
자는 몹시 잔혹해 보였다. 그녀는 어린아이까지도 스스럼없이
해쳤다. 그 여자가 언젠가 큰 위협이 될 거라는 생각이 들었다.
　레드의 피를 마신 덕에 강해졌으니, 다시 허기가 찾아오기 전
에 그 여자를 처리해야만 했다.

　나탈리는 피로 가득한 욕조에 몸을 담그고 있었다. 욕조 위에
걸려 있는 갈고리에는 젊은 처녀 세 명이 걸려 있었다. 두 명은

죽었고, 한 명은 아직 살아 있었지만 이젠 비명을 지를 기운도 없는 듯 간간이 신음만 흘리고 있었다.

나탈리는 한쪽 팔을 욕조 가장자리에 걸치고, 고개를 뒤로 젖혔다. 입술을 살짝 벌리자 떨어지는 핏방울이 입안으로 들어왔다.

'슬슬 힘이 돌아오고 있나?'

캐서린에게 피를 주고 나흘이 지났다. 자기 몸에서 피를 빼내는 것은 괴로운 일이다. 인간이 다쳐서 피를 흘리는 것과는 차원이 다르다.

온몸이 산산조각 나는 것 같은 고통이 일어나고, 그 후에 힘이 쫙 빠져 다리가 풀린다. 숨을 쉬지 않아도 살 수 있지만 숨통이 조이는 것 같은 느낌이 들고, 자꾸 구역질이 난다. 그 구토 증상 때문에 인간의 피를 제대로 마실 수도 없었다.

'오늘은 좀 괜찮은 것 같은데…….'

오늘에서야 인간의 피를 제대로 마실 수 있게 되었다. 지하 감옥으로 내려오자마자 다섯 명의 피를 마셨다. 어떻게든 빨리 힘을 되찾고 싶었다.

나탈리는 손가락 끝으로 핏물을 찰방거리며 지하 감옥 안을 둘러봤다. 남은 인간은 이제 세 명. 조만간 노예상이 들어오면 노예들을 사들여야 할 것 같다.

나른하게 누워 있는데 지하 감옥의 문이 열리는 소리가 들렸다. 나탈리는 느긋하게 계단 쪽을 쳐다봤다.

여느 때보다 서두르며 내려온 잭이 나탈리에게 깊이 허리를 굽혀 인사한 후 말했다.

"테오도르가 정혈귀에 대해 알게 되었습니다."

"흐응…… 그래? 붉은 사자 일행이 벌써 돌아온 거니?"

"아니요. 에녹이란 자가 알려 줬습니다. 왕세자님이 정혈귀라 는 것도 알고 있더군요."

"에녹이라고?"

나탈리가 벌떡 일어났다. 피에 젖은 나체가 드러나자 잭은 얼 굴을 붉히며 고개를 옆으로 돌렸다.

"에녹을 아십니까?"

"그래. 카세 님의…… 동생이야."

"왕세자님의 동생이라고요?"

"그래. 왕의 다섯 번째 아들. 그 꼬맹이가 어떻게 정혈귀에 대 해 알게 된 거지?"

"……."

"어때? 강해 보이든?"

"아니요. 가드인 듯한 여자는 강해 보였지만, 우리를 상대할 정도는 아니었습니다. 아마 왕세자님이 정혈귀인 것을 알고 도 움을 청하러 온 것 같았습니다. 그걸로 봐선 아무 힘이 없다는 뜻이 되겠지요."

"그래, 그렇구나. 하긴. 위협적인 인물이었다면 카세 님이 벌 써 전언을 주셨겠지."

나탈리는 다시 욕조 안에 몸을 뉘였다.

"난 지금 너무 약해졌어. 이 상황에서 적이 늘어나면 안 돼. 붉은 사자 일행은 어때? 돌아온 것 같니?"

"아직 아무 소식 없습니다. 테오도르는 어떻게 할까요?"

"데리고 와."

"이곳으로 말씀입니까?"

"응. 이제 셋밖에 안 남았어. 피가 더 필요해."

"에녹과 가드는 어떻게 할까요?"

"왕의 핏줄이라면 피가 좀 더 진하려나? 에녹은 데리고 와. 여자는 네가 알아서 하고."

조급해 보이는 나탈리의 모습이 안쓰러워, 잭은 미간을 살짝 좁혔다. 바보처럼 들릴까 봐 지금껏 하지 못했던 말을, 나탈리에게 해도 좋을지 망설여졌다.

"뭐해, 안 가고?"

"저…… 모치에게 들은 이야기가 있는데……."

"무슨 얘기?"

"빠르게 강해지는 방법에 대해서 들었습니다."

"그런 방법이 있어?"

나탈리는 피에 젖은 주홍빛 머리카락을 뒤로 넘기며 잭을 올려다봤다.

"믿을 만한 이야기인지는 모르겠지만……."

그렇게 서두를 꺼낸 잭은 목소리를 낮추고 모치에게 들은 방법에 대해 알려주었다. 나탈리는 여느 때보다 눈을 빛내며 잭의 이야기를 들었다. 감옥을 나와 테드를 찾으러 떠나며, 잭은 나탈리가 그 방법을 사용할 것임을 확신했다.

*　　*　　*

비좁은 여관방에 들어간 테드는 초조하게 방안을 거닐었다. 에녹의 말을 듣고 산에서 내려오기는 했지만, 이것이 과연 옳은 선택인지 알 수 없었다.

잭이 혈귀라니.

믿을 수가 없었다. 3년 동안 테드의 곁을 지키며, 수족처럼 행동했던 잭이었다. 잭은 이제 고용인을 넘어서 아들과 같은 존재가 되었다. 늦은 밤 악몽을 꿀 때면 기가 막히게 알아채고 찾아와 위로를 해 주었던 잭이 혈귀일 리가 없다.

아무리 인간과 똑같은 혈귀가 있다고 해도, 그들이 그토록 다정하게 행동할 수는 없을 것이다. 혈귀는 짐승, 그 이상도 이하도 아니니까.

한참 동안 신음을 흘리며 방을 왔다 갔다 하던 테드는 결국 에녹의 방으로 찾아갔다. 에녹은 그동안 뒤집어쓰고 있던 두건을 벗고 침대에 누우려는 참이었다.

"에녹 님. 아무리 생각해도 잭은 혈귀가 아닙니다."

"남작⋯⋯."

"전 다시 저택으로 돌아가야겠습니다. 잠시나마 잭을 의심한 제 자신이 경멸스러울 지경입니다."

"그냥 단 며칠이라도 여기에 있을 수는 없는 거야? 만에 하나를 생각해야 하잖아."

"아니요, 에녹 님. 잭은 절대로 혈귀가 아닙니다. 애초에…… 인간과 똑같은 혈귀가 있다는 말을 믿기 어렵습니다."

에녹의 표정이 일그러졌다. 에녹은 괴로운 듯 두 손으로 얼굴을 감쌌다.

"남작. 그럼 내가 미친 거라고 생각하는 거야?"

"그, 그런 게 아닙니다."

"그런 말이잖아."

"아닙니다, 에녹 님. 에녹 님도 이러시는 이유가 있으시겠죠. 어쩌면…… 불경한 말이지만, 어쩌면…… 왕세자님께서 에녹 님께 위협을 느끼고 제거하려는 생각을 가지고 계실지도 모르고요. 왕세자님의 그런 마음을 에녹 님께서 인간이 아니라고 오해하신 걸지도 모릅니다."

"살기(殺氣)가 어떤 건지는 알아. 첫째 형님은 늘 죽일 듯이 날 노려보니까, 날 죽이려는 사람들이 어떤 눈빛을 하고 있는지는 안다고."

"에녹 님."

"알았어, 가. 더 이상 애원하지 않을게. 애초에 누구 도움을 받을 생각도 없었으니까."

에녹이 고개를 들고 말했다. 그의 눈동자에는 잔잔한 노기와 실망이 담겨 있었다. 테드는 에녹을 똑바로 볼 수가 없었다.

"함께 가시지요, 에녹 님. 이곳은 너무 허름합니다."

"아니. 난 스스로 사지(死地)에 기어들어가는 짓은 하지 않을래. 불편한 게 나아. 가 봐, 남작."

테드는 도망치듯 에녹의 방에서 나왔다. 에녹을 두고 가는 것이 마음에 걸리기는 했지만, 에녹보다는 책이 더 소중했다.

테드는 에녹의 옆방에 있는 잔느의 방문을 두드렸다. 문을 연 잔느가 테드를 향해 미심쩍은 시선을 보냈다. 테드는 허리에 매고 있던 주머니를 꺼내 잔느에게 건넸다.

"2골드 정도 들어 있네. 이 돈이면 당분간 에녹 님을 편하게 모실 수 있을 거야."

"저택으로 돌아가는 건가?"

잔느가 차갑게 물었다.

"그래."

"에녹 님을 믿을 수 없나 보군."

"자네는 믿나?"

"당연하지. 이 돈은 고맙게 쓰겠다."

잔느는 싸늘하게 말하고 문을 탁 닫았다. 경멸받은 기분이 들어 불쾌했지만, 테드는 개의치 않고 서둘러 여관에서 나왔다.

* * *

경비대 본청에서 포테인 자작을 만난 아란과 유키는 조용한 회의실로 안내를 받았다. 두 사람의 맞은편에 앉은 포테인 자작은 그간의 정황을 알려주었다.

"혈귀들의 움직임은 비슷했네. 다만 자네들이 없어서 피해를 줄일 방법이 없었어. 관문 밖 농가 지역이 거의 전멸했네. 사람들에게는 알 수 없는 전염병이 돌고 있다고 알렸고, 시체는 소각했다네."

"그럼 농가 쪽엔 아무도 안 살게 된 겁니까?"

"아직 몇 집 남아 있기는 하지만, 대부분이 죽거나 마을을 떠났네. 남은 사람들을 관문 안으로 들이려고 준비하는 중이었어. 그리고 보텔로 산 인근에서 비쩍 말라붙은 시체들이 다수 발견되었네. 목덜미에 송곳니 자국이 있는 걸로 봐서 혈귀의 짓인 것 같긴 한데……."

포테인 자작이 고개를 갸우뚱하며 덧붙였다.

"이상한 게, 혈귀들은 한꺼번에 달려드는 경우가 많지 않나? 그래서 여기저기 송곳니 자국이 남아 있게 되지. 그런데 이번에 발견된 시체들은 목덜미 한 군데에만 자국이 남아 있더군. 각자 한 명씩 처리하기로 한 걸까?"

아란은 '정혈귀'의 짓일 거라고 짐작했지만 구태여 설명하진 않았다. 아직 상대할 방법도 찾지 못한 상황에서 정혈귀에 대해 알리면, 클레어의 입장도 난처해지기 때문이었다.

그때, 포테인 자작이 놀라운 말을 꺼냈다.

"어쩌면 백작님이 말씀하신 대로, 인간 같은 혈귀의 짓인지도 모르겠군."

"헉!"

아무 생각 없이 앉아 있던 유키가 깜짝 놀라 이상한 소리를 냈다. 포테인 자작이 왜 그러냐는 듯 유키를 쳐다봤지만, 말은 아란이 했다.

"인간 같은 혈귀라니…… 누가 그런 말을 했습니까?"

"그거야…… 갈리트 백작님이지."

"큽……!"

이번에도 유키가 숨을 들이켜며 바람 새는 소리를 냈다. 유키는 얼른 두 손으로 입을 가렸지만, 포테인 자작은 이상함을 눈치챘다.

"설마…… 자네들도 그런 혈귀에 대해 알고 있는 건가?"

"네, 알고 있습니다."

"거 서운하군! 왜 나한테 말해 주지 않은 건가?"

"우리도 알게 된 지 얼마 안 됐습니다. 상대할 방법도 잘 모르고."

"상대할 방법을 잘 모르다니…… 인간 같은 것들이 짐승 같은 것들보다 강하다는 건가?"

"갈리트 백작님도 상대하는 방법에 대해선 모르시는 겁니까?"

아란이 대답대신 다른 질문을 했지만 포테인 자작은 순순히 말했다.

"나도 자세히는 듣지 못했는데, 이곳으로 오시는 중이라네. 만나 봐도 괜찮겠지?"

아란은 가볍게 고개를 끄덕이고 갈리트 백작이 오기를 기다렸다. 갈리트 백작 부인은 정혈귀이다. 어쩌면 갈리트 백작 본인도 정혈귀일지 모른다는 생각이 들었다. 만약 그가 정혈귀라면 어떻게 알아볼 것이며, 또 어떻게 상대를 해야 하는가.

체술도 익히지 못한 상태에서 정혈귀를 상대할 도리가 없었다. 만약 그가 정혈귀라면 이곳에서 몰살을 당하는 것이다.

'이럴 줄 알았으면 밥이라도 먹고 올걸 그랬군.'

약간 배고픈 상태였기 때문에, 아란은 이대로 죽을지도 모른다는 사실이 절망스러웠다. 아란이 그동안 먹고 싶었던 음식들을 하나, 하나 떠올리고 있을 때 회의실의 문이 열렸다.

갈리트 백작은 40대의 남자로, 중후하고 신중한 외모를 가지고 있었다. 과거에 기사단에서 활동했다던 그는 단단한 신체와 예리한 시선을 자랑했다. 현재는 펠타 시의 시장으로, 평민이나 귀족들에게 차별 없이 펠타 시를 잘 운영하고 있어서, 아란도 상당히 마음에 들어 했었다. 갈리트 백작 부인이 정혈귀라는 것을 알게 되기 전까지는.

"얘기 많이 들었네, 아발란체 소장."

안으로 들어온 갈리트 백작이 아란에게 악수를 청했다.

"아란이라고 불러 주십시오."

아란은 일어나서 그 손을 잡았다. 손은 따뜻하고 단단했다.

'혈귀는 아닌가?'

클레어의 몸은 가까이 있기만 해도 추워질 만큼 차갑다. 갈리트 백작의 손이 따뜻한 걸로 봐서는 정혈귀가 아닐 가능성이 높다.

"자네는 유키지? 듣던 대로 귀엽게 생겼구먼."

갈리트 백작은 어린 유키에게도 악수를 청했다. 유키는 깜짝 놀라 일어나서 그와 악수를 했다.

"자, 편하게들 앉게. 너무 어렵게 생각할 거 없네."

갈리트 백작이 말했다.

"그동안 자네들이 펠타 시를 위해 애써 줬다는 것을 알고 있네. 포테인 자작이 밤샐 기세로 칭찬을 하더군."

결국 포테인 자작에게서 말이 새어 나간 것 같다. 유키가 포테인 자작을 노려보자, 그는 고개를 설레설레 저었다. 자기가 먼저 얘기를 꺼낸 것이 아니라는 뜻이다.

"아, 오해 말게. 내가 먼저 포테인 자작에게 혈귀에 대한 이야기를 꺼냈네. 혈귀에 대해, 알고 있었거든."

"그걸 대체 어떻게 아셨습니까?"

아란의 질문에 갈리트 백작은 품에서 무언가를 꺼냈다. 그것은 금으로 만든 메달이었다. 둥근 원 안에는 날개 달린 듀나스가 나팔을 불고 있는 조각이 새겨져 있었다.

그걸 본 아란과 유키의 눈이 휘둥그레졌다.

"이건……."

"내가 과거에 기사였다는 것은 들어 봤겠지?"

아란은 상대가 백작이라는 것도 있고 고개를 주억거렸다. 그만큼 메달이 상징하는 의미가 깊었기 때문이었다.

"어느 기사단인지는 들어봤는가?"

"아니요. 하지만 설마……."

"그래, 난 아모펠츠 교국의 성기사였네."

"이런……!"

아모펠츠 교국.

아모른을 섬기는 교황이 다스리는 나라인 아모펠츠 교국은, 세 개의 커다란 나라 사이에 끼어 있지만 아무도 침략할 생각을 하지 못하는 독립적인 국가였다.

신도가 줄어들고 있다고는 해도, 아모른 교는 아직 대륙에서 가장 큰 종교였다. 게다가 교국의 국민들은 모두 검술을 사용할 줄 알았고, 그들 중 가장 강한 자들이 성기사가 되었다.

성기사들은 일반 기사나 마력사와는 조금 다른 힘을 사용했다. 아모른의 성력이 바로 그들의 힘이었다. 성기사들이 검에 푸른색 성력을 두르면 눈이 부시도록 멋진 장관이 펼쳐졌다.

"혈귀 전설은 대륙에서 떠도는 소문이 되어 버렸지만, 아모펠츠 교국에서 혈귀 전설을 믿지 않는 자는 없네. 혈귀 전설은 아주 오래전부터 쭉 이어져 오고 있었거든."

갈리트 백작이 천천히 설명했다.

"혈귀가 잠잠해 진 기간이 있기는 했지만, 우리들은 늘 혈귀가 다시 등장할 것을 대비해 왔다네. 그리고 그때가 온 거지. 백 년 전부터 성기사들 중 몇 명의 신분을 위장해 각 나라로 보내고 있어. 나도 그중 한 명이고."

"이유가 뭐예요?"

유키의 질문에 갈리트 백작이 부드럽게 웃었다.

"인간과 같은 혈귀가 인간들 사이에 섞여 들어가 있는 것을 막기 위해서지. 인간과 같은 혈귀는 정혈귀라고 한다네."

"알아볼 수 있는 거예요? 정혈귀를?"

"성력을 눈에 모이게 하면, 평범한 사람들 눈에는 보이지 않는 것들을 볼 수 있게 되지. 영혼이라던가, 정혈귀의 정체 같은 것들."

"정혈귀가 어떤 식으로 보여요?"

유키는 백작이 클레어를 알아볼까 봐 두려워서 열심히 캐물었다. 레드 일행이 정혈귀를 데리고 다닐 거라 상상도 하지 못한 백작은 의심 없이 대답했다.

"검은색 해골로 보인다네."

"헉!"

유키가 세 번째로 괴상한 소리를 냈다. 그 반응을 무서워서 그런 거라고 오해한 갈리트 백작은 껄껄 웃으며 유키를 안심시켰다.

"걱정 말게. 지금 그 정혈귀에 대비해서 사람들을 불렀거든."

"그 정혈귀……라니요?"

불렀다는 사람들보다, 백작이 파악하고 있는 정혈귀가 누구인지가 더 걱정이었다. 클레어를 말하는 것이라면 큰일이다.

"나탈리. 내 부인이 정혈귀거든."

백작의 대답을 들은 유키는 속으로 안도의 한숨을 쉬었다. 클레어가 아니다. 다행이다. 앞으로 클레어가 이 남자를 만나지 못하도록 주의하기만 하면 된다. 포테인 자작은 이미 들어서 알고 있었는지 놀란 기색을 보이지 않았다.

"불렀다는 사람들은 누굽니까?"

아란이 물었다.

"성기사들."

"몇 명이나 옵니까?"

"일단 다섯 명을 보내 주겠다고 했네."

"다섯 명으로…… 가능할까요?"

"글쎄. 성기사라고는 해도 다들 실전은 처음이지. 정혈귀와 싸우던 시대는 아주 오래전이니까. 난 성기사들의 힘만 가지고는 정혈귀 한 명도 상대하기 힘들다고 보는데, 교국 쪽에선 힘을 과신하고 있어. 나까지 포함해서 여섯 명이면 충분하다는 거지."

아란은 성기사들이 가진 성력이 혈귀에게 어떤 효과를 주는지 알 수 없었기 때문에, 무어라 대답할 수가 없었다.

"뭐, 아혈귀들은 어렵지 않게 처리하는 편이니 여섯 명이면 가능할지도 모른다는 생각이 들어. 나탈리와 자주 만나는 정혈귀는 한 명뿐이더군. 자네들 동료의 저택에서 일하는 남자. 알고 있었나?"

"네, 알고 있었습니다."

"하하하. 유능하다더니 정말이었군. 정혈귀에 대해 이미 파악하고 있었던 건가?"

아란은 조금 죄책감이 들었다. 안다고는 해도 클레어에게 들어서 아는 것일 뿐이다. 클레어가 없었다면 잭이 혈귀라는 것은 커녕, 정혈귀라는 것에 대해서도 새까맣게 몰랐을 것이다.

"부인이 정혈귀라는 걸 아셨는데, 왜 이제야 성기사들을 부른 거예요?"

"성기사들은 교국에서 멀리 떠나게 되면 성력이 점점 사라지거든. 난 내 부인이 정혈귀라는 것을 몇 달 전에야 알게 되었다네. 그전까지는 성력을 발휘해 확인할 생각조차 못 했지."

그래도 한때는 사랑해서 결혼한 여인이었을 것이다. 백작은 쓸쓸하게 웃으며 말했다.

"자네들도 혈귀를 상대했으니, 자네들 힘까지 빌리면 정혈귀 둘은 해치울 수 있을 거야. 어떤가? 도움을 줄 텐가?"

정혈귀를 처리하려면 클레어의 힘이 필요하다. 하지만 성기사들 앞에서 클레어의 정체를 보일 수는 없는 노릇이기에, 쉽게 대답할 수가 없었다.

갈리트 백작은 아란과 유키의 머뭇거림을 두려움으로 해석했다.

"걱정 마. 우리가 상대할 때쯤에, 나탈리와 잭의 힘은 약해져 있을 테니까."

"어, 어떻게요?"

유키가 눈을 동그랗게 떴다. 백작이 자랑스럽게 웃으며 말했다.

"아모른 님께서 축복해 주신 성수가 혈귀들에게 치명적이라는 것을 알고 있는가? 얼마 전에 수십 통의 성수를 들여왔다네."

"아, 성수……."

클레어가 아모른의 성수도 효과가 있다고 했던 말이 떠올랐다.

"저택에 나탈리가 지하 감옥을 만들어 놨더군. 그 근처에 있는 나무들에 물 뿌리는 기계를 설치해 놨네. 하루에 세 번씩 거기서 성수가 뿌려질 거야. 거기에 맞으면 제아무리 강한 정혈귀라도 한동안은 힘을 쓰기 힘들어지겠지."

그 말에 아란이 벌떡 일어났다. 별생각 없이 고개를 끄덕이던 유키도 뒤늦게 깨닫고 아란을 따라 일어났다. 갑작스러운 반응에 백작과 자작이 눈을 크게 뜨고 두 사람을 쳐다봤다.

"싸움에는 합류하겠습니다. 하지만 지금은 가 봐야겠습니다."

아란이 서둘러 문으로 향했다.

"어, 어딜 가는 겐가?"

백작의 다급한 질문에, 아란은 뒤도 돌아보지 않고 말했다.

"동료를 만나러 갑니다."

레드와 라울은 숨이 목까지 차올랐지만 쉬지 않고 산을 올라 갔다. 테드는 혈귀에게 가족을 잃었다. 테드까지 당하게 할 수는 없었다.

한참 달려가던 레드가 문득 걸음을 멈췄다. 라울은 레드의 뒤에 서서 숨을 헐떡거리며 물었다.

"왜 그래요?"

"쉿."

레드가 검지를 입에 대고 주위를 둘러봤다. 주위는 새 울음소리조차 없이 조용했다.

"오만돈이다."

레드가 말했다.

"오만돈이요? 골치 아프게 됐네요."

라울이 작게 신음하며 이마의 땀을 닦았다.

"내가 처리할게요, 레드. 당신은 먼저 테드를 만나러 가요."

"그래."

레드는 라울의 어깨를 툭 치고, 다시 달리기 시작했다. 라울은 레드가 멀어지는 것을 확인하고 나무 위로 올라가 자리를 잡았다. 저 멀리서 긴 수풀이 움직이는 게 보였다. 상당히 먼 거리였는데, 레드가 어떻게 눈치를 챈 건지 모르겠다.

라울은 검처럼 허리에 차고 있던 장총을 들고 움직이는 수풀을 확인했다. 오만돈의 피부는 총알이 뚫고 들어가지는 못하지만, 눈동자를 명중시키면 상당한 타격을 줄 것이다.

'이 총, 정말 괜찮을까?'

클레어가 믿으라고 해서 가지고 오기는 했지만, 역시 불안하다. 쏘는 순간 폭발할 것 같아서 걱정스러웠다.

'별수 없지.'

은색의 총신에 그립은 나무로 장식되어 있었다. 총구 근처에 돌릴 수 있는 링 같은 것이 끼워져 있었고, 거기에 작은 글자로 뭔가가 쓰여 있었다. 이제야 그것을 발견해서 확인해 보고 싶었지만, 오만돈을 처리하는 게 우선이었다.

'일단 쏘자.'

오만돈의 머리가 보였다.

'조금만 더 가까이 와라. 눈알을 뚫어 주마.'

만약 이 총의 힘이 강하다면 오만돈의 눈알뿐 아니라 머리통까지도 부술 수 있을 것이다. 하지만 총은 크기에 비해 가벼웠고, 이렇게 가벼운 총이 강한 힘을 낼 수 있을 것 같진 않았다.

일단 눈에 상처를 낸 후, 고통스러워하는 오만돈의 머리를 총으로 후려치면 된다. 계획을 짜는 것과 동시에, 오만돈의 머리를 부수는 것보다 총이 먼저 파괴될 것 같다는 생각이 들었지만 이제 와서 다른 계획을 찾을 수는 없었다. 잭과도 싸워야 할지 모르는 상황에서, 오만돈까지 근처를 돌아다니게 할 수는 없다.

수풀 사이로 오만돈의 눈이 보였다. 라울은 가늠쇠로 오만돈을 정확히 겨냥한 후, 방아쇠를 당겼다.

타앙—

온몸에서 힘이 빨려 나가는 듯한 느낌을 받은 것은, 총성이 울리기 바로 직전이었다. 아주 짧지만 강력한 충격이 라울을 덮쳤다. 갑작스러운 느낌에 나무에서 떨어질 뻔했지만, 간신히 균형을 잡았다.

쿠웅—

둔중한 소리와 함께 오만돈이 쓰러졌다. 라울은 오만돈을 살펴볼 생각도 하지 못한 채, 들고 있는 총을 내려다봤다.

'뭐지?'

분명 힘이 빨려 나가는 느낌이 들었다. 피가 빨린다면 그런 기분일 것 같았다. 하지만 몸은 멀쩡하고, 힘이 줄어든 기분이 들지도 않는다.

'뭐였지, 방금 그건?'

총 상태는 멀쩡했다. 기이한 흑마력을 취한 것처럼 색깔이 변한 것도 아니고, 부서지려는 기미도 보이지 않았다.

'내가 착각한 건가?'

라울은 그제야 오만돈을 떠올리고는, 그것이 있었던 위치를 확인했다. 수풀은 잠잠했다.

'죽은 척하는 건가? 아니면 정말 죽은 건가?'

라울은 다시 총을 겨냥하고 한동안 숨을 죽인 채 움직임이 보이기를 기다렸다. 하지만 한참 시간이 지나도 오만돈이 다시 일어서는 기미는 없었다.

'죽었단 말이야? 총 한 방에?'

오만돈이 총알 한 방에 죽을 정도로 약한 몬스터였다면, 사람들이 보텔로 산을 두려워할 이유도 없었다. 라울은 인상을 찌푸리고 나무에서 내려왔다. 어쨌든 오만돈이 확실히 죽었다는 것을 확인해야 한다.

충분히 경계를 하며 수풀을 헤치고 나아갔다. 비릿한 피비린내가 풍겨왔다. 역겨운 냄새에 한 손으로 코를 틀어막은 라울은, 수풀 사이에 쓰러져 있는 그것을 발견했다.

"하?"

한탄인지, 탄성인지 모를 소리가 튀어나왔다.

오만돈은 죽었다. 굳이 가까이 가서 확인하지 않아도 알 수 있었다.

"어떻게 된 거야, 이게?"

라울이 놀랄 수밖에 없는 이유가 있었다. 오만돈의 상체가 산산조각이 나 있었던 것이다.

"아니, 대체 어떻게……."

라울은 눈앞의 광경을 도무지 믿을 수가 없었다. 딱 한 번 쐈을 뿐인데 상체가 산산조각이 나다니. 근처에 있던 누군가가 도와준 게 아닐까 의심이 생길 지경이었다.

"이 총, 대체……."

라울은 두려움과 놀라움이 섞인 눈으로 총을 내려다봤다. 헤론이 만들어 준 무기는 쓸모없는 게 아니라 위험스러울 정도로 강했다.

"괜찮을까? 이런 걸 계속 써도 되나?"

쏘는 순간 힘이 빨려나가는 듯한 느낌이 들었던 것이 마음에 걸렸다. 라울은 총을 가까이 들고 총구 근처에 있는 링을 확인했다. 은색 링에는 작은 글씨로 [단발], [다발], [연발]이라고 쓰여 있었다.

"이게 뭐지? 단발이라면 한 발을 말하는 걸 테고, 연발은 연속으로 총알이 나간다는 건가?"

현재는 단발이 위로 올라와 있었다. 다른 것들을 위쪽으로 향하게 돌려 한 번씩 쏴보고 싶은 호기심이 생겼다. 하지만 이것이 함정일 수도 있다는 생각에, 쉽게 그것을 돌려볼 수가 없었다.

'어떻게 할까? 한 번 해볼까? 만약 연발이 가능하다면 상당히 유용할 거야. 다발이라는 건…… 총알이 여러 발 나간다는 뜻인 것 같은데. 아무리 봐도 여러 발 나갈 구멍이 없는데, 역시 의심스럽기도 해.'

총을 붙잡고 고민하느라 레드가 다가오는 것도 몰랐다.

"여기서 뭐 하나?"

뒤에서 들려오는 레드의 음성에 놀라, 라울은 휙 돌아서서 총을 겨눴다. 총구가 레드의 미간에 정확히 멈춰 있었다.

"얼씨구? 보는 눈이 없으니 죽여도 되겠다 싶나 보지? 앙?"

레드가 투덜거리며 손가락으로 총구를 밀어냈다.

"레드, 테드는요?"

"저택에 아무도 없어."

"아무도…… 없다고요? 잭도?"

"응. 싸운 흔적도 없고 피도 없는 걸로 봐선, 테드가 스스로 걸어 나온 것 같은데."

"하지만 테드는 갈 데가 없잖아요."

"그건 그렇지. 그래서 좀 둘러보던 중이었어. 근처에 산책이라도 나왔나 해서. 오만돈은 어떻게…… 억? 뭐야, 저게? 너 뭔 짓을 한 거냐?"

라울의 어깨너머로 오만돈의 시체를 확인한 레드가 감탄 어린 목소리로 물었다. 라울은 레드에게 총을 들어 보였다.

"딱 한 발 쐈어요."

"말도 안 돼. 총알 한 방에 저렇게 산산조각이 난다고? 오만돈이?"

"그러게요. 나도 놀라는 중입니다."

"하? 어떻게 되먹은 총인 거야?"

레드는 눈앞의 총을 꼼꼼히 살펴보다가 결국 포기하고 돌아섰다.

"아무튼 지금은 총 같은 걸 살필 때가 아냐. 테드가 마을로 내려갔을지도 모르니까 내려가 보자."

"테드가 마을에 내려갈 일이 없잖습니까. 우리 가게에도 안 내려오는데."

"사람은 변하기 마련이잖아. 슬슬 외롭다고 느낀 모양이지."

＊　　＊　　＊

보텔로 산을 오르던 테드는 뒤에서 들리는 목소리에 걸음을 멈췄다.

"주인님."

잭의 목소리였다. 테드는 에녹이 말한 '인간 같은 혈귀'라는 생각을 떨쳐내려고 애쓰며 뒤를 돌아봤다. 잭은 열심히 산을 올라오고 있었고, 힘들어하는 모습에선 혈귀 같아 보이는 구석을 전혀 찾을 수가 없었다.

"자네가 왜 여기 있나?"

"주인님께서 사라지셔서 찾아다녔습니다."

"아아, 그래? 미안하네. 에…… 아니, 알버트가 갑자기 도시 구경을 하고 싶다고 해서 데려다 주고 오는 길이야."

"그렇습니까. 주인님도 함께 구경하시지 그러셨습니까."

"아니, 난 괜찮아."

테드가 다시 산을 오르려는데, 잭이 또 테드를 불러 세웠다.

"주인님. 저…… 부탁드릴 게 있습니다."

"부탁?"

"네. 괜찮으시다면 잠시 저랑 같이………."

거기까지 말한 잭이 갑자기 입을 다물었다. 그 순간 잭의 눈빛에, 테드는 얼어붙었다. 잭은 테드의 뒤쪽을 보고 있었는데, 그 눈빛이 마치 짐승처럼 흉포하게 보였다. 지금껏 봐 오던 다정한 눈동자가 아니었다. 갈색 눈동자 안에서 잔혹한 무언가가 이빨을 드러내고 있었다.

뒤로 물러선 것은 본능적인 행동이었다. 다시 테드를 쳐다본 잭이 그를 향해 손을 뻗었지만 테드에게 닿지 않았다. 그 순간.

타앙—

총성이 울렸다.

"크윽!"

잭이 낮게 신음을 흘리며 뒤로 물러났다. 잭의 팔뚝 아랫부분이 산산조각이나 있었다.

"잭!"

저도 모르게 다가가려는 테드의 앞을, 누군가의 등이 막았다. 넓은 어깨 위로 불타는 듯 새빨간 머리카락이 보였다.

"레, 레드?"

"가까이 가지 마, 테드."

레드가 돌아보지도 않고 말했다. 낮게 깔린 음성을 들으니, 그가 장난을 치는 게 아니라는 걸 알 수 있었다.

하지만 이게 다 무슨 일이란 말인가.

잭은 산산조각이 나 떨어진 팔의 잔재를 믿을 수 없다는 눈으로 노려보고 있었다.

"대체…… 총알에 무슨 짓을 한 거지?"

잭이 으르렁거리듯 물었다. 테드는 팔뚝에 소름이 돋는 걸 느졌다. 잭은 음성은 더 이상 부드럽지 않았고, 말투도 변해 있었다.

그제야 에녹이 말한 '인간 같은 혈귀'라는 말이 진실성을 가지고 테드의 머릿속에 자리를 잡았다.

'정말이었나!'

테드는 잭에게 어떻게 된 거냐고 묻고 싶지만, 그럴 상황이 아니기에 주먹을 꽉 쥐기만 했다.

잭은 한쪽 무릎을 꿇고 앉아 부서진 오른팔의 파편을 멀쩡한 손으로 쓸어 모아, 잘린 부위에 붙이기 시작했다. 자잘한 고깃덩이로 변했던 파편들은 잘린 부위에 붙이자 천천히 원래의 모양으로 돌아가기 시작했다. 믿을 수 없는 광경이었다.

타앙—

하지만 또 총성이 들려왔다. 이번 총알은 잭을 맞추지 못했다. 잭이 언제 움직인 건가 싶은 속도로 총알을 피한 것이다. 어느새 일어난 잭의 눈동자가 서늘하게 가라앉았다.

"팔 한쪽 없어도 네놈들을 상대하기에는 무리가 없지."

"잭……."

테드가 신음 섞인 목소리로 그를 부르자, 잭이 차갑게 웃었다.

"미안하게 됐군, 주인. 아니, 테오도르. 3년의 정 때문에 이왕이면 아름다운 여인의 식사로 바치려고 했는데, 그냥 내 손에 죽어야겠어."

잭의 입술 사이로 길고 날카로운 송곳니가 튀어나왔다. 그리고 잭의 남은 손이 가로로 휙 움직였다. 움직이면서 그의 손톱이 길어졌고, 날카로운 손톱은 뒤로 물러나는 레드의 옷을 베고 지나갔다.

'너무 빨라.'

간신히 잭의 손톱을 피한 레드는 안도할 겨를이 없었다. 라울이 잭의 손을 맞춘 것은 운이었다. 실제로는 잭의 속도를 조금도 따라잡을 수가 없었다.

탕— 타앙—

라울이 레드를 도와주려는 듯 총을 쐈지만, 잭은 총알보다 빠르게 움직였다. 총알의 속도를 눈으로 읽어내는 것 같았다.

테드만 없다면 어떻게든 도망칠 텐데, 잭이 혈귀였다는 충격에 얼어붙은 테드를 끌고 가기는 무리였다.

'어쩌지?'

레드가 허리춤의 단검에 손을 대고 있는데, 잭의 모습이 시야에서 사라졌다. 깜짝 놀라 고개를 들자, 공중에 떠 있는 잭이 보였다. 아니, 떠 있는 게 아니라 뛰어올랐다가 내려오는 중이었다.

잭의 날카로운 손톱이 정확히 레드의 얼굴을 겨냥하고 있었다. 끝이 반짝거리는 손톱이 빠르게 다가오는 것을 보며, 레드는 생각했다.

'이런…… 죽게 생겼군.'

갈리트 백작 저택은 금방 찾을 수 있었다. 번화가 지역에서 조금 벗어나 오르막길을 오르다 보니, 넓은 지대에 홀로 세워진 한 채의 저택이 있었다. 저택 입구는 무장한 경비병들이 지키고 있었지만, 벽 쪽으로는 아무도 보이지 않았다. 클레어는 잠시 몸을 숨기고 나탈리의 기척을 읽어내기 위해 집중했다.

하나 잡히는 정혈귀의 기운이 있었다. 그 기운은 전에 느꼈던 것보다 약했다. 다른 정혈귀가 있는 건지 의심스러웠지만, 클레어는 위치를 확인한 후 담을 넘었다.

탁—

정원 바닥에 내려서서 허리를 폈을 때였다.

쏴아아아아—

갑자기 폭우가 쏟아지기 시작했다.

'아니, 이건 비가 아니야.'

클레어는 황급히 뒤로 물러서서 고개를 들었다. 무성한 나뭇잎 사이에서 물줄기가 시작되고 있었다. 그것은 가차 없이 떨어져 내려 클레어의 몸을 적셨고, 젖은 곳마다 타들어 가는 듯한 통증이 일어났다.

'아모른의 성수가 왜⋯⋯?'

드레스도, 머리카락도 전부 젖었다. 클레어는 한 팔로 몸을 감싸고 비틀거리며 물이 떨어지지 않는 곳으로 걸어갔다. 무거운 쇳덩어리가 온몸에 달라붙은 듯, 잘 움직여지지 않았다.

무서울 정도의 아픔이 클레어의 전신을 두드렸다. 온몸이 갈기갈기 찢기고, 또 불타는 것 같은 고통 때문에 클레어는 정신을 차릴 수가 없었다. 아모른의 성수가 이토록 끔찍한 통증을 야기할 줄은 몰랐다.

심장과 폐는 이제 더 이상 기능하지 않는데도, 그 부위가 옥죄는 것 같은 느낌이 들었다. 손가락도, 발가락도 잘게 저미어지는 것 같았고, 눈동자를 칼로 쑤셔대는 것 같았다.

클레어는 고통을 이기지 못하고 한쪽 무릎을 꿇고 앉았다. 몸이 덜덜 떨려, 한 손으로 땅을 짚고 쓰러지지 않도록 지탱했다.

쏟아져 내리던 성수는 언제 그랬냐는 듯 멎었지만, 드레스와 머리카락에 묻은 성수가 여전히 클레어를 후벼 파고 있었다. 클레어는 이를 악물고 두 손으로 머리카락을 쥐어짰다. 성수가 바닥으로 뚝뚝 떨어졌다.

'이럴 수가……'

고통을 견디느라 레드의 피가 주었던 힘이 모조리 사라졌다. 사라졌을 뿐 아니라 허기를 느끼기 시작했다. 저택 안에 있는 사람들의 심장 소리가 음악처럼 들려왔고, 그들의 몸 안에 흐르고 있는 붉은 양식의 향기가 유혹하듯 후각을 자극했다.

'안 돼!'

클레어는 손톱을 빼내 허벅지를 찌르려고 하다가 관뒀다. 여기서 더 통증을 느끼면 안 된다. 한 조각 남아 있는 힘마저 사라지게 된다.

'고통은 괜찮아.'

클레어는 자신에게 말했다.

'괜찮은 거야. 가만히 기다리면 사라질 거야.'

지금껏 잘 견뎌왔다. 아무리 배가 고파도, 통증이 일어도, 인간의 피를 마시지 않고 버텨왔다. 그러니까 이번에도 가능하다. 레드의 피를 한 번 마신 후, 인간의 피가 가져다주는 달콤함과 강함을 알게 되었지만 거기에 중독될 생각은 없었다. 두 번 다시 인간의 피를 마시지 않으리라.

클레어는 힘겹게 일어나 허리를 똑바로 펴고 섰다.

'괜찮아. 넌 참을 수 있어.'

텔스라면 그렇게 말해 줬을 것이다. 클레어는 이제 곁에 없는 둘째 오빠를 향해 속으로 대답했다.

'응, 난 견딜 수 있어.'

젖은 드레스가 닿는 부분을 조금이라도 줄이기 위해, 드레스 자락을 찢어냈다. 가느다란 다리와 팔이 드러났다. 햇빛이 강한 시간이라 다행이다. 몸에 묻어 있던 성수는 조금씩 말라가기 시작했다.

'견딜 수 있어.'

또 한 번 다짐하듯 말하니 허기도 조금씩 가시는 느낌이 들었다. 클레어는 손을 펴고 손바닥을 가만히 내려다봤다.

승산이 있을까?

답은 바로 나왔다. 승산은 없다. 이 상태로는 손톱을 뽑아내는 것조차 힘겨울 것이다. 짐승의 피라도 마셔야 힘이 생길 것 같았다.

결정을 내린 클레어는 더 이상 머뭇거리지 않고 돌아섰다. 그때, 등 뒤에서 한 톤 높은 여자의 음성이 들려왔다.

"어머나. 손님이 오셨네."

클레어는 주먹을 꽉 쥐고 뒤를 돌아봤다. 나탈리였다.

나탈리의 주황색 머리카락이 햇빛을 받아 눈부시게 반짝거렸다. 요염한 미소를 짓고 있는 나탈리의 몸에서 달콤한 혈향이 풍겨왔다. 나탈리는 머리를 뒤로 쓸어 넘기며 한 걸음 클레어에게 다가왔다.

"아무것도 모르는 멍청한 양반인 줄 알았는데, 이런 곳에 성수를 설치해놨었나 봐. 대체 그 양반이 언제부터 내 정체를 눈치챈 걸까?"

나탈리는 아직 물기에 젖어 있는 땅을 내려다보며 말했다.

도망치려면 지금이지만, 클레어는 꼼짝도 하지 않고 서 있었다. 여기서 도망친다면, 나탈리는 레드 일행을 공격할 것이다. 이 몸이 찢기는 것은 상관없지만, 레드 일행이 다쳐서는 안 됐다.

게다가 지금의 나탈리는 뭔가 이상했다. 조금 전 느꼈던 것보다 훨씬 강해졌고, 그 강함에는 광폭함이 서려 있었다. 아무리 인간의 피를 마신다고 해도, 이렇게 빨리 강해질 수는 없다.

'이 힘…….'

무언가 마음에 걸렸다. 클레어는 기억을 더듬었다. 이 힘을 오래전에 느껴본 적이 있다.

'설마……!'

클레어는 눈을 크게 뜨고 나탈리를 노려봤다. 나탈리는 적을 눈앞에 둔 사람답지 않게 여유로웠다.

"너……."

클레어의 입술이 움직였다.

"대체 왜 그런 짓을 한 것이냐?"

어느새 길어진 나탈리의 손톱이 클레어의 심장을 노리고 덮쳐왔다.

*　　　*　　　*

언젠가 타니하르에게 그런 말을 들었다.

해적 생활을 하며 몇 번인가 죽을 뻔한 적이 있는데, 그때마다 시간이 멈춘 것 같은 기분이 들었다고. 적이 가진 철퇴가 머리를 부수기 직전의 상황에서, 참으로 여러 가지 생각을 하고 있었다고. 아마 그 순간처럼 많은 생각을 해본 적이 없을 거라고.

그 이야기를 들었을 때는 '뭔 헛소리래?'라고 무시했다. 타니하르가 바다 이야기를 할 때면 늘 그렇듯, 과장된 소리를 하는 거라고 생각했다.

하지만 이제는 알겠다. 타니하르의 말은 사실이었다.

그동안 제대로 본 적이 없었던 잭의 손톱이 자세히 보였다. 금방이라도 닿을 듯 가까운 거리에 있으니 당연하다.

길어진 손톱은 마치 은으로 만든 검과 같았다. 은색으로 반짝반짝 빛나는 손톱. 양쪽 날은 벼린 듯 날카롭고, 끝은 칼끝처럼 뾰족하고 예리했다. 손톱이라기보다는 휘어진 검처럼 보인다.

눈으로는 손톱을 바라보며 머리로는 클레어를 생각한다.

왜일까? 왜 그 이상한 여자를 사랑하게 되어 버린 걸까?

수많은 여인들이 레드를 유혹하곤 했다. 그 중에는 근방에서 가장 예쁘다는 캐서린도 있었고, 저 피탄 제국에서 유명하다는 어느 남작의 딸도 있었다. 누구나 돌아볼 만한 아름다운 미인들이 대놓고 접근해도, 그들에게는 아무 감정도 느낄 수가 없었다. 그래서 이 마음이 오래전 얼어붙어, 어느 여자도 받아들일 수 없는 심장이 된 모양이라고 생각해 왔다.

그런데 왜 그토록 순식간에, 클레어에게 빠져들고 만 것일까? 이 눈과 마음이 그녀에게 사로잡혀, 다른 곳으로 향할 수 없게 된 이유가 뭘까?

아무리 생각해도 알 수 없었다. 그저 그녀의 쓸쓸한 눈동자와 부드러운 머리카락, 새하얀 피부가 너무도 사랑스러울 뿐이다. 너무너무 사랑스러워서, 정말로 그녀를 위해 피고, 심장이고, 다 내어 줄 수 있다.

'그래, 맞아. 내 심장도, 피도 다 클레어 거야. 그래서 너에게

줄 순 없을 것 같다, 잭.'

오른손을 들어 올렸다. 손은 검자루를 쥐고 있었다.

언제부터 이걸 잡고 있었을까?

검자루는 아주 부드럽고 따뜻했다. 마치 살아 있는 생물처럼.

아니, 실제로 그런 것은 아니다. 그저 그렇게 느껴질 뿐이다. 단검이 살아서 손에 휘감기는 느낌.

휘감긴 부분에서부터 조용히 번지는 힘이 있었다. 그것은 무척이나 섬세하고 빠르게 전신으로 퍼져 나갔다. 달콤하기도 하고, 아늑하기도 한 힘이었다. 어쩐지 죽음을 앞에 둔 순간에 발휘되는 힘으로는 어울리지 않는다는 생각이 들었다.

'뭘까, 이 힘은? 헤론이 만들어 준 검에 이런 힘도 있는 걸까?'

아니, 단검에서부터 시작된 힘이 아니다. 이 힘의 근원은 레드의 손가락 끝, 그의 육체 안에서 시작되고 있었다. 단지 그것이 단검과 동화되어, 단검에서부터 흘러나오는 것처럼 느꼈을 뿐이다.

어느새 들어 올린 손이 눈앞에 와 있었다. 몸 안에 흐르는 힘이 눈에 보일 리 없는데도, 레드는 그 힘을 보고 있는 느낌이 들었다. 그것은 수없이 많이 흩어져 있는 값비싼 보석처럼 찬란한 반짝임을 가지고 있었다. 눈이 시릴 정도로 반짝거려서, 레드는 심장이 멎을 만큼 아름다운 공간에 들어와 있는 기분을 느꼈다.

따뜻하다.

그렇게 느끼는 순간, 시간이 제 속도를 되찾았다.

채앵—

공기를 찢는 듯한 소리가 울렸다. 동시에 라울의 외침이 들려왔다.

"레드!"

위험을 코앞에 둔 것처럼 다급한 목소리였다.

뭐가 저리도 급한 걸까?

레드는 막연히 생각하며 저릿한 손을 응시했다. 손에 들린 단검은 잭의 손톱과 맞부딪친 상태였다. 또다시 시간이 흐름을 달리한다. 잭의 손톱이 멀어지는 것이, 그러니까 잭이 뒤로 한 걸음 물러나는 것이 아주 느리게 보였다. 손을 뻗으면 잡을 수 있을 정도로 느려서, 레드는 잭을 벨 수 있을 것 같다는 느낌을 받았다.

눈앞을 가로질러 방어하고 있던 단검을 단단히 붙잡고, 잭을 향해 몸을 날렸다. 그리고 동시에 검은 사선으로 내리그었다.

촤악—

몸을 벤 느낌이 전해졌다. 잭의 놀란 듯 커진 눈이 똑똑히 보였다. 그 다갈색 눈동자에 넘치는 당혹스러움과 공포도 분명히 전해졌다.

다시 한 번.

레드가 검을 들어 올리는데, 잭이 휙 돌아서더니 도망치기 시작했다. 그의 뒤를 쫓아가려는 순간, 또다시 시간이 원래의 속도로 돌아왔다.

잭은 순식간에 사라졌고, 레드는 그를 붙잡을 수 없다는 걸 깨달았다. 그러자 갑자기 온몸에서 힘이 빠졌다. 레드는 검을 쥔 채로 털썩, 그 자리에 주저앉았다.

"레드!"

라울의 목소리가 가까워졌다.

"레드, 괜찮은가?"

테드의 떨리는 음성을 듣고 나서야, 자신의 뒤쪽에 테드가 서 있었다는 것을 기억해냈다.

"레드, 방금 뭘 한 거죠? 잭이 왜 갑자기 도망을 친 겁니까?"

레드의 앞에 한쪽 무릎을 꿇고 앉은 라울이, 레드를 빤히 쳐다보며 물었다. 그의 눈에는 걱정과 놀라움이 가득 담겨 있었다.

"못 봤어?"

레드가 묻자 라울이 고개를 저었다.

"너무 빨라서 아무것도 못 봤습니다. 그의 공격을 막아낸 겁니까?"

"어…… 그런 것 같아."

레드는 라울만큼이나 어리둥절한 표정으로 자신의 손을 내려다봤다.

"라울, 나 방금 아모른의 축복을 느낀 것 같아."

*　　　*　　　*

나탈리의 손톱이 가슴 깊이 파고들어 왔다. 찢어지는 듯한 통증을 느끼며, 클레어는 생각했다.

'죽는 걸까?'

정혈귀는 같은 정혈귀가 심장을 파괴하면 죽는다. 하지만 클레어는 일반적인 정혈귀보다는 루시드에 가까웠다. 루시드의 심장을 파괴해 본 적이 있는 클레어는, 어쩌면 심장의 파괴 따위로 죽지 않을지도 모른다는 두려움이 생겼다.

심장이 파괴되어도 죽지 않는다면, 그건 정말 끔찍한 일이다. 심장의 파괴는, 클레어의 마지막 희망이었다.

루시드의 곁에 있을 적에 여러 번 정혈귀의 손에 죽으려고 한 적이 있었다. 그들의 신경을 건드리고 그들이 심장을 공격하도록 유도했었다. 하지만 그럴 때마다 그들에게 루시드의 명령이 내려졌다. 그들은 클레어에게 손톱을 뻗다가도, 피에 각인된 루시드의 명령에 무릎을 굽히고 말았다.

하지만 나탈리라면 루시드에게 굴복하지 않을 것이다. 나탈리는 강해지기 위해 금기를 범했다. 그것은 루시드의 지배에서 벗어나는 길이었고, 또한 어둠과 절망으로 빠져드는 짓이었다.

어둠과 절망.

거기에 생각이 미치자 쓴웃음이 나왔다. 정혈귀가 된 순간 어둠과 절망의 길에 들어선 것인데, 무슨 이제 와 절망 타령을 하고 있단 말인가. 정혈귀들은 본인들이 깨닫지 못할 뿐, 영원과도 같은 고독의 고통을 겪고 있다.

'난 죽을 거야.'

클레어는 확신했다.

루시드가 클레어의 심장 파괴를 막았다는 것은, 그것이 클레어에게 죽음을 안겨 주는 방법이기 때문일 것이다. 그렇지 않다면 그가 모든 정혈귀들의 피에, 클레어의 심장을 보호하라는 명령을 내렸을 리가 없다.

'그래, 죽는구나.'

그러자 놀라운 평안이 찾아와, 가슴을 찔린 고통을 앗아갔다.

드디어 죽게 되었다. 천 년이 넘는 세월을 고통 받고 떠돈 끝에, 드디어 안식을 찾을 수 있게 되었다.

'나는 노력했어.'

라고 클레어는 생각했다.

'나는 부끄럽지 않을 만큼 노력했어.'

루시드를 죽이기 위해 애썼고, 그를 죽일 방법을 찾기 위해 길을 떠나 헤매어 다녔다. 그러니까 이대로 아모른의 곁에 돌아가 눈을 감는다 해도, 가족들과 젠은 이해해 줄 것이다. 잘 견뎠다고, 잘해 왔다고 보듬어 안아 줄 것이다.

'드디어 나는 쉴 수 있는 거야.'

나탈리의 손톱이 심장에 닿는 것이 느껴졌다. 벼락을 맞은 것 같은 충격이 찾아왔다. 클레어는 비명을 삼키며 눈을 감았다.

긴 시간의 종결을 맺을 때였다. 이왕이면 사랑하는 이의 얼굴을 떠올리며 사라지고 싶었다. 하얀 얼굴과 반짝거리는 금발 머리카락, 균형 잡힌 눈썹…… 그렇게 그의 얼굴을 하나, 하나 그려가고 있을 때였다.

쿵!

땅을 내려치는 묵직한 소리가 들려왔다.

클레어는 눈을 번쩍 뜨고 눈앞에서 벌어진 일을 확인했다. 반짝이는 금발 머리카락이 보였다.

'젠?'

아니다. 젠보다는 훨씬 작다.

유키였다.

유키의 거대한 검이 클레어의 가슴을 파고들었던 손톱을 자르고 땅에 박힐 듯 떨어져 있었다. 두 손으로 검자루를 쥔 유키는 어리둥절한 표정을 짓고 있었다. 하지만 그것도 잠시. 유키는 이를 악물고 바닥에 있는 검을 그대로 휘둘렀다.

길이가 부족했다. 대검은 나탈리의 발목 끝을 살짝 베고 지나갔다.

유키가 자세를 바로잡으려 하는 순간을 노리고 나탈리가 덮쳐왔다. 반으로 잘린 손톱은 여전히 위협적으로 빛나고 있었다. 하지만 그것이 유키의 목을 베기 전, 강력한 회오리바람이 나탈리를 집어삼켰다.

나탈리는 바람에 휩쓸려 날아가지는 않았지만, 듣기에도 끔찍한 비명을 질러댔다.

"꺄아아아아악!"

드레스 밖으로 드러난 나탈리의 팔이 타들어 가는 것처럼 검게 변색되는 것이 보였다. 비명을 멈춘 나탈리가 송곳니를 드러내고 고개를 들었다. 담 위에 서 있던 아란이 나탈리를 향해 몸을 날렸다.

나탈리는 뒤로 피하려 했지만, 어느새 나탈리의 뒤쪽으로 달려간 유키의 대검이 나탈리의 목을 향해 날아들고 있었다. 바람의 권능에 갇힌 나탈리는 평소에 낼 수 있는 속도의 반도 내지 못했다. 나탈리의 눈이 커지며, 처음으로 죽음에 대한 공포가 새겨졌다.

죽는다.

그렇게 확신한 그녀의 머릿속에 떠오르는 것은, 200년가량 살아온 정혈귀의 생이 아닌, 단 21년 살았던 인간일 때의 삶이었다.

돈이 없어 귀족에게 팔려가 농락을 당하다가 낳게 된 아이. 작고 꼬물거리는 따뜻한 생명을 품에 안던 순간. 그 짧은 기억이 마치 어제의 일처럼 또렷하게 생각났다. 품에 안겨 있던 아이의 체온까지도, 나탈리와 꼭 닮은 녹색 눈동자까지도.

'아아, 그래. 나에게는…….'

유키의 검이 회오리바람을 뚫고 들어와 나탈리의 가느다란 목에 닿았다.

'나에게는 내 아이가 있었지.'

검이 목을 파고들어 왔다.

툭—

나탈리의 머리가 바닥으로 떨어졌다. 여전히 나탈리의 육체를 둘러싼 바람의 권능이 잘린 부위에 닿자, 불을 붙인 것처럼 새까맣게 타들어 가기 시작했다. 처음에는 떨어진 나탈리의 머리가, 그다음에는 나탈리의 육체가 먼지처럼 부서져 바람을 타고 날아올랐다.

정혈귀가 죽는 것을 처음 본 아란와 유키는 복잡한 표정으로 날아가는 먼지를 올려다봤다. 이윽고 아란이 팔을 휘둘러 바람을 멎게 했다. 언제 회오리바람이 불었냐는 듯 주위가 고요해졌다.

뒤늦게 소동을 눈치챈 저택 사람들이 달려오는 소리가 들렸다. 그제야 클레어는 고개를 숙여 자신의 가슴을 내려다봤다. 잘린 채로 꽂혀 있었던 나탈리의 손톱은, 육체가 먼지가 될 때에 함께 사라졌다. 상처가 난 부위는 이미 아물었지만, 고통은 조금도 사라지지 않았다.

아니, 오히려 더 절망스러운 고통이 찾아왔다.

죽지 못했다. 죽을 수 있는 기회였는데, 아란과 유키가 방해했다. 안식을 찾을 수 있었는데, 두 사람이 망쳤다.

원망과 분노가 움직이지 않는 심장을 채우기 시작했다. 그것이 넘쳐흐르자 의도하지도 않았는데 송곳니가 길게 자라났다.

"클레어."

위협적으로 송곳니를 드러내고 있는데도, 유키는 겁 없이 다가와 클레어의 손목을 잡았다.

"괜찮은 거야? 아팠지?"

호박색 눈동자에는 금방이라도 흐를 듯 눈물이 가득했다. 그 눈동자를 채운 것은 순수한 걱정이었다.

"움직일 수 있겠어?"

죽지 않는 정혈귀라는 것을 알면서, 인간의 피를 마시는 괴물이라는 것을 알면서, 유키는 진심으로 클레어를 걱정하고 있었다. 그걸 깨닫자 심장을 채운 분노와 원망이 순식간에 사라졌다.

"성수를 맞은 건가?"

아란이 찌푸린 얼굴로 클레어의 상태를 살피다가 상의를 벗어서 클레어에게 내밀었다. 클레어가 받지 않자, 아란은 직접 다가와서 아직 젖어 있는 머리카락을 닦아주었다. 따끔따끔하던 고통이 조금씩 사라졌다.

클레어는 송곳니를 집어넣고 아란의 가슴을 살짝 밀어냈다.

"인간들이 오고 있다. 피하는 게 좋겠구나."

저택을 떠나는 클레어와 아란, 유키의 뒷모습을 조용히 지켜보는 사람이 있었다. 하늘색 선이 들어간 흰색 정장을 입은 그는 진회색 머리카락을 뒤로 쓸어 넘겼다. 갈리트 백작 저택 응접실 창문가에 기척을 숨기고 있던 그는 가만히 돌아서서 소파에 앉았다.

"나탈리, 금기를 범하더니 자기 힘을 너무 맹신했군. 아무리 금기를 범했어도 정혈귀를 만든 뒤 바로 싸움을 시작하다니……샬롯은 네가 건드릴 수 있는 상대가 아니야."

차갑게 가라앉은 목소리가 흘러나왔다. 그는 테이블에 놓여 있던 파이프를 들어, 불도 붙이지 않고 입에 물었다.

"그나저나 놈들이 자기 힘을 자각한 것 같군. 생각보다 빠른데…… 그냥 놔둬도 되는 건가?"

그의 미간에 깊은 주름이 자리 잡았다. 손가락으로 파이프를 톡톡 두드리던 그는, 응접실 밖에서 들려오는 사람들의 목소리를 듣고는 표정을 바꾸었다. 순식간에 침통함이 그의 얼굴을 덮었다.

똑똑똑.

문 두드리는 소리.

"저…… 주인마님. 여기 계십니까?"

집사의 목소리였다.

"들어와라."

그의 대답에 문이 열리고 집사가 어리둥절한 표정으로 들어왔다.

"주, 주인님. 언제 저택엘……."

조용히 클레어 일행을 지켜보던 그는 갈리트 백작이었다. 갈리트 백작은 차분한 어조로 대답했다.

"아까 돌아왔다."

"아, 그러십니까? 저, 주인님. 말씀드리기 죄송스럽습니다만, 방금 전에 저택에 침입자가 있었습니다."

집사가 민망한 듯 고개를 푹 숙이고 보고했다. 갈리트 백작의 얼굴에 순간 조소가 머물렀다가 사라졌다.

저택의 인간들은 그 싸움을 눈앞에 두고도 하나도 보지 못했다. 인간들의 눈에는 그저 몇 명의 그림자가 나타났다가 순식간에 사라진 것으로만 보였을 것이다.

"누군지는 확인했나?"

"네. 담을 넘을 때 뒷모습을 봤다고 합니다. 여자 한 명과 남자 둘이었습니다. 그중 한 명은 어린 소년처럼 보였다고 합니다."

"그래."

"경비병들이 뒤를 쫓으려고 나갔을 때는 이미 사라진 후였다고 합니다."

보고를 마치고 고개를 든 집사는, 눈앞에서 벌어진 일에 놀라 입을 벌렸다. 그의 주인이 눈물을 흘리고 있었던 것이다.

"주, 주인님."

"내 아내가 죽었다."

갈리트 백작이 떨리는 목소리로 말했다. 집사는 무슨 말인지 깨닫지 못하고 멍하니 백작을 쳐다봤다.

"그 침입자들이 내 아내를 잔인하게 죽이고, 그 시체를 짓밟아 태운 후 도망치는 것을 내 두 눈으로 똑똑히 목격했다!"

"그런……!"

"너희들은 눈앞에 두고도 보질 못한 것이냐? 그들이 얼마나 잔인하게 내 아내를 죽이는지, 전혀 보지 못한 것이냐?"

집사가 황망히 고개를 숙였다.

큰바람이 불어왔고, 몇 명의 침입자가 있기는 했다. 그들이 서 있던 곳에 고급스러운 검정색 드레스가 떨어져 있었지만, 누구도 그것이 백작 부인의 드레스일 거라고는 생각하지 않았다. 게다가 드레스는 피 한 방울 묻어 있지 않고 멀쩡했다. 누가 그것을 보고 백작 부인이 죽었다고 짐작할 수 있겠는가.

하지만 갈리트 백작의 말을 무시할 수는 없었다. 그는 펠타시의 존경받는 시장이며, 신중하게 행동하는 사람이었다. 그가 없는 말을 지어낼 리는 없었고, 자기 부인의 죽음을 가지고 농담을 할 리도 없었다.

"나는 그들의 얼굴을 확인했다."

갈리트 백작이 말했다. 집사가 고개를 들어 그의 중후한 얼굴을 응시했다.

"보셨습니까?"

"그래. 동쪽 초소의 소장 아발란체. 그가 내 아내를 죽인 범인이다!"

"그, 그 남자가 대체 왜 주인마님을……?"

"몰랐느냐? 아발란체가 내 사랑스러운 나탈리에게 연정을 품고 있는 것을? 자네는 이 저택의 집사이면서도, 그가 은밀히 나탈리를 찾아와 구애하는 것을 정녕 몰랐던 것이냐?"

집사의 얼굴이 하얗게 질렸다.

"내 아내가 받아주지 않으니 앙심을 품은 거겠지. 내 반드시 그놈을 잡아 복수하고 말겠다!"

고통스럽게 일그러진 갈리트 백작의 표정은, 딱 아내를 잃은 그것이었다. 그 때문에 집사는 자신의 주인을 의심할 생각조차 하지 못했다. 집사는 사람을 시켜 경비대장을 불러오겠다고 말하고 응접실에서 나갔다.

응접실의 문이 닫히자마자 갈리트 백작의 얼굴에서 표정이 사라졌다. 흐르던 눈물도 순식간에 말라 버렸다.

"경비대장을 불러오겠다고?"

갈리트 백작은 차갑게 웃었다.

경비대장인 포테인 자작은 회의실에서 시체로 발견될 것이다. 검에 베인 듯한 시체.

경비대 본청 사람들은 아란과 유키가 포테인 자작을 만나는 모습을 목격했다. 하지만 갈리트 백작이 드나드는 것을 목격한 사람은 아무도 없었다.

아란은 곧 수배자가 될 것이다.

10여 년간 사람 좋은 백작 노릇을 하며, 멍청한 인간들의 신뢰 속에서 살았다. 나쁜 기분은 아니었지만 지겨웠다. 명령받은 일을 서둘러 끝내고 유랑하는 생활을 즐기고 싶었다. 나탈리는 그 일을 끝내기 위한 도구였다.

"아버지도 대단해. 어떻게 샬롯이 여기 나타나리라는 걸 알았던 거지? 게다가 저놈들 힘도 그렇고…… 아모른의 권능이 다시 세상에 나타나기 시작한 건가?"

그는 고개를 들어 위를 올려다봤다. 천장이 막혀 있기는 했지만, 그의 눈은 천장 너머의 어딘가를 노려보듯 빛나고 있었다.

"아모른, 그 참상을 지켜봤으면서도 아직 포기하지 못한 거야? 이제 막 자기 힘을 깨달은 저 네 명을 가지고, 우릴 이길 수 있을 거라고 생각하는 거야?"

갈리트 백작은 피식 웃으며 담배 파이프에 불을 붙였다. 아내를 잃은 사람답지 않게 여유롭고 즐거운 표정이었다.

"뭐, 좋아. 일단은 확인만 하라는 명령을 받았으니 모르는 척해 주지."

레드와 라울이 얼마나 성장했는지는 알 수 없지만, 아란과 유키는 확실히 약했다. 나탈리가 정혈귀를 만들어 약해진 상황이 아니었다면, 저들은 그녀를 그토록 쉽게 죽일 수 없었을 것이다. 설사 그들이 오래전 오르데안의 혈통이 가졌던 힘만큼 강해진다 해도, 갈리트 백작은 그들을 전부 상대해 이길 자신이 있었다.

아모른의 권능이라는 힘은 형편없다. 이름만 그럴싸할 뿐이다. 실제로 오르데안 가문 역시 단 몇 명의 정혈귀들의 손에 말살당하지 않았던가.

지금은 그 시절보다 정혈귀의 수가 많고, 정혈귀들도 더 강해졌다. 이제 막 아모른의 권능을 깨달은 네 명 따위는 상대도 안 된다.

"아버지의 뜻은 정말 알 수가 없다니까."

혈귀의 왕은 조용히 지켜보다가 변화가 생기면 돌아오라고 했다. 오랜만에 만난 샬롯에게 아는 척도 하지 못하고 헤어져야 하는 게 아쉬웠다. 왕에 대한 분노와 가족을 잃은 절망으로 일그러진 그녀의 얼굴을 좋아했었다.

이제 며칠만 더 부인 잃은 남편 역할을 하다가 사라지면 된다. 만약 그동안 샬롯이 정체를 눈치채고 찾아온다면……

갈리트 백작은 씩 웃으며 눈을 감았다.

"그때는 네 손에 죽어 줄게, 샬롯. 나는 손톱을 뽑아낸 네가 참 귀엽거든."

9장
음모

오랜만에 〈책 파는 가게〉로 돌아왔지만 감개무량함 따위는 없었다. 아란은 무표정을 유지하고 있었지만, 사실은 크게 당황하는 중이었다.

'그건 대체 뭐였지?'

유키를 돕기 위해 손을 뻗어 바람을 일으켰을 때, 반짝거리는 빛 사이로 어느 영상 하나가 보였다. 아란의 기억에는 없는 그 영상은, 이상하게도 그리움을 자아냈다. 심장이 죄이는 듯한 서글픈 그리움.

그 영상을 제대로 떠올리기 위해 애쓰던 아란은, 유키의 비명 같은 외침에 정신을 차렸다.

"클레어!"

유키가 쓰러지려는 클레어를 부축하고 있었다. 성수에 닿아서인지, 클레어의 얼굴은 평소보다 창백했다. 찢어진 옷과 흐트러진 머리가 몹시도 신경 쓰였다.

"클레어, 많이 아파? 배, 배고픈 거지? 피가 필요한 거지?"

유키가 클레어를 의자에 앉히며 다급히 물었다. 클레어는 대답할 기운도 없는 듯, 고개를 숙이고 있었다. 다른 때의 아란이라면, 클레어가 갑작스럽게 유키를 공격할 거라고 의심하고 경계했을 것이다. 하지만 아까 봤던 영상 때문인지, 의심은커녕 심히 걱정되었다.

"내가 줄게, 피. 클레어, 내 피를 마셔."

검을 뽑으려는 유키의 손목을, 클레어가 거세게 움켜쥐었다. 클레어는 눈만 들어 유키를 응시했다. 그녀의 눈동자는 그 어느 때보다 강하게 빛나고 있었다.

"그러지 마라, 아이야. 날 유혹해서는 안 된다."

"하지만…… 하지만 클레어. 내 피를 마신다고 내가 죽는 건 아니잖아."

"그런 말 하지 마라. 나는 짐승의 피면 족하다."

클레어가 차갑게 말하고 힘겹게 일어났다. 가게를 나가려는 그녀를 붙잡은 건 아란이었다. 클레어가 의아하다는 듯 아란을 쳐다봤다.

검붉은 눈동자를 보자, 아란은 가슴이 아팠다. 어째서 이렇게 가슴이 아픈 걸까? 아까 본 그 영상 때문일까? 환각과도 같은, 진실일 리 없는, 그 또렷한 영상 때문일까?

"왜 그러는 게냐?"

아란이 붙잡아 놓고도 아무 말 없자, 클레어가 물었다. 아란은 입술을 달싹거리다가 간신히 말했다.

"내 피를 주지."

클레어의 얼굴이 일그러졌다. 그녀는 약간 겁에 질린 표정으로 아란을 쳐다보다가 고개를 저었다.

"대체 왜 너까지 이러는 게냐? 너는 네 일행 중에서 나를 의심하는 유일한 사람이 아니었느냐."

"여전히 널 의심한다."

아니, 이제 그녀를 의심하지 않는다.

"하지만 짐승을 죽이는 것도 살생이다. 수십 마리의 짐승을 죽여 그 피를 마시느니, 내 피를 마시는 게 낫지 않겠나?"

아니, 사실은 그런 이유가 아니다. 그녀가 몸에 맞지 않는 피를 마시며 괴로워하는 모습을 보고 싶지 않을 뿐이다. 그녀가 괴롭지 않을 수 있다면, 이 몸에 넘쳐흐르는 피 따위는 얼마든지 줄 수 있었다.

그런 마음이 아란을 당혹시켰다.

'내가 왜?'

그녀를 위해 피를 주겠다는 것은 레드나 할 생각이다. 사랑에 빠진 레드니까 제 몸을 베어 피를 내어 줄 수 있는 것이다.

'그런데 난 왜 이 여자에게 피를 주고 싶은 거지?'

클레어가 가볍게 아란의 손을 떼어냈다. 자기 마음 때문에 당황한 아란은, 다시 붙잡을 생각을 하지 못하고 멍하니 그녀의 얼굴을 응시했다. 반듯한 이마와 균형이 잘 잡힌 눈썹, 아픔과 고통이 깔려 있는 검붉은 눈동자, 오뚝한 코와 도톰한 입술. 조화로운 그녀의 얼굴을 살며시 쓰다듬어 주고 싶었다.

"두 번 다시 내게 피를 주려고 하지 마라. 나는 인간의 피를 마셔서 더 깊은 저주에 빠져들고 싶지 않다."

단호하게 말한 클레어는 그대로 돌아서서 가게를 나가 버렸다. 뒤늦게 정신을 차린 아란이 그녀의 뒤를 따라 나갔지만, 그녀는 이미 보이지 않았다. 인기척 없는 골목을 멍하니 바라보고 있는 아란의 옆으로, 유키가 다가왔다. 유키는 걱정스러운 듯 아란을 올려다봤다.

"아란, 왜 그래?"

왜 그러느냐고?

아란이야말로 묻고 싶었다.

왜 이러는 걸까? 도대체 그 영상은 뭐였을까? 축복이라는 말이 어울리는 찬란한 반짝거림 속에서 고요히 흘러가던 그리운 영상.

이유도 없이 그리운 그 영상이 끝나지 않기만을 얼마나 바랐는지 모른다. 어떻게든 그것을 붙잡고 싶었다. 이 목숨 내놓더라도 그 영상 속의 현장으로 들어가고 싶었다.

분수가 있는 멋진 저택을 배경으로 환하게 웃고 있는 클레어의 얼굴을 계속 볼 수만 있다면, 무어라 말하는 그녀의 음성을 들을 수만 있다면, 아란은 이 심장을 내놔도 아깝지 않을 거란 생각까지 했었다.

갑자기 눈시울이 따끔해지며, 예기치 못한 눈물이 흘러나오려 했다. 아란은 한 손으로 입을 가리고 표정을 갈무리했다.

가슴이 찢어질 것만 같다. 심장이 뜯겨나가는 것 같다.

도대체 왜 이러는 걸까?

*   *   *

주인이 죽었다.

레드를 피해 달아나던 잭은 어느 순간 나탈리의 죽음을 느꼈다. 유리잔이 바닥에 떨어져 깨진 것 같은 작은 충격이 머릿속에 일었다가 사라졌다.

'나탈리 님을 죽이다니…… 클레어, 그 여자가 한 짓인가?'

믿을 수가 없었다. 비록 나탈리가 자기 몸의 피를 빼내 약해졌다고는 하지만 이토록 빨리 죽이다니.

'붉은 사자 일행에게 무슨 일이 벌어진 거지?'

나탈리는 클레어의 손에 죽었다고 치더라도, 레드와 라울이 가진 힘의 변화는 믿기 어려울 정도였다. 일반적인 총은 아혈귀의 피부조차 간신히 뚫는다. 그런데 라울이 쏜 총은 잭의 손을 산산조각 냈다. 게다가 그 고통이 전신에 퍼져, 한동안 정신을 차리기 힘들었었다.

그 와중에 레드의 속도가 잭을 따라잡을 정도로 빨라졌고, 잭은 죽음의 위기를 경험했다. 일반 인간들을 상대로 죽을지도 모른다는 생각을 하게 될 줄은 몰랐다.

펠타 시에서 한참 멀리 떨어진 길에 다다른 잭은 달리기를 멈췄다. 총알에 맞아 파괴된 부위를 전부 회수하지 못해, 팔뚝 아래가 엉망진창이었다. 떨어진 살점들을 적당히 모아서 붙여놓은 팔은 화상을 입은 것처럼 우그러들어 있었고, 손은 아예 사라졌다. 재생하기까지 상당한 시간이 필요할 것 같다.

'재정비할 때까지 시간이 필요해.'

정신만 똑바로 차리고 있었다면, 레드 따위는 문제도 되지 않았을 것이다. 그의 속도가 놀라울 정도로 빨라지기는 했지만, 단지 빨라진 것만으로는 정혈귀를 상대할 수 없다. 인간이라고 무시하고 상대했기 때문에 이런 처참한 결과가 생긴 것이다.

몸을 회복할 시간과 장소가 필요했다. 떠오르는 곳이 한군데 있었다.

'캐서린.'

캐서린은 영원한 젊음과 아름다움을 원해서 스스로 정혈귀가 되었다. 나탈리가 먼저 제안하기는 했지만 결정은 그녀가 한 것이었고, 다시 깨어났을 때 상당히 만족스러워 보였다.

정혈귀가 된 지 얼마 되지 않아서 아직 힘은 부족하겠지만, 그녀에게는 든든한 배경이 있다. 무엇보다 그녀는 레드와 어릴 때부터 알고 지냈다. 레드는 캐서린이 정혈귀라는 것을 알게 돼도 쉽게 죽일 수 없을 것이다.

거기까지 생각한 잭은 다케 백작의 저택을 향해 걷기 시작했다.

*　　*　　*

산을 내려오며, 레드는 테드에게 정혈귀에 대해 설명했다. 잭을 아들처럼 여겨왔던 테드는 그가 혈귀였다는 사실에 충격을 받았지만, 다행히도 비교적 빨리 정신을 차렸다. 큰 상단을 이끌어 오며 산전수전 다 겪은 테드였기에 가능한 일이었다.

"그렇다면 에녹 님의 말이 맞는가 보군."

"에녹? 그게 누군데?"

"아, 자네는 모르나? 다섯째 왕자님이라네."

테드는 에녹이 찾아온 일에 대해 설명했다. 왕세자가 정혈귀라는 이야기를 들은 레드와 라울은 어두운 안색이었다. 걸음을 멈춘 레드가 테드를 돌아보며 물었다.

"에녹이란 자, 믿을 만한 거냐?"

"예전에 타니하르 님이 이런 말을 한 적이 있네. 지금의 왕세자보다 에녹 님이 왕이 되었으면 좋겠다고."

"그래? 탄은 사람 보는 눈이 있으니까…… 그나저나 탄은 어딜 간 거지?"

"그러고 보니 항구에서부터 못 봤네요. 수도로 돌아가지 않았을까요?"

"이것저것 도움 좀 청하고 싶었는데, 하여간 필요할 땐 없는 놈이라니까."

"그래도 타니하르 덕분에 빨리 도착할 수 있었던 거잖아요. 우리가 늦었으면 테드도 위험했을 겁니다."

"라볼르에 갔던 일은 잘된 건가?"

테드가 물었다. 라볼르에서 있었던 일에 대해 설명하려던 라울은, 한 가지 사실을 깨닫고는 입을 다물었다.

라볼르 사건의 대부분엔 클레어가 관계되어 있다. 그 일에 대해 설명하려면 클레어가 정혈귀라는 것부터 알려야 했다. 하지만 과연 테드가 그녀의 정체를 알고도 그녀를 받아들일 수 있을지 의문이었다.

테드는 혈귀에게 딸과 아내를 잃고 큰 상심에 잠겨 있었다. 몇 년이나 지났지만 그는 여전히 아픔을 극복하지 못하고 사람 많은 곳을 피하고 있다. 어린아이들을 볼 때의 테드는, 그야말로 세상을 잃은 것 같았다. 자기 자식을 가져본 적 없는 라울에게조차 그의 고통이 전해질 정도였다.

테드는 아마도 클레어를 받아들일 수 없을 것이다. 레드도 그렇게 생각했는지 쉽게 입을 열지 못하고 있었다.

"왜들 그러나? 무슨 일 있었나?"

둘 다 말이 없자 테드가 의아한 듯 물었다. 레드는 인상을 찡그리고 바닥의 돌을 툭툭 차다가 말했다.

"푸슈리를 못 사왔다."

"어? 아아. 그것 때문인가? 그런 건 이제 됐네. 인간과 똑같은 혈귀가 있다는 걸 알게 된 판국에, 푸슈리가 뭐가 중요하겠나."

테드가 애써 웃으며 레드를 위로했다. 푸슈리로 주의를 돌리려다가 실패한 레드는 작게 한숨을 쉬다가 적당한 말을 찾아냈다.

"연금술사를 놈들에게 뺏겼다."

다행히 이번에는 걸려들었다.

"연금술사를? 놈들도 연금술사를 노리고 있었던 건가?"

"그런가 보다. 칼로도 잘 베이지 않는 놈들이 왜 연금술사를 필요로 하는지는 모르겠지만. 현재로서는 우리도 모르는 게 많아."

"허어. 하긴, 자네들도 정혈귀에 대해 알게 된 지 얼마 안 됐으니…… 그럼 앞으로 어쩔 계획인가?"

"현재의 계획은 널 구하는 거였다. 성공했으니, 앞으로의 계획은 다시 생각해 봐야지."

레드는 다시 걸음을 옮기기 시작했다. 머릿속이 어수선했다.

'왕세자가 정혈귀라니.'

이건 테드의 집사나 백작 부인이 정혈귀인 것과는 차원이 다른 일이다. 한 나라를 손에 쥐고 흔들 만한 위치에 있는 자가 정혈귀라는 것은, 이 나라의 운명이 바람 앞의 등불과도 같다는 뜻이었다. 그의 계획에 따라 고르돈 왕국이 들썩거리게 된다.

지금까지는 펠타 시에서 아혈귀들을 상대하는 게 고작이었다. 하지만 이제는 나라의 운명이 걸려 있다. 레드 일행이 어떻게 움직이느냐에 따라서 이 나라도, 백성의 삶도 달라지는 것이다.

레드는 권력을 손에 넣고 싶다거나, 나라를 구하고 싶다는 생각은 해본 적이 없었다. 그건 라울이나 아란, 유키도 마찬가지일 것이다.

"판이 커졌네요."

라울이 한숨 섞인 목소리로 중얼거렸다. 레드가 쓴웃음을 지었다.

"그러게. 확 다 구워 버리고 싶다."

"그렇게 해서 끝나는 일이라면 좋겠지만…… 일단 에녹이라는 사람을 만나 봐야 될 것 같은데요. 왕실 분위기에 대해 설명도 들어야 하고."

"거기에 끼어들게? 우린 아직 힘도 제대로 못 다뤄. 스미론도에도 가야 되고."

피할 수만 있다면 피하고 싶었다. 권력자들 사이에 끼어드는 것이 얼마나 처참한 결과를 가지고 오는지, 레드는 알고 있었다. 왕세자가 정혈귀라고는 하지만, 결국 왕실 내에서 벌어지는 일들은 권력 다툼일 뿐이다.

정혈귀가 국왕이 된 세상. 과연 지금과 달라질 것이 있을까? 지금도 아혈귀들은 어둠을 헤매고, 정혈귀들은 인간들 사이에 숨어 있다. 그들이 겉으로 드러난다고 해서 달라질 것이 있을까?

레드의 회의적인 반응에 놀란 테드가 그의 팔을 붙잡았다.

"레드, 그게 무슨 소린가? 당연히 왕실 일이 우선이지."

"왕실이야 왕실 사람들한테 맡겨 두면 되는 거고. 난 원래 내 한 몸, 내 소중한 사람 한 몸, 그렇게 두 개만 지키면 된다고 생각하면서 살아왔거든. 나라가 정혈귀 손에 들어가면, 좀 더 주의를 기울여서 니들을 지켜 주면 되는 거잖아."

"그렇게 쉬운 문제가 아닙니다, 레드."

라울이 가볍게 질책하고 나섰다.

"어렵게 생각할 거 없잖아. 우리는 그냥 우리가 하려던 일만 하면 돼."

하려던 일은 체술을 제대로 익힌 후, 클레어가 말한 혈귀의 왕을 죽이는 것이었다. 얼마나 걸릴지 모르는 일이지만, 그 남자만 처리하면 모든 게 제자리로 돌아올지도 모른다는 생각이 들었다. 그동안 조용하게 숨어 있던 정혈귀들이 갑자기 기승을 부리는 이유에는, 아마도 혈귀의 왕이 관계되어 있을 것이다.

레드의 뜻을 짐작한 라울은 잠시 고민을 하다가 말했다.

"그래도 에녹 님은 한 번 만나 봐요. 테드 말대로라면 그 사람, 정혈귀를 알아볼 수 있는 것 같잖아요. 우리에게 도움이 될 수도 있어요."

레드는 그 말까지 반대하지는 않았고, 셋은 에녹과 잔느가 묶고 있는 여관으로 향했다.

＊　　　＊　　　＊

고요한 어둠이 서서히 빛을 밀어내기 시작했다. 펠타 시의 저녁 풍경은 평소와 다를 것이 없었다. 관광객들은 다양한 물건에 정신이 팔려 있었고, 해산물을 파는 상인들은 남은 것을 팔기 위해 소리를 높였다. 여행을 떠난다는 음유시인이 서비스 공연을 펼친 덕에, 아름다운 바이올린 선율까지 곁들인 평화로운 저녁이었다.

하지만 펠타 시 중앙에 있는 시청은 상황이 좋지 않았다. 경비대장과 시장의 부인이 한 남자의 손에 잔혹하게 살해당했다. 게다가 둘을 살해한 남자는 바로 시청에서 신뢰를 받고 있는 아발란체 소장이었다.

드러내고 알릴 수 없는 일이기에, 시청에서 높은 지위에 있는 사람들만 한자리에 모였다. 시장 보좌관, 동쪽 관문을 제외한 각 관문의 소장들, 경비대 훈련대장과 포테인 자작의 시체를 발견한 서기.

열 명 남짓 되는 사람들이 타원형 테이블에 둘러앉았고, 가장 상석을 갈리트 백작이 침통한 표정으로 지키고 있었다. 충격적인 사안인지라 회의실의 분위기는 그 어느 때보다도 무거웠다. 숨을 쉬는 소리조차 거슬릴 지경이었다.

"아발란체 소장이 그런 짓을 하다니…… 정말 믿기지 않는군요."

평소 아란과 돈독했던 훈련대장이 한 손으로 이마를 누르고 고개를 저었다.

두 살인의 범인이 아란이라는 말을 들었을 때, 모두가 훈련대장과 같은 반응이었다. 하지만 목격자들이 너무 많았다.

오늘 아란과 유키가 찾아와 포테인 자작을 회의실에서 만났고 도망치듯 시청을 떠났다. 그 후 얼마 지나지 않아 난자당한 포테인 자작의 시신이 회의실에서 발견되었다. 백작 저택의 사람들은 저택에 나타난 아란과 유키를 목격했고, 그가 백작 부인을 죽인 후 도망치듯 저택을 빠져나갔다고 증언했다.

"유키라는 소년이 저지르고 아발란체 소장이 수습하려 한 것은 아닐까요?"

서쪽 관문의 소장이 입을 열었다.

"유키라는 소년에 대해 알고 있는데, 태어났을 때 부모에게 버려진 후 여기저기 전전하다가 여기까지 흘러들었다고 합니다. 출신이 천하니 성품도 천할 것이 분명합니다. 아발란체 소장은 평소 마음이 넉넉하지 않았습니까. 살인을 하기는 했어도 자신이 데리고 있는 아이니까 보호해 줘야 한다고 생각했을지도 모릅니다."

아란을 두둔하는 서쪽 소장의 말에 갈리트 백작이 미간을 좁혔다.

"포테인 자작을 죽인 사람은 유키일 수도 있지만, 내 아내를 죽인 자는 분명 아발란체 소장이오. 아발란체 소장이 내 아내를 처참하게 베고, 그 시신을 훔쳐 도망가는 것을 내 두 눈으로 똑똑히 보았소. 내 사람들도 그리 증언하지 않았소이까?"

갈리트 백작의 음성은 낮았지만 잔잔한 노기가 깔려 있었다. 늘 너그럽고 온화하던 백작이 분노한 모습에, 모두 움찔하며 시선을 내리깔았다.

"그렇다면 아발란체 소장을 불러다가 이야기를 들어 보는 것이 어떻겠습니까? 분명 무슨 이유가 있을 겁니다."

훈련대장의 말에 갈리트 백작이 벌떡 일어났다.

"지금 내 아내가 죽을 만한 이유가 있다고 하는 거요?"

"아…… 그, 그런 게 아니라……."

"내가, 이 내가 그리도 미덥지 못한 거요? 펠타 시를 위해 애써 왔고, 내 아내도 그런 나를 늘 지지해 주었소! 단 한 번도 부정한 방법으로 재물을 취한 적 없고, 내 아내 역시 염문설에 휘말린 적 한 번 없소. 그저 이 나라를 위해, 펠타 시를 위해 살았는데 아무도 내 편이 없는 거요? 날 불쌍히 여겨 주는 자가 이렇게 한 명도 없을 줄이야."

"어, 없다니요. 아닙니다, 시장님. 저희는 그저…… 너무 갑작스러운 사건인지라 당황한 것뿐입니다. 아발란체 소장의 평소 행실이 바르기도 했고……."

"내 행실은 나빴던 거요?"

"아닙니다, 시장님. 절대 아닙니다!"

모두 이구동성으로 외쳤다. 다시 침통한 침묵이 회의실을 채웠다. 조용히 앉아 있는 그들의 머릿속엔 한 가지 생각밖에 없었다.

'아발란체 소장이 반항하면 어떡하지?'

과거에 왕실 기사단에서 입단 제의까지 받은 적 있는 아란이었다. 그의 실력은 펠타 시에만 국한되기 아까울 정도로 뛰어났다. 만약 그가 체포에 불응하고 검을 뽑는다면, 여럿이 죽어 나갈 것이다.

"아무튼, 살인마일지도 모르는 자가 계속 활보하게 둘 수는 없는 일 아닙니까. 신변을 확보해야 잘잘못을 따질 수도 있는 거니, 서둘러 잡아오는 게 좋겠습니다."

가만히 듣고만 있던 시장 보좌관이 아랫사람들을 대하는 어투로 말했다. 그는 아란을 직접 잡으러 갈 일이 없으니 쉽게 말할 수 있는 것이다.

아란을 데리고 오는 걸 소, 돼지 잡는 것보다 쉽다는 듯이 말하는 보좌관이 고까웠지만, 드러내놓고 표현하는 사람은 없었다. 어쨌든 소장과 훈련대장이라는 직함을 가졌는데, 범죄자를 두려워하는 모습을 보일 수는 없었다.

결국 서쪽 관문 소장이 앞을 맡고, 훈련대장이 뒤를 맡아 아란을 체포하러 가기로 했다. 부하들을 열 명 정도 데리고 갈 거라는 소장의 말을, 보좌관이 비웃었다.

"고작 남자 하나에 소년 한 명을 잡으러 가는 건데, 일개 대대를 끌고 갈 이유가 있습니까? 남들이 보면 전쟁이라도 하러 가는 줄 알 겁니다."

그럼 네놈이 직접 잡으러 가라는 말이 목구멍까지 나왔다. 하지만 그 말은 결국 아란을 두려워한다는 것과 일맥상통하기에, 소장과 훈련대장은 말없이 회의실을 나왔다.

사람들을 물리고 회의실에 혼자 남은 갈리트 백작은 비스듬히 앉아 손등에 턱을 괴었다. 아란은 아마 순순히 잡혀 올 것이다. 진실을 이야기하면 결국 풀려날 거라고 생각하겠지.

'하지만 말이야. 일이 그렇게 쉽게 풀리진 않을 거야.'

아란이 갇히게 될 감옥의 감옥장인 돌틴은 아란에게 앙심을 품고 있는 자였다. 아란은 모르겠지만 돌틴의 약혼자였던 여자가 아란을 짝사랑한다며 그를 떠났다. 성격이 포악한 돌틴은 자신을 떠난 연인을 살해했고, 그 장면을 갈리트 백작에게 들켰다.

갈리트 백작은 여자가 먼저 배신을 한 것이니, 이번만큼은 모르는 척해 주겠다고 했었다. 돌틴은 갈리트 백작을 은인으로 여기게 됐고, 아란을 원수로 생각하고 있었다. 그에게 살짝 언질만 줘도, 그는 아란을 가차 없이 고문하고 죽일 것이다.

자네 마음대로 하게. 뒷수습은 내가 해 주겠네.

이 말 한마디면 족하다.

'샬롯. 네 팔불출 아버지가 바람이었다고 했던가? 이번에도 너의 바람을 제거해 주지.'

아란의 힘이 위협적인 것은 아니지만, 바람의 권능을 가진 그를 가장 먼저 처리하면 샬롯은 울 것이다. 과거를 떠올리고, 죽어 버린 아버지를 생각하며 절규하고 괴로워할 것이다.

자그마한 얼굴이 고통으로 일그러지는 것을 하루빨리 보고 싶었다. 저택에서 본 샬롯은 너무 무표정해서 재미가 없었다. 샬롯은 좀 더 많이 울고 분노하고 괴로워하는 것이 어울린다.

천여 년 전에 보았던 그녀의 고통스러운 표정을 떠올리는 것만으로도, 팔뚝에 소름이 돋을 만큼 즐거웠다. 갈리트 백작은 희미한 미소를 지으며 생각했다.

'기대돼, 샬롯. 많이 약해져서 날 눈치채지도 못한 건 서운하지만, 덕분에 가까이에서 네가 울부짖는 모습을 볼 수 있겠어. 네가 아버지의 여자라는 건 알지만, 이번만큼은 내 앞에서 울어 줘.'

* * *

에녹과 잔느가 라볼르로 향하는 배편을 구하고 돌아왔을 때, 테드와 두 명의 낯선 남자가 여관에서 그들을 기다리고 있었다. 에녹은 당황했고, 조금은 겁에 질렸다. 테드의 옆에 서 있는 붉은 머리의 남자 때문이었다.

훤칠한 키에 넓은 어깨를 가진 붉은 머리의 사내는 맹수 같은 눈빛을 지니고 있었다. 그의 푸른 눈동자는 에녹의 머릿속을 휘저을 것처럼 빛났고, 끝이 살짝 올라간 얇은 입술은 에녹을 비웃는 것처럼 보였다.

'혈귀가 아닐까?'

라고 생각한 이유는, 아까 테드가 여관을 나간 이유 때문이었다. 테드는 저택으로 돌아갔고, 아마도 잭과 마주쳤을 것이다. 잭이 테드를 혈귀로 만들었을지도 모른다. 그리고 잭의 하수인이 된 테드가 왕세자의 비밀을 알고 있는 에녹을 죽이기 위해, 혈귀들을 이끌고 찾아온 걸지도 몰랐다.

거기까지 생각이 미친 에녹은 그대로 돌아서서 도망치려 했다. 하지만 무언가가 에녹의 목덜미를 붙잡았고, 동시에 채앵— 날카로운 소리가 울렸다. 에녹은 긴장한 상태로 슬그머니 눈동자를 굴렸다.

붉은 머리의 남자가 에녹의 목을 잡고, 다른 손에 들린 단검으로 잔느의 검을 막고 있었다. 위급한 상황인데도 에녹은 속으로 감탄할 수밖에 없었다.

잔느의 검은 빠르기로 유명했다. 이런 불편한 자세로 잔느의 검을 막다니.

"사람 얼굴 보자마자 도망치는 예의는 어느 나라 예법이지?"

붉은 머리의 남자가 입을 열자, 낮게 울리는 목소리가 흘러나왔다. 듣기 좋은 목소리였다.

"그 손 놓아라."

잔느가 차갑게 말했다.

"너 따위가 함부로 건드릴 분이 아니다."

붉은 머리 남자의 입가에 싸늘한 미소가 깃들었다.

"내가 누군지 알고?"

"에녹 님. 이자가 말씀드렸던 혈귀와 싸우는 자입니다. 레드, 그리고 이쪽은 라울이라고 합니다."

테드가 황급히 두 사람을 소개했다. 에녹은 레드에게 붙잡힌 채로 물었다.

"그들이 돌아오려면 시간이 좀 걸린다고 하지 않았어?"

그 말에는 레드가 대답했다.

"고속선을 탔거든. 어마어마하게 빨랐지."

혈귀가 아니라는 것을 알고 들어서인지, 장난스러운 말투였다. 에녹은 한 손을 들어 잔느에게 검을 거두게 했다. 잔느는 잠깐 불만스러운 표정을 지었지만, 결국 검을 거두었다. 레드도 에녹을 잡고 있던 손을 놓았다.

"남작, 그대가 혈귀가 됐을지도 모른다고 생각했어."

에녹의 말에 테드가 쓴웃음을 지었다.

"이 사람들이 늦었더라면 그렇게 됐을지도 모르겠습니다. 잭이 그러는데, 절 어느 귀한 분의 식량으로 쓰려 했다더군요."

"귀한 분? 마하딘을 말하는 걸까?"

"그건 아닐걸. 이 근처에 또 다른 정혈귀가 있거든. 아마 그 여자를 말한 거겠지."

에녹을 상대하는 레드의 어투는 가벼웠다. 왕의 아들을 대하는 것 같지 않은 건방진 말투에, 잔느의 표정이 굳었다.

에녹은 가만히 레드와 라울의 모습을 살펴봤다. 레드는 차가우면서도 위험한 기운을 풍기지만, 테드의 옆에 서 있는 라울은 완전히 다른 느낌이었다. 여자처럼 아름다운 얼굴에, 보는 사람의 긴장까지도 풀어 주는 은은한 미소. 눈이 마주치자, 라울이 부드럽게 웃으며 고개를 숙였다.

"처음 뵙습니다, 에녹 님."

라울은 레드와 달리 예의가 발랐다.

하지만 아직 그들이 인간이라는 확신을 할 수가 없었다. 마하딘은 진짜 인간처럼 움직였다. 눈앞의 세 남자 역시 마하딘과 동류일지 모른다.

에녹의 의심을 읽었는지, 레드가 말했다.

"너 말이야. 혈귀가 움직이는 걸 본 적 있냐? 어마어마하게 빨라서 눈으로 좇을 수 없고, 피부는 강해서 검으로 베기도 힘들지. 내가 혈귀라서 널 죽일 생각이 있으면 말이야, 이렇게 상대를 떠보는 짓 따위는 안 해. 그냥 확 달려들어서 목을 콱……!"

버릇없는 행동에 분개한 잔느가 참지 못하고 검을 빼 들었다. 그녀의 날카로운 검이 매섭게 레드의 목을 겨눴지만, 레드는 눈썹 하나 움직이지 않았다.

"말조심해라. 이분은 국왕 폐하의 아들이시다."

"그래서?"

"뭐?"

"국왕 폐하의 아들…… 그래서?"

"예를 갖추란 말이다!"

잔느는 정말로 레드의 목을 벨 생각이었다. 잠시 뒤로 물러난 그녀의 검이 힘을 갖추고 레드의 목을 향해 날아들었지만, 목적을 달성하진 못했다. 어느새 라울이 장총을 뽑아 들어, 총신으로 그녀의 검을 막은 것이다.

아까는 레드에게, 이번에는 라울에게. 두 번이나 제압당한 잔느가 믿을 수 없다는 표정으로 라울을 쳐다봤다. 라울이 미안한 듯 웃으며 말했다.

"버르장머리라고는 눈곱만큼도 없는 짐승 같은 남자이지만, 그래도 우리 쪽엔 필요한 인물이라서 말이죠."

"잔느, 진정해."

보다 못한 에녹이 잔느를 말렸다.

"하지만 에녹 님……."

"뭔가 오해를 하는 모양인데, 여긴 왕실이 아니야."

싸움의 원인이 된 레드가 여전히 느긋하게 말했다.

"어디에 계셔도 고귀한 분이시다."

잔느는 지치지도 않고 레드를 상대했다. 레드가 차갑게 웃었다.

"고귀한 분? 그걸 버리고 여기까지 온 거 아닌가?"

"그게 무슨……?"

"왕실에서 정혈귀를 발견하고 도망친 거잖아. 자기 목숨이 가장 귀해서 뒤도 돌아보지 않고 왕실을 벗어난 거잖아. 도망친 순간 가문도, 그에 따르는 영광도 다 버린 거란 말이지. 그렇지 않아?"

레드의 시선은 에녹을 향하고 있었다. 에녹은 말문이 막혔다. 레드의 말이 옳았다.

"버리다니! 이분은……."

"그만해, 잔느."

에녹은 부끄러웠다. 레드의 말대로 모든 것을 버릴 각오로 왕실을 떠났다. 왕실에 남아 있는 사람들의 위험 따위는 생각하지 않았다. 이 한목숨 건질 생각만 하고 도망친 주제에, 왕자로서의 대우를 받아야 한다는 생각을 가지고 있었다.

고개를 들 수가 없었다. 레드의 푸른 눈동자에 담긴 조소가 에녹을 깔아뭉개는 것 같았다.

"저 남자 말이 맞아. 나는…… 도망쳤어. 다 버리고 도망친 거야."

"에녹 님……."

"인정할게. 난 겁쟁이야. 이 나라의 왕세자가 인간이 아니야. 그 남자가 왕실에서 뭘 하려고 하는 건지도 모르겠어. 그런데 그 남자는 내가 자기 정체를 눈치챘다는 걸 알고 있을 거야. 날 죽이려고 사람을 보낼지도 몰라. 어쩌면 그 남자와 똑같은 괴물들이 날 죽이려고 할지도 모르지."

에녹이 다급히 말하며 레드에게 다가갔다. 레드는 찌푸린 얼굴로 에녹을 내려다봤다.

"레드, 그대에게 부탁할게. 나를 지켜 줄 수 있어?"

"없어."

간절한 애원에 돌아온 것은 차가운 대답이었다. 에녹은 당황한 눈으로 레드를 올려다봤다. 농담을 하는 기미는 없었다.

"나는 누굴 지키는 게 성미에 안 맞거든. 하지만 네가 쓸모 있다면 데리고 다녀 줄 수는 있지."

에녹은 라울을 쳐다봤다. 어쩌면 라울이 받아 줄지도 모른다는 생각을 해서였다. 하지만 라울은 모든 것을 레드에게 맡긴 듯 아무 말도 하지 않았다. 결국 매달릴 사람은 레드뿐이었다.

"쓸모라면…… 어떤 걸 말하는 거지? 난 자네들 같은 힘도 없고, 싸움도 할 줄 몰라. 가진 건 약간의 보석뿐이야."

"왕세자의 정체를 알아봤잖아. 대체 어떻게 눈치챈 건지 알고 싶은데."

그래서 에녹은 마하딘의 정체를 알아본 순간에 대해 차근차근 설명했다. 어둠의 거리에서 봤던 이상한 시체까지도. 조용히 에녹의 설명을 들은 레드는 작게 신음을 흘리더니, 구석에 있는 의자에 가서 앉았다.

"결국 느낌이란 말이지? 확신이 아니라."

"아니, 확신해. 하지만 뭐라고 설명해야 될지 모르겠어. 가까이서 눈을 봤는데, 그게…… 뭐라고 해야 될까? 인간의 눈빛이 아니라는 걸 알게 됐다고 해야 하나?"

"대단하다면 대단하다고 할 수 있는 능력인데…… 증명할 길이 없으니……."

"그러게요. 다른 정혈귀를 잡아와서 실험해볼 수도 없는 거고.

게다가 이 능력이 진짜라고 해도 좀…….”

거기까지 말한 라울이 입을 다물었다. 레드는 라울이 무슨 말을 하려고 했는지 알고 있었다.

만약 에녹이 진짜로 정혈귀를 알아볼 수 있다면, 클레어의 정체도 눈치챌 것이다. 테드에게 클레어의 정체를 말하지 못한 상황에서, 에녹을 데려갈 수는 없었다.

“네 계획은 뭐야? 왕실로부터 멀리 도망치려는 거냐?”

레드가 물었다. 에녹은 우선 라볼르에 갔다가 거기서 하이엘른으로 가는 배편을 구하려고 했다고 말했다.

“하이엘른이라…… 독립적인 곳이니 숨어살기엔 나쁘지 않겠지. 무사히 도착할 수만 있다면.”

“내가 에녹 님을 지킬 것이다.”

잔느가 단호하게 말했지만 레드는 그 말을 무시했다. 레드는 붉은 머리카락을 쓸어 넘기며 말했다.

“도망칠 생각이라면 도와줄 수 없겠다. 우린 놈들을 상대할 생각이거든.”

“상대……한다고? 그대는 강해? 그놈들을 상대할 수 있을 만큼?”

에녹의 질문에 레드는 자신의 손바닥을 내려다봤다.

“글쎄. 하지만 약속한 게 있어서 도망칠 수 없는 상황이야. 나는 내 목숨을 걸고 그 약속을 지킬 거거든.”

“약속?”

"그런 게 있다. 하여간 우린 준비가 되는 대로 스미론도로 떠날 예정이야."

"스미론도? 왕실이 아니라?"

"왕실? 거기 사정은 내가 상관할 일이 아니지."

"하지만 왕실이 무너지면 이 나라도 무너져!"

"하하하하하하하."

갑자기 레드가 웃음을 터뜨렸다. 그 웃음의 의미를 깨달은 에녹이 얼굴을 붉혔다. 비웃음이다. 왕실에서 도망친 주제에 왕실 걱정을 하는 에녹에 대한 비웃음.

"내가 왜 웃었는지는 알겠지? 나도 한심한 놈이지만, 나보다 더 한심한 놈이 눈앞에 있으니까 안심된다. 난 아직 더 한심해져도 될 것 같아."

"아니요. 적당히 해 주세요. 내가 피곤해집니다."

라울이 한숨 섞인 목소리로 말했다. 레드는 피식 웃으며 일어났다. 테드가 레드의 앞을 막았다.

"이대로 가려는 겐가?"

"그럼 어떡해? 저놈은 도망치겠다고 하고, 나는 싸우겠다고 하는데. 뜻이 다른 사람들이랑 같이 갈 수는 없는 거잖아."

"하지만 에녹 님은……."

"안 돼, 테드. 난 도망칠 수 없어. 늦출 수도 없고."

레드는 테드의 어깨에 손을 얹고 그 어느 때보다 진지하게 말했다.

늦출 수 없다. 혈귀의 왕을 죽이기 위해, 클레어는 천 년이 넘는 시간을 살아왔다. 그녀가 더 오래 기다리게 둘 수는 없었다. 최대한 빨리 강해져서 그녀의 복수를 대신 해 주고 싶었다.

레드의 뜻을 바꿀 수 없다는 걸 깨달은 테드는 한숨을 삼키고 에녹에게 인사를 했다.

"가보겠습니다, 에녹 님. 도움을 드리지 못해서 죄송합니다."

에녹은 테드를 붙잡지 못했다. 레드가 먼저 방을 나갔고, 그 뒤를 라울과 테드가 따랐다.

"에녹 님. 저자의 말을 귀담아들으실 필요 없습니다. 건방지고 무례한 자의 헛소리일 뿐입니다."

잔느가 위로하듯 말했다. 에녹은 그녀를 향해 미소를 지어줬지만, 사실은 알고 있었다. 레드의 말이 헛소리가 아니라는 것을, 자신은 어디에도 낄 수 없는 비겁한 도망자일 뿐이라는 것을.

*　　　*　　　*

아란은 〈책 파는 가게〉의 구석에 서서 조용히 책장을 노려보고 있었다. 침묵을 견디기 힘든 유키가 아란에게 말을 걸었다.

"있잖아, 아란. 나 아까 진짜 이상했다?"

아란은 듣고 있다는 뜻으로 유키를 향해 시선을 돌렸다. 아란의 반응을 이끌어 낸 유키는 열심히 설명하기 시작했다.

"아까 검을 휘두를 때 말이야. 뭔가 확 터지는 것 같았어. 아니,

터지는 게 아니라 끌려간다고 해야 하나? 검이 내 힘을 빨아들이는 것 같더라고."

"흐음."

"이 검 말이야. 뭔가 좀 이상해. 계속 써도 괜찮은 걸까?"

"글쎄. 주의를 기울일 필요는 있을 것 같다."

"그치? 만약 이게 내 힘을 야금야금 먹어치우는 거면, 언젠가 내 힘이 다 사라질지도 모르잖아. 형도 그거 느꼈어?"

"난 좀 다른 걸 느꼈다. 아마 그게…… 클레어가 말한 아모른의 축복인 것 같은데."

"정말? 그걸 느낀 거야?"

"잘 모르겠다. 그게 확실한 건지도 모르겠고. 다시 해 보라면 못 할 것 같기도 하네."

유키를 상대하면서도, 아란은 클레어를 떠올리고 있었다. 클레어는 어디로 간 걸까? 그녀가 보고 싶다. 그 자그마한 얼굴이, 커다란 눈이, 붉은 입술이. 전부 보고 싶고 그리워서 견딜 수가 없다.

레드나 할 법한 생각이 자꾸 떠올라서 아란을 당혹스러웠다. 왜 이러는 걸까? 왜 그 차가운 여자를 안아 주고 싶어지는 걸까? 왜 그녀의 얼굴을 보고 싶고, 그 작은 손을 잡아 주고 싶어지는 걸까?

왜 이 감정을 자제하기 힘든 걸까? 왜 그녀를 떠올리는 것만으로도 눈물이 나려고 하는 걸까?

"그래도 굉장하다. 그걸 느끼다니. 난 그냥 힘이 확 빨려 나가는 것만 느꼈는데. 이따가 레드랑 라울이 오면 무기를 써보라고 해야겠어. 그 형들 것도 이러면, 이 무기 사용하는 거 자제해야 할 것 같아."

"그래. 일단……."

가게 문이 거칠게 열린 것은, 아란이 클레어를 찾으러 가자고 말하려는 순간이었다.

"소장님!"

찾아온 사람은 제프였다. 제프는 황급히 달려와 아란에게 말했다.

"소장님, 얼른 도망치십쇼!"

"도망? 무슨 일 있나?"

"이렇게 여유 부릴 때가 아닙니다. 놈들이 소장님을 잡으러 옵니다! 얼른 도망치세요. 거기 꼬맹이도!"

제프가 아란의 손목을 잡아끌었다. 평소의 제프라면 절대 할리 없는 행동이었다. 사태가 심상치 않음을 깨달은 아란의 미간에 깊은 주름이 생겼다.

"제프. 왜 이러는 거지? 무슨 일인가?"

"소장님! 일단 도망친 후에……."

"누가 날 잡으러 온다는 거지?"

"누구긴요? 경비대원들이죠! 모르십니까?"

"대체 뭘……?"

"아이고야!"

제프는 답답하다는 듯 제 가슴을 팡팡 두드리더니 말했다.

"소장님이 살인범으로 몰리고 있단 말입니다."

"살인범이요?"

유키가 눈을 동그랗게 뜨고 끼어들었다.

"그래, 이 녀석아! 너랑 소장님이랑 지금 체포되게 생겼어."

"아니, 대체 왜요? 누가 죽었는데요?"

"둘 다 아무것도 모르고 있는 겁니까? 경비대장님이랑 갈리트 백작 부인이 죽었습니다. 소장님이랑 이 꼬맹이가 두 사람의 살인범으로 지목됐고요!"

생각지도 못한 말이었다.

"대장님이 죽었다고?"

"네, 처참하게 살해당했습니다. 소장님, 소장님이 하신 거 아니죠?"

"당연하지. 대장님이 죽은 줄도 모르고 있었다. 대체 왜 우리가 살인범으로 지목당한 거지?"

나탈리의 일이라면 짐작이 간다. 하지만 포테인 자작이 왜 죽었는지는 알 수 없었다. 두 사람이 나올 때만 해도 포테인 자작은 무사했었다.

"여기서 이러고 있을 시간 없습니다. 일단 몸을 숨기고 나중에 제가 다 설명해 드리겠습니다!"

"아니, 난 도망치지 않는다."

아란이 단호하게 말했다. 제프가 이럴 줄 알았다는 듯 두 손으로 자기 머리를 감싸 쥐었다.

"아아, 소장님! 제발요."

"난 아무 짓도 하지 않았다. 시장님은 무사하신가?"

"네, 무사하죠. 하지만……."

"그럼 됐다. 가서 설명 드리면 되는 일이다."

"하지만 소장님."

"제프. 자넨 경비대에 있으면서 법을 위반하기를 재촉하는 건가? 이런 행동은 옳지 않다."

"아이고야, 소장님."

자기 마음을 몰라주는 아란이 못내 서운한 듯, 제프가 발을 굴렀다. 아란은 제프를 무시하고 유키에게 말했다.

"유키, 일단 넌 몸을 숨기고 있어라."

"하지만 아란. 나도 같이 가야 하는 거 아냐?"

"내가 가서 설명하고 오지. 괜한 꼴 당할 필요 없다."

"그래도……."

"남아서 레드랑 라울에게 사정을 설명해. 무슨 일이 생기더라도, 두 녀석이 알아서 처리해 주겠지."

"알겠어, 아란. 위험할 것 같으면 도망쳐야 돼."

"위험한 일은 없을 거다."

아란은 걱정스럽게 올려다보는 유키의 머리를 쓰다듬었다. 밖의 상황을 살피던 제프가 유키의 등을 떠밀었다.

"사람들이 오고 있다. 얼른 도망쳐."

유키는 고개를 크게 한 번 끄덕이고는, 가게의 창문 밖으로 도망쳤다. 제프가 창문을 닫았을 때, 무기를 든 경비대원들이 들이닥쳤다.

인간의 피를 맛본 후라 그런지, 산짐승의 피가 다른 때보다 더욱 역하게 느껴졌다. 온몸이 짐승의 피를 거부하며 비명을 질러대는 것을 간신히 견뎠다. 클레어는 한참 동안 헐떡거리다가 보텔로 산에서 내려왔다. 짐승의 피가 혈관을 타고 흘러가며 날카로운 고통을 자아냈다. 구석구석 아프지 않은 곳이 없었다.

아랫입술을 살짝 깨물고 느릿하게 걸어가는데, 맞은편에 한 무리의 사람들이 보였다. 클레어는 걸음을 멈추고 그들을 지켜봤다.

무장한 경비대원들과 밧줄에 묶인 아란이었다. 아란은 심하다 싶을 정도로 밧줄에 칭칭 동여매어져 있었는데도, 경비대원들은 긴장을 풀지 않고 아란을 감시했다.

무표정하게 걸어가던 아란이 클레어를 발견했다. 참으로 신기한 남자다. 기척을 감추고 있는 데도 늘 클레어를 알아챈다.

아란이 천천히 눈을 감았다가 뜨고 살짝 고개를 저었다. 아는 척을 하지 말라는 뜻으로 받아들인 클레어는, 가볍게 고개를 끄덕이고는 뒤로 물러섰다.

거리엔 이미 어둠이 깔렸지만, 나와 있는 사람들이 많았다. 그들은 공개적으로 연행되어 가는 아란을 보고 충격을 받은 듯, 그 곳을 떠날 생각을 하지 못했다. 몇몇 여자들은 경비대원들의 뒤를 따라가다가, 대원들의 욕설을 듣고는 울음을 터뜨리기도 했다.

클레어는 기척을 감춘 채로 경비대원들의 뒤를 따라갔다. 정확히 어디로 가는 건지 알아둬야겠다는 생각이었다.

보텔로 산으로 가는 동쪽 관문의 경비초소. 거기서 조금 떨어진 곳에는 동쪽 초소의 대원들이 관리하는 감옥이 있었다. 흉악범들이 많아 경비가 심하기로 유명한 감옥이었다.

범죄를 저지른 자들 중에서도 가장 위험한 자들만 모아 놓은 그곳이, 아란이 갇힐 곳이었다. 클레어는 아란이 감옥 건물로 들어가는 것을 확인한 후, 발길을 돌렸다.

*   *   *

"레드, 자네 생각도 일리가 있기는 하지만 에녹 님에게 너무 무례했네."

책 파는 가게로 향하며, 테드가 레드를 질책했다. 레드는 아무래도 좋다는 듯 어깨를 살짝 움직였다.

"아무리 도망을 쳤어도 고귀한 핏줄인 건 변하지 않아. 나중에 에녹 님이 왕위에 오르시기라도 하면 어쩔 텐가?"

"호오. 테오도르 남작. 그거 굉장히 위험한 발언인데? 반역을

꿈꾸는 건가?"

레드가 장난스럽게 대꾸하자 테드가 인상을 찌푸렸다.

"레오나드. 그렇게 쉽게 말할 일이 아니네. 현재 왕세자가 정혈귀라잖나. 정말로 그를 막을 생각이 없는 겐가?"

"없다고 했잖아. 놈을 해치우는 건 내가 할 일이 아니야. 왕실 관계자가 할 일이지. 그런데 그 왕실 관계자라는 놈은 도망을 치려고 하잖아. 내가 왜 왕실을 구하는 데에 목숨을 걸어야 하지?"

"이 나라가 걸린 일이니까."

"나라 따위는 내가 알 바 아냐. 나는 그저 흘러가는 대로 사는 평민일 뿐이거든. 나라에서 나한테 해 준 것도 없고."

"라울, 자네도 같은 생각인가?"

테드가 지푸라기라도 잡듯 라울을 쳐다봤다. 말없이 걷던 라울이 빙그레 미소를 지었다.

"네, 같은 생각입니다. 왕자가 자기 목숨 귀하게 여기는 것처럼, 나도 내 목숨이 귀하거든요."

"자네들은 정말로 끼리끼리 모였구먼!"

"너도 그 '끼리'에 끼거든?"

"난 다르네!"

"다르긴 뭐가 달라? 결국 에녹을 버리고 우릴 따라왔으면서. 다르다면 그 녀석 옆에 남아 줬어야지."

"레오나드. 자넨 정말 이기적이고 형편없는 남자네! 나는 자네가 푸슈리를 사오지 않은 것도 용서해 줬는데!"

"뭐야? 역시 그걸 마음에 담고 있었던 거냐? 이 자식, 대신에 나는 네놈 목숨을 구해 줬잖아! 네놈 목숨이 푸슈리보다 못 하다는 건 아니겠지?"

"내가 푸슈리를 구하는 이유가 뭐겠나? 그걸로 돈 좀 벌어서 자네들 먹여 살리려고 하는 거 아닌가! 다 자네 좋으라고 하는 일이네!"

"뭐야? 애 아빠 같은 소리 하지 마! 확 구워 버린다?"

"그놈의 구워버린다는 소리 좀 그만하게! 날 구워서 어디에 쓰려고 하나? 식인이라도 할 셈인가?"

"넌 맛없을 것 같아."

"얘기가 왜 거기로 튀나!"

티격태격하면서 골목으로 접어들었을 때, 어둠 속에서 튀어나온 누군가가 세 사람의 앞을 막아섰다. 반사적으로 검에 손을 대며 테드의 앞을 막아선 레드는, 찬란한 금발 머리카락을 보고 눈을 부릅떴다.

"유키?"

유키가 고개를 들어 레드를 쳐다봤다. 커다란 눈에 눈물이 그렁그렁했다.

"유키, 왜 그래요?"

라울이 걱정스럽게 유키에게 다가갔다. 유키가 라울의 옷자락에 매달려 말했다.

"아란이, 아란이 잡혀갔어."

"잡혀가다니? 누구한테?"

"겨, 경비대원들한테."

"뭐? 아란이 대체 왜?"

"살인범이라는 누명을 썼어."

"살인범이라니. 누가 죽은 겐가?"

테드가 물었다. 유키는 혼란스러운 듯 고개를 절레절레 흔들며 말했다.

"자세한 건 모르겠는데…… 경비대장이랑 갈리트 백작 부인을 살해한 혐의래."

"그게 무슨 소리야? 포테인 자작이 죽었어?"

"잘 모르겠어. 나도 잘 모르겠어."

"일단 어디 좀 들어가서 유키를 진정시켜야겠는데요."

라울이 떨고 있는 유키의 어깨를 감싸 안았다. 레드는 유키가 이렇게까지 떠는 것이 심상치 않게 느껴졌다.

유키는 버르장머리 없는 꼬맹이지만, 생각이 깊고 머리가 좋았다. 누명을 쓰고 잡혀가기는 했지만, 아란은 펠타 시에서 좋은 평가를 받고 있었다. 그가 잘 설명하면 누명은 쉽게 벗겨질 테고, 아란은 곧 풀려날 터였다. 누구보다도 그 사실을 잘 알 텐데, 유키가 왜 이렇게 떨고 있는 건지 모르겠다.

"가게는 안 돼."

유키가 말했다.

"나도 누명을 썼거든. 아란이 도망치라고 해서 도망쳤어. 아마

날 찾고 있을 거야."

"그럼 우리 저택으로 가는 게 어떤가?"

"그것도 안 돼."

유키는 테드의 제안도 거절했다.

"동쪽 관문에 감옥이 있잖아. 그 근처에서 우리를 기다리고 있을지도 몰라."

"너 좀 이상하다. 머리는 여전히 잘 돌아가는 것 같은데 왜 그렇게 떠는 거냐? 아란이 누굴 죽였을 리가 없잖아. 금방 풀려날 거야."

"응, 그러면 좋겠는데…… 불안한 생각이 들어."

"불안하다니. 아란이 누명을 못 벗고 죽기라도 한다는 거냐?"

레드가 강한 어조로 묻자 유키는 입을 꾹 다물어 버렸다. 호박색 눈동자는 불안과 걱정으로 가득 차 있었다. 그때, 지붕 쪽에서 클레어의 목소리가 들려왔다.

"가게 근처를 지키는 사람은 없다."

"클레어?"

탁— 소리와 함께, 클레어가 바닥에 가볍게 내려서는 것이 보였다.

"은빛 머리의 아이가 보텔로 산 근처의 감옥에 들어가는 것을 확인하고 오는 길이다. 무슨 일이 있었던 것이냐?"

"그건 나도 알고 싶은데. 유키, 말할 수 있겠냐?"

레드의 채근에 유키가 입술을 달싹거리다가 고개를 끄덕였다.

"응, 말할 수는 있겠는데…… 여기선 안 될 것 같아. 어디로 좀 갔으면 좋겠는데."

"수배자가 된 거라면 관문을 지나기 힘들 겁니다. 상점에 들어가면 눈에 띌 거고요. 우리 가게로 돌아가는 수밖에 없겠는데요."

결국 그들은 〈책 파는 가게〉로 향했다. 경비대원들이 들이닥칠 것을 대비해 문을 잠가놓고, 서랍에 있던 종을 꺼내 문에 매달았다. 누군가 들어온다면 종이 울릴 것이다.

식당에 들어가 불이 새어 나가지 않도록 커튼을 치고, 마력석으로 불을 밝혔다. 유키는 의자에 앉은 후에도 고개를 푹 숙인 채 말이 없었다. 유키의 옆에 앉아 있던 클레어가 어깨를 가볍게 두드렸다.

"걱정 마라, 아이야. 은빛머리의 아이는 내가 언제든지 거기서 꺼내올 수 있단다."

클레어의 말에 유키의 표정이 조금 밝아졌다.

"응, 여차하면 클레어가 힘을 쓸 수 있겠구나. 그래, 맞아. 클레어는 강하지."

"응, 클레어는 강해. 그러니까 말해 봐. 뭔 일이 있었던 거냐?"

클레어의 정체를 모르는 테드는, '클레어가 강하다.'고 확신하는 레드 일행의 대화에서 의아함을 느꼈다. 하지만 그것에 대해 물어볼 분위기가 아니기에 잠자코 유키가 말을 꺼내기를 기다렸다.

유키는 크게 심호흡을 한 후, 다부진 눈빛으로 돌아가 입을 열었다.

"처음부터 설명할게. 일단 우리는 경비대 본청에 가서 포테인 자작을 만났어."

유키는 포테인 자작을 만난 것과 갈리트 백작을 소개받은 일에 대해 설명했다. 그리고 갈리트 백작이 원래는 아모펠츠 교국의 성기사였고, 나탈리를 상대하기 위해 준비를 갖추고 있었다는 것을 말했다.

"저택 정원 나무에 성수를 설치해뒀다고 했어. 하루에 세 번씩 뿌릴 수 있도록. 그래서……."

거기서 유키는 입을 다물었다. 테드가 이 자리에 있다는 것을 깨달은 것이다. 아란과 유키가 황급히 경비대 본청을 빠져나간 이유를 설명하려면, 클레어가 정혈귀라는 것을 말해야만 했다.

"그래서…… 그래서 말이지."

"그래서 뭐?"

레드가 답답한지 유키를 닦달했다. 유키는 작게 한숨을 흘린 후 말을 꾸며냈다.

"그냥, 혹시 일이 잘못돼서 백작 부인이 폭주할까 봐…… 아란이랑 나는 급하게 경비대 본청에서 나온 후에, 갈리트 백작 가로 향했어. 그리고 거기서 백작 부인이 클레어를 죽이려고 하는 걸 발견했고!"

"아……!"

그제야 유키가 머뭇거린 이유를 알게 된 레드가 작게 신음을 흘렸다. 테드가 놀란 듯 클레어를 살펴보며 물었다.

"클레어, 다친 곳은 없습니까?"

"그래, 없다."

"다행입니다. 혈귀의 손에 걸려 살아남기 힘든데, 정말 다행입니다."

착잡한 표정으로 테드를 보던 유키는 나탈리를 처리한 후부터 아란이 잡혀가기까지의 일을 설명했다.

"그런 거라면 문제없지 않나요? 사정을 제대로 설명하면 금방 풀려날 텐데요. 지금쯤 풀려났을지도 모르고요."

라울이 어깨를 으쓱하며 말했다. 팔짱을 끼고 있던 레드가 무거운 목소리로 반박했다.

"아니, 문제가 있다."

"문제가 있다니요?"

"큰 문제가 생겼다. 그렇지, 유키?"

다시 불안한 표정으로 돌아간 유키가 고개를 끄덕거렸다. 답답해진 테드가 대체 뭐가 문제냐고 물어보려고 했는데, 레드가 먼저 말했다.

"백작 부인을 죽인 건 아란이랑 유키가 맞아. 그러니까 오해를 살 수도 있는 문제지. 하지만 그게 포테인 자작이라면 얘기가 달라져. 회의실에는 포테인 자작과 아란, 유키, 그리고 갈리트 백작이 있었어. 아란이랑 유키는 갈리트 백작보다 먼저 회의실을 나왔고. 아란과 유키가 살인범으로 지목을 받은 건 목격자가 있었기 때문이겠지. 그렇다면 갈리트 백작은? 그가 마지막으로 포테인 자작과 함께 있었던 사람인데, 왜 그는 문제를 삼지 않은 걸까?"

"아!"

그제야 일의 심각성을 깨달은 라울이 작게 탄성을 질렀다. 레드가 계속해서 말했다.

"갈리트 백작은 자기 부인이 정혈귀라는 것을 알고 있었어. 그리고 아란과 유키가 포테인 자작을 죽이지 않고 회의실을 떠난 것도 목격했고. 아란과 유키가 살인범으로 몰려 수배자가 되기까지, 갈리트 백작에게도 보고가 들어갔을 거야. 그런데 왜 그는 두 사람을 변호해 주지 않은 거지?"

"큰일이로군. 갈리트 백작이 혈귀의 편이라는 건가?"

"그건 모르겠어. 꼭 혈귀가 관계된 일은 아닐지도 몰라. 어쨌든 두 사람이 죽어 나간 건 사실이고 설명이 필요한 일이니, 아란에게 누명을 씌우는 걸로 일을 쉽게 해결하려고 하는 걸지도 몰라. 아란이라는 말을 하나 버리는 걸로 도시에 찾아올 혼란이 사라지는 거니까."

"하지만 아발란체는 소중한 재원이 아닌가."

"아모펠츠 교국의 성기사였다잖아. 그들이 정말로 혈귀를 상대하기 위해 평생을 살아온 거라면, 목적을 이루는 데에 수단 따위는 신경 쓰지 않을 수도 있는 거지. 게다가 우리는 혈귀를 상대할 수 있는 힘이 있어. 어쩌면 아란이 가진 힘을 질투한 걸지도 몰라. 그런 사람들 있잖아. 이 일을 해결하는 건, 반드시 나여야만 돼! 이런 종류의 인간들. 이유는 여러 가지지만, 일단은 갈리트 백작이 적이라고 생각해야 돼."

"혈귀일 수도 있는 거고요."

라울이 말했다.

"그래, 정혈귀일 수도 있지."

레드가 순순히 수긍했다. 라울이 흘끗 클레어를 쳐다봤다. 그녀는 정혈귀를 알아볼 수 있다. 하지만 테드가 있는 곳에서 물어볼 수는 없었다.

"갈리트 백작이 정혈귀는 아닐 것 같아. 만약 그 남자가 정혈귀였다면 같은 정혈귀인 백작 부인을 죽게 놔둘 이유가 없잖아. 게다가 백작이 가진 성기사 메달도 진짜로 보였고."

유키의 말에 레드가 팔짱을 낀 채 고개를 끄덕거렸다.

"뭐가 됐든 수배자인 채로는 활동하기 힘들어. 앞으로 먼 길을 가야 할 텐데, 계속 숨어다닐 수는 없잖아."

"그럼 어떡하지?"

"일단 누명을 풀 방법을 찾아야겠지. 라울, 넌 감옥에 가서 아란을 만나. 우리가 어떻게든 방법을 찾을 테니까 적당히 있으라고 해."

"그래요."

"테드, 유키를 부탁할게. 이 녀석, 여장이라도 시켜서 관문을 통과시키고 저택에 가 있어."

"알겠네. 자네는 어떻게 할 건가?"

"난 클레어랑 같이 갈리트 백작을 만나볼게. 일단 놈의 정체를 파악할 필요가 있으니까. 백작이 인간이라면 어떻게든 구슬려서 아란의 혐의를 벗겨 줘야지."

아란이 걱정된 라울이 가장 먼저 자리를 떴다. 유키는 여장만큼은 하고 싶지 않다고 투덜거렸지만, 결국 테드의 손에 이끌려 밖으로 나갔다.

레드는 묵묵히 클레어를 향해 시선을 던지고 있었다. 레드의 눈동자는 클레어의 머리에서부터 시작해 천천히 아래로 내려갔다. 가슴께에서 시선이 멈춘 레드가 미간을 좁혔다.

"너, 다쳤지?"

클레어는 고개를 숙여 드레스를 확인했다. 나탈리의 손톱이 만든 구멍이, 가슴 부근에 나 있었다.

"모처럼 사준 옷인데 엉망으로 만들어 버렸구나."

"옷이 문제가 아냐. 다쳤잖아."

"이 정도의 상처는 금방 아문단다."

"그렇다고 아프지 않은 건 아니지. 똑같이 아프다면서?"

"견딜 만하다."

"나는 못 견디겠는데."

레드의 미간에 깊은 주름이 생겼다.

"나는 네가 다쳤다고 생각할 때마다 고통스러운데, 넌 참 잘도 견딘다."

"내 아픔은 네가 신경 쓸 일이 아니다."

클레어의 매몰찬 말에 레드가 쓴웃음을 지으며 일어났다.

"신경 정도는 쓰게 해 주지그래? 잡아먹을 것도 아닌데."

클레어도 따라서 일어나려 했지만, 옆으로 다가온 레드가 그녀의 어깨를 눌러 도로 앉혔다. 그리고 단검을 꺼냈다. 레드가 하려는 짓을 깨달은 클레어가 다급히 그의 손목을 잡았다.

"아이야. 하지 마라."

"성수에 맞은 거 아냐? 몸에 힘없지?"

"나는 이미 산에서 배를 채우고 왔다."

"짐승의 피였잖아. 내 피를 마시는 편이 훨씬 낫지 않아?"

"그만해라."

클레어의 얼굴이 일그러졌다. 하지만 레드는 모르는 척, 단검으로 손바닥을 베려 했다. 날이 손바닥에 닿기 직전에, 클레어가 레드의 손목을 잡은 손에 힘을 줬다.

"대체 왜 이러는 게냐! 나는 네 피가 필요 없다 하지 않았느냐. 네 피를 마시고 싶지 않다! 왜 자꾸 강요를 하는 게냐? 이것이 네 사랑 방법인 게냐? 상대가 싫다 하는 데도 계속 밀어붙이는 것이?"

클레어의 외침에 레드가 상처 입은 표정을 지었다.

"나는 널 사랑하지 않는다. 네 피를 마시고 싶은 생각도 없다. 네가 내게 품고 있는 마음 때문에, 나를 괴물로 만들 셈이냐?"

"클레어."

"그러지 마라. 제발 날 괴물로 만들려고 하지 마라. 피를 준 네가 살아 있든, 죽었든, 그것은 관계가 없다. 나는 인간의 피를 마시지 않겠다고 약속했고, 그 약속을 지키고 싶을 뿐이다. 그 약속이 깨어지면 나는, 나는……."

"미안해."

레드가 검을 내리고 클레어를 끌어안았다. 클레어의 몸이 가늘게 떨리고 있었다.

늘 담담한 클레어를 떨게 만들고 말았다. 이기적으로 행동하는 바람에 그녀를 괴롭게 만들었다. 인간의 피를 원하는 정혈귀가 피를 마실 수 있는 기회를 떨쳐내는 것은 힘든 일일 것이다. 유혹에 굴복하지 않고자 애쓰는 클레어의 마음을 무시하고 말았다.

클레어가 다쳤다는 걸 알았을 때보다 더한 고통이 심장을 자극했다. 레드는 조심스럽게 그녀의 머리를 쓰다듬었다.

"미안해, 클레어. 이제 안 그럴게. 미안해. 내가 잘못했어."

레드가 잘못한 것은 없다고, 클레어는 생각했다. 누군가를 사랑하는 것은 마음먹은 대로 되는 일이 아니다. 사랑하는 사람에게 무언가를 해 주고 싶은 것은, 사랑하는 사람이 아파하는 모습을 보고 싶지 않은 것은, 당연한 일이다. 클레어도 영혼을 줄 수 있을 만큼 누군가를 사랑해 보았기에, 레드의 마음을 뼈저리게 알 수 있었다.

알기 때문에 괴로웠다.

망설임 없이 자기 피를 내어줄 수 있을 만큼 클레어를 사랑해주는 그 마음을 받아줄 수 없었다. 이 가슴을 가득 채운 카르제나라는 남자를 지울 수 없었다. 또한 몸 안에 흐르는 혈귀의 피를 무시할 수 없었다.

'이유가 무엇이냐?'

클레어는 묻고 싶었다.

'왜 정혈귀 따위를 사랑하는 것이냐?'

하지만 물어볼 수 없었다. 납득할 만한 말을 할 것 같아서, 혹은 그 말이 너무나 달콤할 것 같아서.

그래서 묻지 않고 두 손으로 레드의 가슴을 밀어냈다. 레드는 보는 이마저 가슴이 저릿할 정도로 괴로운 표정을 짓고 있었다. 짙은 눈썹 사이에 생긴 깊은 주름과 물기 가득한 푸른 눈동자, 굳게 다문 입술.

하마터면 손을 뻗어 그의 얼굴을 쓰다듬을 뻔했다. 클레어는 레드의 뺨을 만지는 대신 주먹을 꽉 쥐고 말했다.

"네가 나에게 네 생명을 준다 해도, 내가 너를 사랑하는 일은 없을 것이다."

레드의 얼굴에 미소가 떠올랐다. 울 것 같은 미소였다.

"알아, 클레어. 괜찮아. 말했잖아. 네 마음, 내게 주지 않아도 돼. 난 그저…… 널 볼 수 있으면 돼. 그거면 돼."

간절하게 말하는 그에게 무어라 말할 수가 없었다. 입을 꽉 다

무는 클레어의 마음을 오해했는지, 레드가 그녀의 팔을 붙잡았다.

"떠나지 않을 거지?"

다른 사람의 앞에서는 강하게 빛나는 레드의 새파란 눈동자가 불안하게 흔들리고 있었다. 클레어는 금방이라도 넘칠 것 같은 그 푸른빛을 응시하다가, 힘겹게 대답했다.

"지금은. 지금은 떠나지 않으마."

레드가 웃었다. 이번에는 조금 밝은 미소였다.

"그래, 다행이다."

레드와 클레어는 갈리트 백작을 만나기 위해 시청에 갔지만, 그를 만날 수 없었다. 갈리트 백작 저택에도, 그는 없었다. 갈리트 백작과 오해를 풀기 위한 대화조차 할 수 없는 상황에 처한 두 사람이 당황하고 있을 때, 라울 역시 혼란에 빠진 상태였다. 동쪽 관문 근처의 감옥에 아란이 없었기 때문이다.

'클레어가 아란이 여기로 들어가는 걸 확인했다고 했는데……'

감옥을 지키는 감옥 지기들은 아란이 감옥에 들어온 적 없다고 말했다. 라울은 아무 소득 없이 감옥을 나와 휑한 주위를 둘러봤다.

'아란은 도대체 어디에 있는 거지?'

＊　　＊　　＊

　아란은 강한 두통을 느끼며 정신을 차렸다.

　여긴 어딜까?

　동쪽 관문 근처의 감옥에 들어가면서 이상하다는 생각을 했던 기억이 났다. 범죄자 인수 절차에 따르면 우선 경비대 본청에 있는 감옥에 갇혀 있다가 재판을 받아야 했다. 하지만 아무 절차도 밟지 않고 동쪽 감옥에 들어가게 된 상황이 의심스러웠다.

　경비대원들은 아란을 감옥장에게 인계한 후, 아무 설명도 없이 돌아갔다. 감옥장에게 어떻게 된 일인지 물어보기 위해 돌아보려 할 때, 뒤통수에 강한 충격을 받았다.

　'감옥장이 한 짓인가?'

　그 자리에 감옥장 이외의 다른 사람은 없었다. 감옥장이 한 짓이라는 것은 알겠는데, 왜 이런 짓을 한 건지는 알 수 없었다. 하지만 심상치 않은 일이 벌어지고 있음은 분명하다.

　갑작스러운 포테인 자작의 죽음, 이해하기 힘든 누명, 이상한 인수인계 절차, 감옥장의 알 수 없는 행동.

　'무슨 일이 벌어지고 있는 거지?'

　얻어맞은 부위의 통증이 가시질 않았다. 따끔따끔한 고통이 지속적으로 일어나는 걸로 봐선 찢어진 것 같다.

　아란은 인상을 찌푸리고 주위를 둘러봤다. 어둠에 익숙해진 시야에 허름한 공간이 들어왔다. 창문이 없는 작은 창고처럼 보였다. 돌로 만든 단단한 벽이 둘러져 있고, 낡은 의자들이 굴러다녔다. 벽에는 고문도구로 보이는 것들이 걸려 있었고, 바닥엔 물이 담긴 양동이도 있었다.

"여어, 깨어나셨나?"

그때, 구석에서 음험한 목소리가 들려왔다. 아란은 고개를 돌려 목소리가 들려온 곳을 노려봤다. 실루엣만 보이기는 했지만 감옥장이라는 것을 알 수 있었다.

감옥장은 커다란 몽둥이를 한 손에 탁탁 두드리고 있었다.

"이봐, 아발란체 소장. 나 몰라?"

"감옥장 아닌가?"

"감옥장이지. 감옥장 돌틴이라고 하면 떠오르는 거 없어?"

"돌틴?"

어디선가 들어본 적 있는 이름이다. 하지만 언제 들었는지 기억이 나지 않았다.

아란의 대답이 없자, 돌틴은 벌떡 일어나 아란에게 다가왔다. 위협적인 걸음걸이였다. 아란의 옆으로 온 돌틴은 몽둥이로 아란의 어깨를 후려쳤다.

빠악!

뼈가 부서질 것 같은 고통이 일어났지만, 아란은 신음조차 흘리지 않고 돌틴을 노려봤다.

"이런 식의 신문은 들어본 적이 없는데. 과정, 절차 다 무시하는 건가?"

아란의 질문에 돌틴이 피식 웃었다.

"그렇게 여유 부릴 때가 아닐 텐데. 응?"

그 말을 증명이라도 하듯, 돌틴의 몽둥이가 허공을 갈랐다. 단단한 몽둥이는 같은 곳을 여러 번 가격했다.

빠직!

결국 어깨뼈가 부서졌다.

아란은 비명을 삼키며 돌틴이 이러는 이유에 대해 추측해 보려 애썼다. 하지만 떠오르는 것이 아무것도 없었다.

"나한테는 말이야. 예쁜 약혼녀가 있었어. 시장에서 장신구를 파는 가게의 딸인데, 기억하려나 몰라."

떠오르는 여자가 있었다. 그 여자의 얼굴은 잘 모르지만, 그녀의 부모가 아란을 찾아온 적이 있다.

"실종된 여자 말인가?"

"그래, 그래. 기억하고 있나 보군. 실종됐지. 으하하하하하. 실종됐지, 실종됐어."

돌틴은 반쯤 정신이 나간 것처럼 보였다. 아란의 머릿속에 처음으로 죽을지도 모른다는 생각이 떠올랐다.

"내 약혼녀가 말이야, 나랑 결혼하기 직전에 날 떠났어. 왜 떠났는지 알아?"

돌틴은 흐느끼는 듯한 목소리로 말하며 고문도구가 걸려 있는 벽으로 걸어갔다.

"아발란체 소장, 널 좋아한대. 짝사랑일 뿐이지만 널 가슴에 담은 채로 나랑 결혼하고 싶지 않대. 네 은색 머리카락이 아른거려서 나랑 만나고 싶지가 않대."

돌틴은 고문도구를 하나, 하나 만지면서 말했다.

"그런 이유로 날 떠나더라고. 그런데 말이야. 그 계집이 날 우습게 본 거지. 내가 그저 감옥만 지키는 병신인 줄 알았나 봐. 그럴 리가 없잖아. 안 그래?"

돌틴이 킬킬 웃으며 고문도구 하나를 골랐다. 삼지창처럼 끝이 날카롭게 갈라져 있는 도구였다.

"그래서 내가 죽여 버렸어. 내 여자가 다른 놈 때문에 날 떠나는 건 있을 수가 없는 일이거든. 있어서도 안 될 일이고."

돌틴이 아란에게 다가왔다.

"그리고 그딴 놈이 살아서 나랑 같은 공기를 마신다는 것도, 있어서는 안 될 일이지."

"날 죽일 셈인가?"

"머리 좋은데?"

"그럼 자네도 무사하지 못할 텐데."

"아니, 난 무사해."

라고 말하며, 돌틴이 삼지창을 들어 올렸다가 거세게 내리찍었다. 날카로운 삼지창의 끝이 아란의 허벅지를 파고들어 왔다. 전신을 꿰뚫는 고통에, 아란은 이를 악물었다. 돌틴은 삼지창을 박아 넣은 채로 그것을 휘저었다. 핏줄과 근육이 헤집어지며 기절할 것 같은 고통이 찾아왔다.

"내 뒤를 봐주는 사람이 있거든."

돌틴의 이야기는 계속되었지만, 아란은 이것저것 생각할 정신이 없었다. 통증을 견디는 것만으로도 벅찼다.

"잘생긴 아발란체, 멋있는 아발란체. 그 말을 들을 수 있는 나날도 곧 끝날 거야. 이제부터 네 팔다리를 못 쓰게 만든 후에, 피부를 한 겹, 한 겹씩 벗겨낼 생각이거든. 속을 드러낸 아발란체도 여자들의 사랑을 받을 수 있으려나? 엉?"

돌틴이 킥킥 웃으며 삼지창을 뽑아냈다. 뚫린 피부로 피가 분수처럼 쏟아져 나왔다. 정신을 잃을 것 같은 고통 속에서, 아란은 흘러내리는 뜨거운 피를 응시했다. 몸을 채우고 있던 피는 어느새 아란의 주위를 흠뻑 적셨다.

'아깝군.'

아란은 생각했다.

'이 피를 클레어가 마셨다면 좋았을 텐데.'

다급한 와중에도 클레어를 떠올리는 자신을 이해할 수 없었다.

'클레어를 두고 죽을 수는 없어.'

라고 다짐하는 이유 또한 알 수 없었다.

돌틴이 다시 내리찍은 삼지창이 같은 부위를 파고들어 왔다. 이미 헤질 대로 헤진 곳을 다시 자극하자, 견딜 수 없는 고통이 아란을 휘몰아쳤다. 아란은 이를 악물고 생각했다.

'무사히 이곳을 빠져나가야 해. 반드시 살아서 클레어 곁으로

돌아가야 해. 그러지 않으면 난……'

그 뒤에 하려고 했던 생각이 뭔지는 알 수 없었다. 하지만 한 가지는 분명했다.

'클레어가 보고 싶어.'

＊　　　＊　　　＊

누군가를 태운 마차가 어둠을 가르며 달려가고 있었다. 마차를 끄는 여섯 마리의 말도, 말을 끄는 마부도 검은색이었기에 어둠에 묻혀 잘 보이지 않았다. 마부는 지루한 표정으로 앉아 있다가 갑자기 눈을 빛내며 몸을 틀었다. 어느새 길어진 손톱이 허공을 갈랐다.

"크악!"

낮은 비명과 함께, 마부를 공격했던 그림자가 땅에 굴러떨어졌다. 마부는 말을 멈추게 한 후, 습격자를 향해 달려갔다. 눈에 보이지 않을 만큼 빠른 속도였다.

"어마어마하구먼. 으하하하하하."

한쪽 다리가 완전히 잘렸는데도, 습격자는 웃고 있었다. 다리에서 흘러나온 피가 옷과 땅을 적셨다. 마부는 무표정하게 습격자의 목을 움켜쥐었다. 마부의 입술이 벌어지며 날카로운 송곳니가 드러났다.

그때였다.

"잠깐, 잠깐! 그건 내가 가져가야겠어. 이히히히히."

갑작스러운 소란에 마차 밖으로 나온 헤론이 두 손을 휘저으며 다가왔다. 헤론의 하얀 머리카락은 어둠 속에서도 알아볼 수 있었다. 마부는 차가운 눈으로 헤론을 노려봤다.

"알프레드라고 했던가? 맞지?"

겁도 없이 다가온 헤론이 마부에게 말을 걸었다. 그 이름을 들은 습격자가 작게 숨을 들이마셨지만, 아무도 그에게 신경을 쓰지 않았다.

"하여간 이건 내가 가져갈 거야. 수도까지 가는 길에 심심했는데 잘 됐어. 이히히히히."

"뭐에 쓰려는 거지?"

송곳니를 집어넣은 알프레드가 낮은 목소리로 물었다. 헤론은 그것도 모르냐는 듯 어깨를 으쓱했다.

"당연하잖아. 내 연구 자료지."

"마차 안에서 연구를 하겠다고? 그게 가능한가?"

"가능하지, 가능해. 난 언제 어디서나 연구를 한다고. 이건 나 줘. 아주 재미있게 바꿔놓을 테니까. 먹잇감은 어디서든 구할 수 있잖아. 아니면 넌, 굴러들어온 먹이가 아니면 상대하지 못하는 최약체인가? 웅? 이히히히히."

"말 함부로 하지 마라."

알프레드가 차갑게 말하며 습격자의 목을 잡고 있던 손에서 힘을 뺐다. 거대한 덩치의 습격자는 둔탁한 소리를 내며 땅에 떨어졌다.

알프레드는 더 이상 관심 없다는 듯 뒤도 돌아보지 않고 마차로 돌아갔다. 헤론은 굴러다니는 잘린 다리를 들고 습격자에게 말했다.

"잠자코 마차로 들어오시지. 저놈 먹이로 생을 마치기 싫으면. 이히히히히."

마차는 타니하르가 들어가자 꽉 찰 만큼 좁았다. 헤론은 잘린 다리를 옆에 내려놓고는 꾸러미에서 작은 병을 꺼냈다. 병에는 빨간색 액체가 가득 담겨 있었다.

타니하르는 헤론이 그것을 잘린 다리에 뿌릴 줄 알았다. 하지만 헤론은 타니하르의 예상을 벗어나는 행동을 했다. 액체를 마차에 뿌려대기 시작한 것이다. 빨간 액체를 남김없이 뿌린 후에야 헤론이 입을 열었다.

"저놈들은 청력이 좋거든."

"넌…… 저놈들 편이 아닌가?"

타니하르가 묻자 헤론이 비웃는 듯한 미소를 지었다.

"편? 난 편 가르기 따위는 안 해. 연구만 제대로 할 수 있게 해 준다면, 날 데려가는 게 누구든 좋아. 그게 연구자의 길 아니겠어? 응? 이히히히히히."

"그럼 왜 날 구해 준 거지?"

"말했잖아. 연구를 하고 싶다고."

"라볼르에 있던 괴상한 생물들처럼 만들 생각이라면, 그냥 죽여라."

"왜 습격한 거지?"

"레오나드 공이 필요로 하니까."

"이히히히히. 과거의 대해적이 고작해야 펠타 시 안에 머무는 궁사 나부랭이한테 충성을 바치는 건가?"

"내 정체를 어떻게 안 거지?"

타니하르의 질문에 헤론은 킬킬 웃으며 자기 머리를 톡톡 두드렸다.

"난 이게 좋거든."

답이 되는 말은 아니었지만, 타니하르는 헤론과 정상적인 대화를 나눌 수 있을 거라고는 생각하지 않았다. 헤론의 눈빛은 광기가 서려 있었고, 웃음소리는 괴팍했다. 레드의 말대로 기분 나쁜 남자였다.

"자넨 인간인가?"

"이히히히. 왜? 혈귀로 보여?"

"정상적인 인간처럼 보이지는 않는군."

"정상, 비정상. 그건 누가 만든 규칙으로 정하는 거지? 내가 평범한 인간들이 만들지 못하는 것들을 만든다고 해서 비정상이라고 생각하는 건가?"

"아니, 그냥 자네 웃음소리가 비정상 같아."

"이히히히: 그건 괜찮은 규칙이군."

헤론은 흥얼거리며 꾸러미에서 또 다른 병을 꺼냈다. 거기엔 진녹색 가루가 담겨 있었다. 헤론은 그것을 잘린 다리에 뿌리기 시작했다. 이미 포기한 다리지만 기분 나쁜 가루가 잔뜩 묻은 걸 보는 것이, 타니하르는 유쾌하지 않았다.

"놈들은 자넬 이용해서 뭔가를 할 작정인 게 분명해. 자넨 정말로 혈귀들에게 힘을 빌려 줄 생각인가?"

"말했잖아. 연구만 할 수 있으면 어디든 좋다고."

"원하는 만큼의 연구를 하게 해 줄 테니, 내게 오는 게 어떤가?"

"으히히히히. 그럼 인간도 연구재료로 던져 줄 거야?"

"인간을?"

"그래, 대해적. 난 인간도 연구재료로 던져 줄 수 있는 곳이 필요해. 하지만 넌 인간을 희생시킬 생각이 없잖아. 안 그래?"

헤론이 타니하르의 남은 다리를 붙잡더니, 녹색 가루가 묻어 있는 잘린 다리를 가져다가 붙였다. 그리고 붕대로 그 부위를 칭칭 동여맸다.

"날 치료해 주는 건가?"

"치료일 수도 있고, 여기서 이상한 식물이 돋아날 수도 있겠지."

"그건 무섭군. 인간의 몸에서 자라는 식물을 본 적이 있어. 끔찍하던데."

"흐응."

"그나저나 정혈귀는 어마어마하게 강하군. 역시 그때는 클레어 공이 많이 봐줬던 건가 봐."

"클레어? 그 아름다운 레이디 말이지?"

"그래, 아름답지. 어때? 아름다운 레이디를 위해서라도 내 편에서 줄 수는 없나?"

"으히히히히. 아름다운 레이디야 왕실에 가면 널렸겠지. 게다가 난 여자 따위에게 관심 없어."

"그럼 남자에게 관심이 있는 건가?"

"그것참 불쾌한 소리를 하는군. 남자든, 여자든 나에겐 의미가 없어."

"그저 연구재료일 뿐이라는…… 윽!"

상처 부위에서 갑작스러운 고통이 밀려왔다. 칼로 후벼 파는 것 같은 통증이었다.

"흐웅. 이제야 효과가 나타나는 건가?"

헤론은 흥미로워하는 시선을 던졌다. 타니하르는 주먹을 쥐고 헤론을 노려봤다.

"대체…… 무슨 짓을……."

심장이 세차게 뛰었다. 그것이 고통 때문인지, 이상한 가루 때문인지 알 수 없었다.

"졸릴 거야. 그렇지? 견딜 수 없이 졸릴 거야. 맞지?"

헤론이 흥미진진한 눈빛을 하고 물었다. 헤론의 말대로였다. 세이렌의 노랫소리를 들었을 때보다 더한 졸음이 밀려왔다. 참을 수가 없었다.

자면 안 된다고 생각하지만 눈꺼풀이 무거웠다. 눈앞이 뿌옇게 흐려지기 시작했다.

"한숨 자 둬. 깨어나면 새로운 삶을 살게 될 테니까. 으히히히히히."

괴상한 웃음소리와 함께 어둠이 타니하르를 찍어 눌렀다.

*　　*　　*

아무런 소득 없이 테드의 저택에 모였다. 음울한 침묵이 저택 안을 가득 채우고 있었다. 습관적으로 잭을 부르려던 테드는, 그의 부재를 깨닫고는 입을 다물었다. 기분이 더욱 가라앉았다.

"유키. 갈리트 백작이 진짜 갈리트 백작이 맞았나?"

이윽고 레드가 입을 열었다. 유키는 인상을 찌푸리고 그때의 상황을 떠올리다가 고개를 저었다.

"난 갈리트 백작을 실제로 만나 본 게 처음이었어. 그 사람이 진짜인지 가짜인지 모르겠어. 적어도 인간인지 아닌지라도 파악할 수 있으면 좋았을 텐데."

"일단 여러 가지 가능성을 생각해 봤는데, 갈리트 백작이 정혈귀일 가능성을 제거해 보자. 정혈귀라면…… 아란은 이미 인간이 아닐 테니까."

레드가 무거운 목소리로 말했다. 간신히 참고 있던 유키가 눈물을 뚝뚝 떨어뜨렸다. 레드의 말대로 상대가 정혈귀라면 아란의 목숨은 없는 것과 마찬가지였다. 그 사실을 애써 부정하고 있었지만, 이럴 땐 누구보다 냉철한 레드의 입에서 그 말이 나오니 견디기가 힘들었던 것이다.

레드도 마음이 무거운 듯 깊은 한숨을 내쉬며 말했다.

"아까도 말했지만 아란이 누명을 쓴 데는 갈리트 백작이 개입되어 있는 것이 틀림없어. 갈리트 백작은 자기 부인이 정혈귀라는 것도 알고, 너희들이 포테인 자작을 죽이지 않았다는 것도 아니까. 무슨 이유가 있는지는 모르겠지만, 갈리트 백작은 아란을 죽이려고 하고 있어. 있어야 하는 감옥에 아란이 없는 걸 보면, 남몰래 무언가를 진행하기 위해 아란을 옮긴 거야."

"원인은 둘 중 하나겠네요. 개인적인 원한, 혹은 협박."

가만히 듣고 있던 라울이 말했다. 레드가 고개를 끄덕거렸다.

"그래, 개인적인 원한. 아까 오는 길에 들었는데, 아란이 백작 부인에게 수작을 부리다가 받아주지 않으니 홧김에 죽였다는 소문이 돌고 있더라."

"아란이 여자에게 수작을 부렸다고요? 그런 말도 안 되는……!"

"그래, 이건 정말 말이 안 되지. 그러니까 두 번째 가능성. 갈리트 백작이 누군가의 협박을 받고 있을지도 몰라."

"그럼…… 그 누군가가 혈귀인 걸까요?"

"그럴지도."

"그럼, 그럼 아발란체는 어떡하나? 구할 수가 없는 건가?"

테드가 성급히 물었다. 레드는 테이블을 쾅 내리쳤다. 답답했기 때문이다.

"구해야지. 녀석을 죽게 둘 수는 없다."

"어디 있는지도 모르는데?"

"모든 수단과 방법을 동원해서 찾아낼 거야. 일이 이렇게 됐으니 아란의 누명을 벗겨 주는 건 나중의 문제야. 목숨부터 구해야지. 일단 유키 넌, 테드랑 저택에 있어."

"하지만……!"

"너까지 잡혀가면 정말 곤란해. 모르겠냐?"

유키의 어깨가 축 늘어졌다. 레드는 유키의 머리를 쓰다듬어 주려다가 관두고 테드에게 말했다.

"테드, 유키 좀 잘 부탁해. 우린 나가서 아란이 있을 만한 곳을 찾아보고 그 녀석을 구해올게."

"내가 도울 일은 없는 겐가?"

"유키나 잘 보호해 줘. 수상한 놈 들이지 말고."

레드가 서둘러 일어났다. 가만히 앉아 있던 클레어가 고개를 들어 레드를 응시했다.

"아이야. 갈리트 백작이란 아이에게 자식이 있느냐?"

급한데 무슨 소린가 싶었지만, 레드는 순순히 대답했다.

"없다고 알고 있어."

"그래? 그렇다면 이상하구나."

클레어가 중얼거리며 일어났다.

"이상하다니?"

"그렇잖느냐. 그 아이의 아내는 죽었다. 그렇다면 그 아이에게 소중한 것이 무엇이 남았겠느냐."

"소중한 것? 그게 갑자기 왜?"

"모르겠느냐? 협박은 소중한 것이 있는 자에게만 통하는 거란다."

뒤통수를 얻어맞은 기분이었다. 그렇다면 예측이 틀렸단 말인가. 레드는 얼떨떨한 표정으로 클레어를 쳐다봤다.

"어찌 되었든 문제는 은빛의 아이를 찾는 거겠지. 가자꾸나. 그 아이를 죽게 만들진 않겠다."

＊　　＊　　＊

돌틴의 고문은 치졸하지만 잔인했다. 그 고문이 도를 넘어서고 있었다. 허벅지는 더 이상 찌를 곳이 없었다. 아란은 거의 뜯겨나간 허벅지를 보며, 이제 한쪽 다리를 못 쓰겠구나, 하고 막연히 생각했다.

고통은 한계치를 넘어가면 더 이상 느껴지지 않나 보다. 몇 번인가 비명을 삼키는 동안 고통이 마비되었다. 고통뿐 아니라 온몸의 감각이 마비되어 가는 것 같다.

'죽어 가는 건가?'

죽음의 상황에 처한 적이 한 번도 없기에, 아란은 이게 어떤 느낌인지 알 수 없었다. 그저 심장이 빠르게 뛰었다가 느려졌다가를 반복한다는 것을 희미하게 느꼈을 뿐이다.

피를 너무 많이 흘려서인지 정신이 몽롱했다. 차라리 기절하는 게 낫겠다 싶은데, 그럴 때마다 돌틴은 양동이에 담겨 있는 더러운 물을 얼굴에 뿌렸다. 허벅지의 상처에 구정물이 흘러들어 가는 게 역겨웠다.

'벗어날 방법을 생각해 보자.'

팔은 피도 안 통할 정도로 꽁꽁 동여매어져 있었다. 바람의 권능을 사용하려면 손을 뻗어야 했다.

'뻗어야만 하는 걸까?'

처음으로 그런 의심이 생겼다.

아까 갈리트 백작 저택에서는 손을 뻗지 않았다. 검을 휘둘렀는데 바람이 일어났다.

'굳이 시동 동작이 없어도 불러일으킬 수 있는 게 아닐까?'

바람의 권능만 사용할 수 있다면, 돌틴을 날려버릴 수 있다. 이곳은 아마도 지하인 것 같으니, 건물을 통째로 날려버리긴 힘들 것이다. 돌틴을 날려버리고 밧줄을 끊으면 되는데, 이번엔 밧줄을 끊을 방법이 생각나지 않았다.

아란의 검은 어디로 갔는지 보이지 않았다.

"흐흐흐. 아직도 자존심을 세우는 거냐? 비명 한 번 지르지 않다니. 독한 놈. 퉤!"

고문을 하느라 지친 돌틴이 헐떡거리며 아란의 얼굴에 가래침을 뱉었다. 뜨끈한 액체가 얼굴을 타고 흐르는 게 느껴졌다.

돌틴은 구석으로 가서 짤막한 단검과 커다란 자루를 가지고 왔다. 돌틴이 키득키득 웃으며 자루를 발로 툭툭 찼다.

"여기 든 게 뭔지 알아?"

아란은 대답하지 않았다. 돌틴은 상관없다는 듯 혼자 주절거 렸다.

"여기에 있는 건 말이야. 소금이야, 소금. 너도 펠타 시 사람이 니 알겠지? 상처에 소금을 뿌리면 어떻게 되는지. 그 얼굴 가죽을 한 장 벗길 때마다 소금을 한 움큼씩 뿌려 주지."

"그런 것보다. 갈리트 백작이 네 뒤를 봐주는 사람인가?"

아란의 입에서 고문을 받은 적 없다는 듯, 담담한 목소리가 흘 러나왔다. 그것이 돌틴을 분노하게 했다.

이렇게까지 고문을 했는데도 고고한 척 허리를 펴고 앉아, 형 형한 눈빛으로 노려보는 아란이 마음에 들지 않았다. 피부를 벗 기려 했지만 그 전에 저 건방진 눈을 없애버려야겠다고 생각하 며, 돌틴은 자루에서 소금을 한 움큼 집어 들었다.

희고 굵은 소금이 허벅지의 상처에 뿌려졌다. 마비된 줄 알았 던 통증이 다시 고개를 들기 시작했다. 아란은 이를 악물고 눈을 감았다.

그러자 반짝, 어둠에 불꽃이 일었다. 아니, 불꽃이라기보다는 희미한 별빛과 비슷했다. 하나였던 별빛이 순식간에 수만 개로 불어났고, 어둠은 빛이 가득한 공간으로 뒤바뀌었다.

그리고 한 목소리가 들려왔다.

"샬롯!"

어린 소년의 목소리였다. 누구의 목소리인지는 알 수 없었다.

"샬롯, 어디 가?"

그 부름에 대답하듯 빛 속에서 한 소녀의 모습이 나타났다. 열 살 남짓으로 보이는 소녀였다. 그 얼굴을 보는 순간, 소녀가 누구인지 알 수 있었다. 클레어였다.

"호수에."

샬롯이라 불린 클레어는, 해맑게 웃고 있었다. 지금의 클레어에게서는 찾아볼 수 없는 밝음이 그녀에게는 존재했다. 사랑받고 자란 소녀만이 보일 수 있는 티 없는 맑음, 그 청량함.

"같이 갈래?"

소녀 클레어가 손을 내밀었다. 자그마하고 고운 손이었다. 아란은 그 손을 잡고 싶었지만, 팔을 움직일 수 없다는 걸 깨달았다.

움직여야 돼.

마음이 급해졌다.

"뭐해? 안 갈 거야?"

소녀 클레어가 채근했다.

저 손을 잡아야 돼.

아란은 눈앞의 작은 손을 놓치고 싶지 않았다. 그 손을 놓치면 영영 그녀를 볼 수 없으리란 불안감이 생겼다. 그리고 그녀를 볼 수 없는 삶이 지옥과도 같을 거란 생각이 들었다.

그래서 아란은 바람을 불러일으켰다. 예리한 바람이었다. 그 바람은 돌틴의 눈에 띄지 않고 칼처럼 날카롭게 불어와 손목의 밧줄을 끊었다.

손이 자유로워졌다. 이제 그녀의 손을 잡을 수 있다.

돌틴을 상대해야 한다는 생각은 없었다. 그저 빛 안에 존재하는 작은 클레어의 손을 잡아야만 한다는 소망뿐이었다. 그래서 손을 뻗었다.

그 순간.

콰아아아아앙—

폭음이 일어났다.

　　　　*　　*　　*

　저택에서 조금 떨어지자마자 클레어가 레드와 라울을 양팔로 한 명씩 안아 들었다. 가녀린 여자에게 짊어지어진 건장한 두 남자는 몹시 당황했지만, 두 사람이 항의할 시간도 주지 않고 클레어는 달리기 시작했다.

　클레어가 빠르다는 것은 알고 있었지만, 이렇게 직접 그 속도를 느끼니 할 말이 사라졌다. 눈앞의 모든 것이 파악하기 힘들 정도로 빠르게 사라졌다. 공기마저도 빠르게 뒤로 물러가 숨을 쉬기 어려울 정도였다. 강한 바람이 머리와 얼굴을 짓뭉개듯 스치고 지나갔다.

　눈 깜짝할 사이에, 그들은 동쪽 관문 안에 들어와 있었다. 주위에 아무도 없는 것을 확인한 클레어가, 두 남자를 내려 주었다.

　레드는 입술을 달싹거리다가 다시 다물고 고개를 저었다. 라울은 어안이 벙벙한 표정으로 클레어의 얼굴을 물끄러미 응시했다.

　"은빛 아이의 목숨이 걸린 일이 아니더냐. 무례한 행동을 용서해다오."

　"아니, 이건 용서하고 말고 할 게 아니라……."

　레드가 한 손으로 입을 가렸다.

　창피해!

　라울이 그 마음을 안다는 듯 레드의 어깨를 툭툭 두드렸다. 간신히 정신을 차린 레드가 클레어에게 물었다.

"아란의 힘을 느낄 순 없는 거냐?"

"그 아이가 자기 힘을 사용한다면 느낄 수 있을지도 모르겠다."

"처음에 우리 힘을 느꼈었잖아. 우리가 힘을 쓰는 것도 아닌데."

"그땐 너희들이 그 힘을 감추지 못했단다. 하지만…… 배에서 체술을 수련하는 동안 뭔가 익히기는 익힌 모양이다. 지금은 읽어내기가 힘들구나."

"아란이 그 힘을 써주길 기다려야 하는 건가요?"

"힘을 쓰지 못할 상황일 수도 있어."

레드는 입술을 깨물고 주위를 두리번거렸다.

아란이 위험하다. 아란이 위험한 일이 생길 줄은 꿈에도 상상하지 못했다. 아란은 신중하고 강했다. 이런 일이 생겼을 때 상황을 파악하고 움직이는 것도 늘 아란이었다.

'아란. 어디에 있는 거지?'

레드는 두 손으로 머리를 감싸 쥐고 눈을 감았다.

'아란, 대체 어디로 끌려간 거냐?'

동쪽 관문 근처의 감옥에서 다른 곳으로 옮겨진 이유는, 그 감옥이 있는 위치 때문일 것이다. 동쪽 관문엔 아란의 충성스러운 사람들이 있었다. 그들의 눈에 띄지 않는 곳으로 향했을 테니, 아마도 서쪽으로 갔을 것이다.

하지만 서쪽에는 민가가 있다.

'민가만 있나?'

아란에 대한 걱정 때문에 초조해서 머리가 제대로 돌아가지 않았다. 레드는 주먹으로 허벅지를 때렸다.

'민가, 그래. 서쪽 관문 안에는 민가만 있어. 밖에는 농가와 버려진 창고가 몇 개 있지. 우리가 없는 동안 혈귀의 소행 때문에 관문 밖 사람들이 이동을 했다면, 서쪽 관문 밖은 무인지대일 거야.'

생각과 동시에 몸이 움직이기 시작했다. 클레어와 라울이 그의 뒤를 따랐다.

"어디로 가는 게냐?"

클레어가 물었다. 레드는 지금 창피함이나 자존심을 따질 때가 아니라는 걸 알고 있었다.

"서쪽 관문 밖. 부탁 좀 할게."

클레어는 가볍게 고개를 끄덕이고는, 다시 레드와 라울을 양팔에 끼었다. 두 남자를 들고도 어렵지 않게 지붕 위로 올라간 클레어는, 놀라운 속도로 지붕과 지붕 사이를 넘어 달리기 시작했다.

레드 일행은 누구의 눈에도 띄지 않고 서쪽 관문밖에 도착했다. 사람들이 살지 않는 농가는 금방이라도 움직일 듯 음험하게 몸을 웅크린 짐승처럼 보였다. 레드는 기괴한 느낌마저 풍기는 농가 지역을 쭉 둘러보며 클레어에게 물었다.

"아직도 아란이 힘을 안 쓰고 있어?"

"그래. 아직…… 아니, 심장 소리가 있다."

"심장 소리?"

"그래. 여기에 인간 세 명의 심장 소리가 있구나. 한 명은 죽어가는 것 같다."

"어디야!"

클레어가 둘을 데리고 간 곳은 아무 건물도 없는 평지였다. 하지만 자세히 보면 바닥에 문이 있었다. 도적의 습격에 대비해 이런 식으로 만든 창고가 있다는 말을 들은 적이 있다.

문을 들어 올리자 계단이 나왔다. 빛은 없었다.

레드와 라울은 황급히 계단을 뛰어 내려갔다. 한참 내려간 곳에 커다란 철문이 보였다. 건너편에 누가 있는지 고민할 틈은 없었다.

레드가 손을 뻗자 거대한 불덩어리가 쏟아져 나갔다.

콰아아아아아앙—

굉음과 함께 문이 부서졌다.

먼지와 연기가 시야를 가렸다. 안에서 한 번도 들어본 적 없는 남자의 혼란스러운 외침이 들려왔다.

"뭐야? 누구얏?!"

연기 사이로 한 남자가 허둥거리는 모습이 보였다. 레드는 생각할 것도 없이 그 남자를 향해 화살을 쏘려 했다. 하지만 라울이 레드를 막았다. 어쩌면 아무 죄 없는 남자일 수도 있기 때문이었다.

레드를 방해한 라울은 그대로 몸을 날려 남자를 덮쳤다.

우당탕— 쨍그랑—

시끄러운 소리와 함께 두 남자가 엉켜 바닥에 굴렀다. 라울이 외쳤다.

"이쪽은 제압했습니다."

레드는 한 손으로 연기를 치우며 안으로 들어갔다. 허둥거리는 그림자를 적으로 판단한 데는 이유가 있었다. 역한 피비린내 때문이었다. 누군가 피를 상당히 많이 흘렸다. 피를 흘린 사람이 아란인지는 모르겠지만, 저 남자는 누군가를 해치고 있었던 것이다.

연기가 가시며 시야가 회복됐다. 레드는 불꽃을 만들어 창고 안을 비췄다. 구석에 붉은 덩어리가 보였다. 레드는 입술을 꽉 깨물고 그것을 향해 걸어갔다.

"아란……."

아란이었다.

허벅지가 무참히 뜯겨 나갔고 거기서 흘러나온 피가 온몸을 적셨다. 묶여 있을 줄 알았던 아란의 두 팔은 축 늘어져 있었다. 아란이 천천히 고개를 들었다.

"아란."

레드가 신음처럼 중얼거리며 그의 옆에 한쪽 무릎을 꿇고 앉았다.

"살아 있는 거냐?"

"보면 모르겠냐?"

아란이 피식 웃었다. 레드는 조금 안심했다. 동시에 분노가 가슴을 채웠다.

"저 자식을 죽여 버리겠어!"

"아니, 복수는 나중에 하고 그냥 날 좀 일으켜 주지 그러냐?"

"이 상태로 어떻게 일어나? 다리가 아작이 났잖아. 안아 들어야겠다."

"그건 모양새가 안 좋다."

"농담할 기운은 있나 보군."

레드가 쓰게 웃으며 뜯긴 허벅지를 바라봤다.

퍽— 퍽—

둔탁한 소리가 나기에 돌아보니, 라울이 남자의 얼굴을 사정없이 때리고 있었다. 남자는 이미 기절한 듯 입에 거품을 물고 있었다.

"라울, 그놈은 놔두고 이 녀석 좀 봐봐. 상처가 너무 심하다."

레드의 말에 라울이 주먹질을 멈추고 일어났다. 라울은 마지막으로 한 번 남자의 몸을 세게 걷어찬 후, 아란의 곁으로 다가왔다. 아란의 상처를 확인한 라울이 인상을 찌푸렸다.

"뼈까지 부서져서 원래대로 되돌릴 수 있을지……."

"원래대로 되돌릴 수 있다."

클레어의 음성이 들려왔다. 언제 들어온 건지, 클레어는 레드의 뒤에 서 있었다. 아란이 고개를 들어 클레어를 바라봤다. 아란이 입술이 움직이며 한 단어를 만들어 냈다.

"샬롯."

클레어의 눈이 커졌다.

"샬롯이 뭐냐?"

레드가 이상한 소리를 한다는 듯 아란을 쳐다봤다. 하지만 아란의 눈동자는 클레어에게서 떠나지 않았다. 지금이 아니면 안 된다는 듯, 그녀를 볼 수 없으면 모든 게 사라진다는 듯, 아란의 시선은 오롯이 클레어에게 향하고 있었다.

"넌 늘…… 배고플 때마다…… 이런 고통을 견뎌온 건가?"

클레어의 눈동자가 흔들렸다. 불안해 보이는 클레어를 응시하던 아란은 살며시 미간을 좁히며 시선을 돌렸다. 클레어는 그런 아란을 지켜보다가 레드의 옆에 와서 쭈그리고 앉았다. 그리고 라울에게 말했다.

"치유의 아이야. 치유의 힘을 퍼뜨리지 말고 한 곳에 집중해서 쏘아 보낸다고 생각하거라. 총을 쏘는 것과 같단다."

"쏘아 보내는 게 가능합니까?"

아란의 허벅지에 손을 대고 힘을 보내던 라울이 물었다. 라울의 손과 아란의 허벅지는 녹색 빛으로 덮여 있었다. 클레어가 라울의 손등에 자신의 손을 겹쳤다.

"이런 식으로 하면 안 된다. 뼈부터 치료해야 한단다."

"하지만 피가……."

"피는 지금까지 한 걸로도 멈췄을 것이다. 중요한 것은 뼈와 근육을 잇는 것이다. 네 힘을 실이라고 생각하거라. 그리고 그 끝에 총알이 매달려 있다고 생각해 보거라. 그 총알을 쏘아 보내고 자유롭게 움직이도록 해야 한다."

"난 아직 축복인지 뭔지도 익히지 못했습니다."

다급한 마음 때문인지, 라울의 목소리에 짜증이 묻어나왔다. 클레어는 기분 나쁜 기색 없이 말했다.

"네가 하지 않으면 이 아이는 영영 두 발로 걷지 못한다."

라울이 입술을 잘근 깨물고 아란의 상처를 노려봤다. 두 발로 걷지 못한다. 그 말을 확신할 만큼 아란의 상태는 좋지 않았다. 구정물과 소금 세례를 받은 상처 부위는 엉망으로 문드러져 있었다.

"집중하거라. 네 머릿속에서 작은 총알을 하나 그려보아라. 그 총알 안에 네 힘을 가득 채우거라."

그때 아란이 비틀거렸다. 레드가 황급히 손을 뻗어 아란을 부축했다. 레드의 품에 안기다시피 한 아란은 간신히 눈만 깜빡거렸다. 입술이 달싹거리는데 소리는 나오지 않았다. 상태가 더 악화됐다.

클레어는 그 입술이 만들어 내려는 말이 무엇인지 알 것 같았다.

'샬롯.'

그의 입술은 그렇게 말하고 있었다.

'샬롯, 샬롯.'

아란이 그녀가 버린 옛 이름을 부르고 있었다. 도대체 저 이름을 어디서 들은 걸까? 클레어는 도망치고 싶었지만, 아란을 죽게 둘 수는 없었다.

"아이야. 네 심장이 멎어 가고 있다. 정신을 똑바로 차리고 아모른의 축복을 네 심장으로 보내도록 노력해라. 이대로라면 넌 죽는다."

클레어의 단호한 말에 아란은 입술을 멈추고 눈을 감았다. 레드가 아란을 안은 팔에 힘을 줬다.

"아란, 조금만 견뎌. 죽으면 안 돼. 죽으면 구워 버릴 거다."

레드가 괴로운 목소리로 아란을 격려하는 동안, 라울은 머릿속에서 총알을 그려보는 중이었다. 작은 총알을 상상하는 건 쉽지만 그 안에 축복을 채우라는 말은 무슨 뜻인지 도무지 모르겠다. 애초에 신을 믿지도 않는 라울이기에 더욱 그랬다.

하지만 아란의 다리는 반드시 치료해야 했다. 은발 머리를 휘날리며 꼿꼿이 서 있는 아란을 보는 것이, 라울은 좋았다. 절뚝거리며 걷는 그의 모습은 상상도 하고 싶지 않았다.

'어떻게든 해야 돼.'

그 순간 드는 생각은, 아란도 클레어와 같은 몸이었으면 좋겠다는 것이었다. 만약 아란이 정혈귀였다면, 클레어처럼 베어도 베어지지 않는 몸을 갖고 있다면 이런 위태로운 상황에 빠지지도 않았을 거란 생각이 들었다.

하지만 곧바로 그 생각을 지웠다.

정혈귀가 된다는 것은 저주다. 그것이 아모른의 저주이든, 또 다른 존재의 저주이든, 영원한 시간 죽지 못하고 살아가는 것은 끔찍한 일이었다. 클레어가 어떤 마음으로 인간의 피를 마시지 않고 긴 시간을 살아왔는지 알고 있다. 알면서도 이 순간을 쉽게 넘기기 위해 그런 생각을 했다는 것은, 클레어를 기만하는 것이었다.

'미안합니다, 클레어.'

라울은 속으로 사과했다. 잠시나마 그런 생각을 한 자신이 경멸스러웠다.

'내 힘으로 치료해야 돼. 내 힘으로.'

축복은 여전히 모르겠다. 하지만 치유의 힘은 늘 사용해 왔으니 알고 있다. 라울은 생각을 전환해, 축복이 아닌 치유의 힘을 총알에 밀어 넣는 것을 상상했다. 치유의 힘을 사용하면 녹색의 은은한 빛이 흘러나온다. 그 빛을 총알 안에 집어넣자.

따뜻한 힘이 몸 안에서 혈관을 타고 흐르다가 머리로 향했다. 만약 그것이 불이나 물의 힘이었다면 괴로웠을 터지만, 치유의 힘은 몸을 고통스럽게 만들지 않았다. 거부감 없이 흘러간 힘이 총알 안에 담겼다.

찬란한 빛이 흩뿌려진 것은 바로 그 순간이었다.

그것은 아침의 태양도, 값비싼 보석도 만들어낼 수 없는 빛이었다. 세상에 존재하지 않을 것 같은 아름다운 빛. 그저 보는 것만으로도 감격스러워 눈물이 날 것 같은 고귀한 빛.

그것이 작은 총알 안에 가득 들어갔다.

그 빛의 정체는 알 수 없지만, 라울은 바로 이 순간이라는 것을
깨달았다.

번쩍.

라울이 눈을 떴다. 눈앞에 아란의 처참한 상처가 보였다. 그
상처를 향해 힘을 쏘아 보냈다.

잘게 조각나 있던 뼈들이 원래의 모양으로 아물기 시작했다.
뼈가 원래의 모양을 되찾은 후에는 근육이 그 주위를 감쌌다. 동
시에 혈관과 피부가 느릿하게 재생되었다.

라울의 눈에는 그 모든 것이 한없이 느리게 보였지만, 그걸 지
켜보는 이들의 눈에는 달랐다. 아란의 다리가 빠르게 회복하고
있었다.

라울의 이마에 맺힌 땀방울이 무게를 견디지 못하고 툭 떨어
졌을 때, 아란의 다리는 완벽하게 고쳐진 후였다. 아란은 놀랍다
는 듯 자신의 멀쩡한 다리를 내려다봤다. 라울이 숨을 몰아쉬며
아란을 쳐다봤다.

"괜찮습니까? 고통은요? 다리는 움직일 수 있을 것 같습니까?"

걱정스러움이 담긴 초조한 질문에 아란이 고개를 끄덕거렸다.

"응. 움직일 수 있을 것 같은데."

모두가 지켜보는 가운데, 아란은 한 손으로 땅을 짚고 몸을 일
으켰다. 피를 많이 흘린 터라 어지럼증이 밀려왔지만, 두 다리로

지탱하고 서 있을 수 있었다. 아란은 믿어지지 않는다는 표정으로 몇 번이나 다리를 움직여 보았다. 두 번 다시 제대로 걷지 못할 거라 생각했던 것이다.

"놀랍군."

"다행입니다."

라울이 안도하며 털썩 주저앉았다.

"정말 놀라운데? 앞으로 안심하고 다쳐도 되겠다, 야."

레드가 밝아진 목소리로 말했다. 라울이 피식 웃으며 레드의 어깨를 툭 쳤다.

"관두세요. 또 할 수 있을 것 같진 않습니다."

"저놈은 어떻게 할까?"

레드가 엄지로 뒤를 가리켰다. 돌틴이 끙끙거리며 정신을 차리려고 하고 있었다.

"네가 원한다면 잘게 해체해 주지. 아주 조각조각 잘라내 주겠어."

레드가 맹수 같은 눈빛으로 말했다. 아란은 레드의 어깨에 살짝 손을 얹었다.

"내버려 두자. 언젠가 살인을 해야 할 때가 올지도 모르지만, 저런 놈 때문에 네 손을 더럽힐 거 없다."

"하지만 저놈이 널……!"

"다 나았잖아."

"그거야 그렇지만……."

레드는 불만스러운 듯 인상을 찌푸리고 있다가 돌틴에게 다가 갔다. 이제 막 정신을 차린 돌틴은 레드의 형형한 눈빛을 보고 겁에 질린 듯 엉덩이를 움직여 뒤로 물러나려 했다. 레드는 돌틴의 멱살을 잡아 일으켜 벽으로 밀어붙였다.

레드의 차가운 눈동자가 돌틴을 잡아먹을 듯 빛났다.

"꼭꼭 숨는 게 좋을 거다. 오늘은 운 좋게 살아남았지만, 다음에 마주치면 갈기갈기 찢어 버릴 테니까."

아란은 괜찮다고 했지만 라울이 그를 부축했다. 아란은 라울에게 기대어 부서진 문을 빠져나가며 뒤를 돌아봤다. 클레어는 두 손을 가지런히 모으고 서 있었다. 그녀의 눈동자는 여전히 불안해 보였다. 샬롯이라는 이름이 그녀를 자극한 것이 틀림없었다.

'도대체 그 영상은 뭐였지? 그 가문의 힘을 이어받아서 떠오르는 영상인 건가?'

어쨌든 그 영상 덕에 아란은 클레어를 신뢰할 수 있게 되었다. 어린 클레어는 밝게 빛나는 눈동자를 갖고 있었다. 그렇게 사랑스러웠던 소녀가 인간의 피를 마시며 살아왔다고는 생각할 수 없었다. 아니, 그런 생각을 하고 싶지 않았다.

'어쨌든 클레어가 불안해하니 그 얘기는 꺼내지 말아야겠군. 꺼낼 이유도 없고.'

다시 고개를 돌리고 밖으로 나가는 아란의 뒷모습을, 클레어는 조용히 지켜봤다. 샬롯이라는 이름을 어떻게 알게 된 건지 묻고 싶었지만, 들려올 대답이 두려웠다.

모든 것을 알고 있는 은빛 호수의 주인은, 세상에 환생이라는 것은 없다고 말했다. 그러니 네 가족이 다시 태어나 널 지켜 주는 일도 없을 거라고, 그런 희망을 품으면 절망밖에 찾아오지 않을 거라고, 희망의 싹을 잘라 버렸다. 다정하고 신중한 은빛 호수의 주인이 거짓말을 했다고는 생각하지 않는다.

그러니 가족 중 누군가가 다시 태어나 샬롯이란 이름을 기억해낸 것일 리는 없다. 그렇다면 그 이름을 아는 이에게 전해 들었다는 뜻이 된다.

몇 명인가 짐작되는 이들이 있었다. 과연 그중에 누굴까?

'루시드는 안 돼.'

루시드를 상대하기에는 힘이 부족하다. 술렁이는 마음이 진정되질 않았다.

"클레어."

낮은 음성이 소란스러운 마음을 뚫고 들어왔다. 클레어는 정신을 차리고 바로 앞에 서 있는 레드를 쳐다봤다.

"왜 그래?"

걱정스러운 목소리가 클레어의 가슴에 부드럽게 내려앉았다.

"괜찮은 거냐?"

레드의 손이 클레어의 머리카락을 조심스레 쓸어 넘겼다. 그의 손길은 언제나 다정하고 따뜻했다.

"괜찮다, 아이야."

"그래. 그럼 다행이고. 갈까?"

레드가 손을 내밀었다. 클레어는 가만히 그의 커다란 손을 내려다봤다. 그 손을 잡고 싶었다. 레드를 처음 만났을 때처럼 아무 생각 없이, 그저 그리웠다는 느낌만 가득한 채로 그 손을 붙잡고 싶었다. 그러면 레드는 놓치지 않겠다는 듯, 그녀의 손을 꽉 움켜쥘 것이다.

하지만 이제는 상황이 바뀌었다. 저 손을 잡으면, 연정으로 가득한 레드에게 희망을 심어 주게 될 것이다. 은빛 호수의 주인이 말했듯, 덧없는 희망은 절망만을 불러올 뿐이다. 이 다정한 남자가 절망에 빠지게 할 수는 없었다.

클레어는 그 손을 보지 못한 척 레드의 옆을 스쳐 지나갔다. 그녀의 매몰찬 행동에, 레드는 쓰게 웃으며 갈 길 잃은 손을 쥐었다가 펴고 그녀의 뒤를 따랐다.

〈다음 권에 계속〉